マリエル・クララックの迷宮

IRIS NEO

JN088602

桃 春花

illustration まろ

CONTENTS

ICHIJINSHA IRIS NEO

シメオン・フロベール
28歳。マリエルの夫。
名門フロベール伯爵家の嫡男で、近衛騎士団副団長。
有能だが生真面目すぎて融通が利かない面も。
部下からは尊敬されつつも恐れられているが、
マリエルには振り回され気味。
淡い金髪に水色の瞳の、貴公子然とした美貌の青年。
セヴラン・ユーグ・ド・ラグランジュ
28歳。ラグランジュ王国の王太子。
黒髪に黒い瞳の精悍な美青年。
王子らしい威厳の持ち主だが、マリエルを前にすると
ツッコミ役になってしまう。シメオンとは幼馴染にして親友。
Marriel Clarac XII labyrinth
character

マリエル・フロベール

20歳。クララック子爵家の長女。シメオンと結婚し
フロベール伯爵家の若夫人となった。
茶色い髪と瞳の、これといった特徴のない
地味な眼鏡女性。存在感を限りなく薄め
周囲に埋没するという特技を活かし、
人間観察や情報収集をしている。
流行小説家アニエス・ヴィヴィエという裏の顔を持つ。

リュタン

諸国に名を知られた怪盗。
ラビア公国の外交官であるチャルディーニ伯爵という
顔もあわせもつ。マリエルのことを気に入っている。

アンリエット・ド・ラグランジュ

20歳。セヴラン王太子の下の妹。
気が強そうに見えるが、素直で可愛らしい姫君。

リベルト・フォンターナ

26歳。ラビア大公国の公子で、
アンリエット王女の婚約者。繊細な美貌の優しげな人物。

フェデリコ・フォンターナ

ラビア大公。リベルトたちの父親。
ことなかれ主義で覇気のない人物。

アラベラ・リリー・フォンターナ

ラビア大公妃。リベルトたちの母親。
前イーズデイル国王の妹。利己的な性格。

ルイージ・フォンターナ

13歳。ラビア大公国の公子でリベルトの弟。
可愛らしい容姿だが、愛想のない美少年。

ウィリアム・シャノン

イーズデイルの公爵。蜂蜜色の髪と瞳の持ち主。
大柄で威厳のある人物。

ファビオ・バラルディ

ラビア大公国の子爵。内務省長官。
人当たりがよく端整な容貌の人物。

マリエル・クララックの迷宮

1

窓を開ければ甘い風が頬をくすぐり、ふりそそぐ陽差しはまぶしいほどに輝いて。

花々はこぞって咲き誇り、若い青葉が喜びいっぱいに腕を伸ばす。

春から夏へと移りゆくこの季節は、多くの女の子たちの憧れだ。新しい道へ踏み出す花嫁に、幸せな未来が約束されている。

わがラグランジュ王国が末の姫、アンリエット王女様のお輿入れは、そんなときめきと祝福に包まれて行われた。

……と、思っていたのですけどね。ついさきほどまでは。

「こ、ここって……」

馬車から降りたわたしたちは、目の前の建物を困惑して見上げた。

古い歴史を持つ土地にしては新しい様式だった。今から二百年くらい前に流行った、豪華な構造と装飾が特徴だ。

太い楕円の柱が並び、窓や屋根は彫刻で飾られている。三階部分の窓の上にもう一つ、小さな窓が並んでいるのは屋根裏部屋かしら。

なによりも特徴的なのは、正面ファサードを巨大な彫像群が飾っているところだった。訪れる者に神話の神々が威容を見せつけている。今にも動きだしそうにいきいきとした、素晴らしい芸術作品だ。街でも有数の観光名所なので、わたしも知識くらいは持っていた。この建物の名前はパーチェ宮殿という。宮殿にしては規模が小さく、普通のお屋敷サイズだけど。

それもそのはずで、もとはパーチェさんという貴族の邸宅だった。豪華な建物だから宮殿と呼ばれているだけで、昔の皇帝が建てたわけではない。

現代では大公家が所有しているため、呼び名にふさわしくなったかもしれない。でも大公とその家族はもっと大きなカステーナ宮殿に住んでいるし、すぐ近くだから別荘として利用することもないだろう。迎賓館にするにもいささか微妙な場所だった。

だって、おもいっきり街なかなんですもの。建物の周りに塀や柵(さく)などはなく、ちょっとした広場があるだけですぐ道路に面している。近隣は商店にホテル、集合住宅などが密集している。どこからか美味(おい)しそうな匂(にお)いが漂ってきて、旅に疲れたおなかを刺激した。

街の住人はもとより観光客もたくさん行き来する、にぎやかな地区のど真ん中だ。今も人だかりができて、隣国から到着した花嫁の一行を見物していた。

護衛として随行してきた近衛(このえ)騎士たちが、こちらへ近づかせないよう一所懸命止めている。見慣れない外国の軍人にも視線が集まっていた。白の制服は機能性だけでなく見栄えも重視され、容姿も選抜に考慮される近衛だからしてみんなとてもかっこいい。特に指揮官は目を見張るような美青年なので、女性陣が黄色い声を上げていた。

わが有能なる旦那様は、能力だけでなく外見もたいへんお役立ちだ。そのまま野次馬を引きつけておいてくださいね。

「どうしてパーチェ宮殿なのでしょう」

意識を眼前の建物に戻し、わたしはあとから降りてきた人を振り返った。

「まっすぐカステーナへ向かうはずでしたよね？　寄り道の予定なんてありました？」

「いいえ、聞いていないわ」

わたしと同じく困惑した顔で、黒髪の姫君は首を振る。何日もかけて陸路を旅し、ようやく想い人が待つ城に到着した――と思ってみれば、そこは街なかの小さな離宮。なぜこんな場所に連れてこられたのか、さっぱりわからないというお顔だった。

侍女たちや随行の役人たちも同様だ。ならばとわたしはラビア側の役人へ向かった。

「失礼。こちらへ案内していただいたのはなんのためでしょう？　事前に伺っていた予定と違うようですが」

案内役の男性に声をかける。国境でわたしたちを出迎え、そこからずっと同行してきた人だ。まだ三十代くらいなのにずいぶん頭が涼しそうな男性は、形ばかりの愛想笑いを貼り付けてわたしに答えた。

「王女殿下と随行の皆様には、結婚式までの間こちらに滞在していただくことになっております」

「……伺っておりませんが」

「さようですか。そのあたりのご事情は存じませんが、われわれは指示どおりにご案内したまででして。パーチェ宮殿が皆様のご宿所となっております」

行き違いがあったらしいと聞いても驚かなければ、困った顔もしない。最初からわかっていたとしか思えない態度だった。

……どうしたものかしら。

わたしはふたたびアンリエット様のそばへ戻り、今のやりとりを伝えた。シメオン様も戻ってきて一緒に首をかしげた。

「どこかで伝達に間違いが生じたのか？」

「ではないと思いますよ。あの方、わたしたちが驚くのを承知していましたから。無断で予定を変更したようですね」

こっそりさきほどの役人を示せば、アンリエット様が眉(まゆ)を寄せられる。

「リベルト様がそんなことを？」

「公子様のご指示かどうかは、わかりません」

あの腹黒公子様ならなにをしてもおかしくないという気もするけれど、現状ではなんとも言えない。わかっているのは、さきほどの役人から聞き出すのは無理そうだということくらいだ。

「やむをえません。いったん中へ入りましょう」

いち早く決断したのはシメオン様だった。

「ここでもめていては、よけいに混乱を招くだけです。一度落ち着いてから大公宮に確認を取りましょう」

「そうね。あまり人が集まりすぎると危険だわ」

アンリエット様は野次馬の群れへちらりと目を向けられる。話を聞いてどんどん人が集まり、離宮前の道路は馬車が通れない状態になっていた。

たしかに事故の危険性が高まっている。馬車もあぶないし、押し合いへし合いして人が一気に倒れるおそれもある。また、騒ぎに乗じてよからぬことを考える人がいるかもしれない。群衆が押し寄せてきたら、ここにいる護衛だけでは対処できないだろう。

そういう事態を考慮し、事前に人を配置するなりもっと落ち着いた場所を選ぶなりできたでしょうに。まったく、つくづくラビア側の対応が不可解だ。

しかたなくさきほどの案内人に伝え、誘導してもらう。野次馬たちに手を振りながら、アンリエット様は建物の横手へ向かわれた。

そこに入り口があった。正面ファサードの豪壮さとは裏腹な、目立たない造りだ。小さな扉が彫像群の陰に隠れるように存在していた。

中へ入れば、さほど広くないホールから奥へ向かう廊下と上へ向かう階段が延びている。天井や柱、階段の手すりなど、どこも古風で豪華な装飾に満たされていた。

それはよいのだけど。

「…………」

見回した人々の顔が一様にこわばっていた。きっとわたしも同じ顔になっているだろう。疑問と違和感がますます強くなっていた。

離宮の中は薄暗く、しんと静まり返っている。暖かい季節なのにひんやりしているのは、石造りであるがゆえだろうか。

それくらいはよいとして……かびくさいような、埃くさいような、こもった空気なのはなぜ？

普段使われていないのはわかる。そういう場所でしょうよ。でも外国の王女様を——自分たちの公子殿下の花嫁様をお迎えする前に、空気の入れ替えくらいするものでは？

無言で顔を見合わせるわたしたちを、案内人は二階へとうながす。階段を上りながらそっとなでた手すりはざらついて、指に白い埃がついてきた。

……本当に、どうなっているの。

愛する人と結ばれて、若夫人として暮らしはじめてからはや一年。わたし、マリエル・クララックあらためマリエル・フロベールも、すっかり大人の女性になったと思う。先日二十歳になりましたしね！

見た目も……あまり変わらない？　でも子供っぽいと言われることは減ったように思う。うん、だってもう二十歳だもの。これといって特徴のない眼鏡顔も、少しは大人びて知的になってきたのではないかしら。ええ、きっとなっている。信じれば現実になる！

作家としても実績を重ね、徐々に知名度を上げてきた。かつては知る人ぞ知る、一部の愛好家のみが応援してくれるような存在だったのが、今では一般の人からも感想のお手紙が届くようになった。

やはり新聞で連載させてもらえたことが大きいようだ。

もちろん、まだまだ足りないところだらけ、けして完璧だなんて思ってはいけない。これからもますます気合を入れて頑張るべし！

でも、春って気持ちが浮わついてしまう。気候はよいし、花も咲くし、ちょっと散歩に出ただけでなにかいいことがありそうな気がしちゃう。

最愛の夫シメオン様はますますかっこよく、美貌と鬼畜腹黒風味に磨きがかかっているしね！

結婚すればいちいち彼に萌えたりしなくなるかしら、なんて思ったのは間違いでした。ともに暮らせば新たな発見が次々あり、大人の魅力を増していく彼に萌えない日なんてない。

婚約時代のときめきとはまた別の、夫婦だからこそのときめきがある。

そして、ただ恋愛していただけの頃よりも、ずっと深い信頼と安心感に支えられている。

家族になって、楽しいこともうれしいことも、時にはつらいことだって、一緒に経験していけるのが幸せでたまらない。

こんな気持ちを、アンリエット様も知っていかれることだろう。

お友達と滅多に会えなくなるのはさみしいけれど、新しい暮らしへ旅立つ王女様を応援したい。あの方にもうんと楽しく幸せな日々を送っていただきたい。

お相手のリベルト公子は本物の腹黒で、なかなか手ごわい方だけど。

でもきっと、お二人ならではの関係を築いていかれるわ。なんだかんだ言ってお似合いだもの。

さあ、祝福の鐘が鳴っている。開かれた門から飛び出そう。花咲く道の向こうには、ちょっとくせが強めで、うんと素敵な王子様が待っている。
お二人の人生に幸多からんことを。心から祝い、願います。
おめでとう！

……って言うのは、まだ少しばかり早かったかもしれない……。

2

　ラグランジュ王国と関係の深い隣国、ラビア大公国。

　その世継ぎの公子リベルト殿下とアンリエット様との婚約が成立したのは、昨年のはじめ頃。まだ雪が残る季節に正式決定し、公表された。

　お二人が顔合わせをなさったのはそれから半年以上もあとで、つまりは完全な政略結婚である。でもアンリエット様は素直に恋をされ、嫁ぐ日を楽しみにしていらした。

　そうしてまた冬を越え、薔薇の花が盛りになる頃。ついに住み慣れた故国を離れてラビアへ向かわれる時がやってきた。

「では、よろしく頼む。……と、そなたに言ってよいのかどうかわからんが」

　ヴァンヴェール宮殿を発つ日の朝、王太子セヴラン殿下がわたしを呼ばれ、複雑そうなお顔でおっしゃった。

「どういう意味ですか」

「そのままだ。やっと二十歳になったばかりのお騒がせ暴走娘、しかもなぜか事件に巻き込まれがち。マリエル行くところ事件あり、波瀾万丈多事多難、猪突猛進危機一髪。シメオンがいなかったら本気で二、三回死んでいるからな。そんなそなたをよりによってラビアへ送り出すなど不安でしかないわ！」

長い台詞を一気にまくし立て、殿下は大きく息継ぎをした。

「しかしリベルト殿の要請で、アンリ自身の強い希望でもあるからな……」

「今のお言葉、事前に練習なさっていたでしょう」

「やかましい」

わたしはぷうと頬をふくらませた。

「好きで事件に巻き込まれているわけではありません。全部偶然です」

「その偶然が頻繁に起きるから言っている」

「ご心配なく。今回はわたしがどうこう以前に、はじめから騒動ありきの計画ですから。すでに事件が決定しています」

「心配しか見当たらんわ！」

くわっと言い返す殿下からわたしは顔をそむける。言われても困りますわ。今回のお騒がせはわたしではなく、リベルト公子なのだから。

アンリエット様より六つ上、今年二十七歳になる公子様には、ずっと以前から取り組まれているお仕事があった。年々深刻化しているラビアの治安問題だ。

外国にまで知れ渡る犯罪数と凶悪さ、その多くはスカルキファミリアと呼ばれる組織が原因だ。殺人に密輸、密造に麻薬の売買、その他あらゆる悪事を働いている。末端の準構成員まで含めれば、組織に関わる人間は四桁に上るとか。

支配層たる幹部はほんの数名らしいのだけど、そのレベルになるとただのヤクザではない。表向きの肩書を持ち、政界や経済界とつながっている。各界の大物が協力者になっているので厄介だった。

これにリベルト公子は真っ向からけんかを売ろうとしていた。あろうことか彼は、自身の暗殺を計画させようと仕向けているのだ。わざと煽って反発させて、動いたところを摘発するつもりらしい。

今回の結婚式は、そんな思惑の中で行われる。アンリエット様の護衛として随行する近衛たちはいつも以上に緊張を強いられ、いざという時はリベルト公子の戦力にならなければいけない。そしてわたしは、花嫁の付添人になってほしいと頼まれたのだった。

「普通の女性より場慣れしているそなたの方が適任だと言われて、否定できなかったわれわれの気持ちがわかるか？　たしかに状況を考えると、そういう人物が必要なのはわかる。そしてそなた以上の適任はいないだろう。認めるしかないのだがな……そもそも、なんでそうも場慣れしとるのかと」

「言われましても」

殿下のそばで、わが夫シメオン様も苦い顔をしていた。淡い金髪の下、形のよい眉が寄せられ白い眉間にくっきりとしわを刻んでいる。そんなお顔も素敵だわ。泣く子も凍りつく近衛騎士団副団長。眼鏡の奥の透き通った水色の瞳は、苦悩と悟りを同時に浮かべていた。

「なんの訓練も受けていない一般人の、こんなのでも一応は貴族の若夫人に、頼ってしまってよいものか。上に立つ者として、いや一人の大人として、そんな判断をしてよいのかと大いに悩んだが……しかしアンリの安全のためにも、派遣する人員は厳選せねばならぬ。どう考えてもそなたが適任だ。

すまぬが……よろしく頼む」

殿下もまた苦悩に満ちたお顔でおっしゃり、わたしに頭を下げられた。

いつもの文句やお小言かと思わせて、言いたいことは謝罪だったらしい。わたしを巻き込んでしまうのを申し訳ないと考え、お言葉をかけてくださっていたわけね。

そのお気持ちはうれしいけど、別にそこまで深刻なお顔をなさらなくてもよくない？　と思ってしまった。普通にごめんの一言で済む話でしょうに。

「お顔をお上げくださいませ。そんなに心配なさる必要はございません。わたしの役目はあくまでもアンリエット様の付き添いであって、つまり常にアンリエット様と一緒に守られているわけでしょう？　護衛はたくさんついていきますし、なによりシメオン様も一緒です。公子様だってアンリエット様の安全はいちばんにお考えでしょうし、大丈夫ですよ」

「大丈夫なはずが大丈夫でなくなるのが、そなたの常であろう」

せっかくわたしが寛大に受け入れ、なだめているのに、失礼なお言葉で返される。これで心配だからと言われても、やっぱり頬はふくらんだ。

「お兄様、いつまでそこでコソコソしてらっしゃいますの。いいかげん切り上げていただかないと出発できませんわ」

つい話し込んでいると、少し離れた場所から声が上がった。宮殿の正面出入り口に大勢の人が集まっている。その中心にいるのは今回の主役アンリエット王女様だ。ご両親や姉君、親しい方たちと最後のお別れをされていた。

「お話は後日でよいでしょう。もうわたくし行きますので、マリエルさんを返してくださいな」

「大事な話をしていたのだ！　というかお前、私になにか言うことはないのか。これで最後だぞ？　ちょっと遊びに行くのではないのだぞ？　すぐに帰ってくるみたいな顔で出ていくな！」

「最後といっても、結婚式と披露宴でまた会いますし」

「私は留守番だ！　家族で一人だけ参列できぬのだ！」

「ええ、お兄様はここでさようなら。どうぞお元気で」

笑顔で手を振られて殿下は涙目になった。

「そんな簡単に……くう、せめてこうもややこしい状況でなければ私も行けたのに……！　ラビアは落ち着かぬし、国内でも偽札が出回るだのなんだのと問題続きだし、私と父上が揃って出向くわけにはいかぬと……問答無用で私が留守番でぇ！」

「いい加減になさい。親と兄、どちらが参列するかとなれば、親が優先に決まっているでしょう」

嘆く殿下に王妃様がぴしゃりとおっしゃる。叱られた長男はうらみがましい目を向けた。

「不満くらい言わせてください。自分だけ妹の花嫁姿を見られぬのですから。家族の中で私だけが締め出されて！」

「もー、しつこい。試着した時にお見せしたでしょう。あとで写真を送りますから」

アンリエット様からもつれなくあしらわれる。殿下は完全にいじけてしまった。

壁に向かってぼやきだす殿下をシメオン様にまかせ、わたしはアンリエット様のおそばへ行った。

姫君は苦笑まじりにささやかれる。

「今日までさんざん話もしたし、お別れの挨拶もしたのに、往生際が悪いのだから」

「可愛い妹君の旅立ちですもの、しかたありませんよ」

「そんなに惜しまれるほど仲よしだったかしらね？　わたくしの相手を面倒がって逃げてばかりいたくせに」

「まあ、それはそれということで」

「どうせすぐまた会うのにね」

サン＝テール市からラビアの首都ラティリ市まで、船を使えば一日ほどだ。今生の別れになるほど遠くへ行かれるわけではない。

そもそもラビアはとても小さな国だ。西のイーズデイルとラグランジュの間にちんまりと挟まれていて、両国にとって外国というより国境沿いの一部地域といった感覚である。他の国ほどには距離を感じなかった。

セヴラン殿下とわが親友ジュリエンヌも、年内に挙式が決まっている。当然ラビアへも招待状が送られている。どなたが参列されるかって、まあ間違いなくアンリエット様とリベルト公子になるだろう。さきほどアンリエット様がおっしゃった結婚式と披露宴とは、ご自身のものではなく兄君の時を指していたのだった。

両国の距離も関係も近いのだから、お里帰りだってできるだろうし、なにかで互いに訪問することもあるだろう。今ほど気軽でないにしても時々は会えるはず。そんな余裕のあるお別れだから、約一名を除いて湿っぽさはなかった。

こうしてアンリエット様は生まれ育ったヴァンヴェール宮殿を離れられた。海路は使わず馬車でゆっくり陸路を移動する。国民たちに輿入れ道中を見せるためと、知人たちに会っていくためだ。国境付近ではアンブール城に宿泊し、レティシア様とアンナ様にも再会した。すっかり元気になられたお二人に安心し、翌日はいよいよ国境越えだ。感傷的になられたり胸をときめかせたりされながら、六日目の夕刻近く、アンリエット様はラティリ市に入られた。

大公殿下のお膝元は、いにしえの大帝国発祥の地だ。今はもう国の形も統治者もまったく変わってしまったけれど、はるかな古代の面影をあちこちで見ることができる。サン＝テール市にひけを取らない近代都市ながら、遺跡も当たり前に残っているという面白い街だった。

心浮き立つ不思議な景色が次々現れる。車窓からの眺めを楽しみながら、ついに終点カステーナ宮殿に着いた――……と、思ったのにね。

なにが起きたかは、前述のとおり。

さっそく前途多難。事件が起きる前から暗雲低迷です。

二階の居室は一応整えられていて、蜘蛛の巣があったらどうしようと怯えていたわたしたちを安堵させた。

「とりあえず、手足を伸ばせて揺れない場所でやすめるのはありがたいわ。当分馬車には乗りたくない気分。みんなもまずは休憩しましょう」

いちばん困惑しているのはアンリエット様だろうに、侍女たちを落ち着かせようと明るくおっしゃる。古いけれど華麗な長椅子に腰を下ろし、ちょっと妙な表情になられた。

座り心地、よくないでしょうね。昔の椅子ってあまりやわらかくないから。

一見ちゃんとしているようでも、よく見れば室内の調度はかなりの年代物ばかりだった。建物ごと時を止めて保管されていたような雰囲気だ。

「シメオン様は、なにか聞いてらっしゃいました?」

侍女たちと話すアンリエット様から離れ、わたしはシメオン様のそばへ行った。部下にいくつか指示を出したあと、彼はわたしを入り口近くの壁際に誘った。周りの人に聞こえないよう、声を落として話をする。

「私もあなた同様驚いています。ラビアとは事前に何度も打ち合わせを重ねてきましたが、このような予定は聞いていませんでした」

繊細さと凛々しさが絶妙にとけ合った、物語の挿絵のように美しいお顔は冷静に落ち着いている。淡い水色の瞳の奥にだけ、疑問と小さな怒りが浮かんでいた。シメオン様もこの状況にはわたしたちと同じ感想しかないようだ。

「もし公子様のご指示だとしたら、なにか突発事態が起きたということでしょうか。わたしたち――いえ、アンリエット様をカステーナへ行かせてはいけないという」

考えていた理由を口にしてみると、シメオン様は首を振った。

「それならば連絡があるはずですよ。伝令を走らせる余裕すらなかったわけではないようですから」

壁にもたれたシメオン様が、ちらりと横へ視線を流す。開かれたままの入り口からワゴンを押した女性が入ってきた。大公宮から派遣された職員だろうか。ワゴンにはお茶とカップなどが載せられている。全員分用意してきたようで、大きなポットが二つもあった。

廊下や階段の掃除は行き届かずとも居室はちゃんとしているし、職員も入っている。そんな用意をしておきながら連絡する余裕がなかったとは、考えにくいわよね。

「ありがとう。あの、もう少ししたら夕食の時間になるけど、どちらでいただくのかしら」

前に置かれたお茶に礼を言い、アンリエット様が尋ねられた。わたしたちより少し年上らしい職員は、にこりともせず答えた。

「食堂にご用意する予定ですが、ご希望でしたらこちらのお部屋へ運びます」

丁寧なようで、どこか冷たく突き放す雰囲気だ。アンリエット様は素直にしゅんとなった。

「……そう、なら食堂へ行くわ」

「かしこまりました」

アンリエット様としては、ここに入ったのはあくまでも休憩のためで、晩餐(ばんさん)までには大公宮へ行くのだと思いたかったのだろう。残念ながら、そうはならないようだ。

「カステーナへ遣いを出します？」

「そうしたいところですが……」

壁にもたれたまま、シメオン様は腕を組んだ。

「じきに日が暮れます。皆も疲れていますし、今夜のところはゆっくりやすみましょう」

「よいのですか？」

「われわれがラティリに着いたことくらいは、リベルト公子の耳にも入るでしょう。この状況が彼の意志でないのなら、なにかしら手を打つはずです。少し待ってみてもよいでしょう」

「……そうですね」

たしかに、何日も馬車に揺られて疲れている。やっと着いたという高揚感にごまかされていたが、自覚すると今からあれこれ動くのが億劫だった。

扉から顔を出して廊下のようすを窺えば、荷物が勝手にどんどん運び込まれている。手際がよいと言うべきか、許可も取らずにと怒るべきか。

判断しかねていると、藤の大きなバスケットを持ってさきほどの職員が入ってきた。

「こちらはいかがいたしましょう」

「あっ」

見せられたアンリエット様がはじかれたように立ち上がった。

職員に駆け寄りみずからバスケットを受け取られる。蓋が開かないようしっかりかけられていた留め金をはずすと、中からフサフサした白黒の毛並みが現れた。

「ペルルー！　ごめんねごめんね、ごめんなさい！」

小さな犬をアンリエット様は抱き上げる。鼻先が短く、くりくりした大きな目を持つ犬は、キャンとも言わずうれしそうに尻尾を振っていた。

アンリエット様の愛犬だ。まだ一歳の女の子、やんちゃ盛りのわりにあまりいたずらをしないおとなしい子で、吠(ほ)えることも少ない。馬車を降りる直前バスケットに入れられ、そのまま騒がずいい子にしていたせいで、うっかり忘れられてしまったらしい。まかされていたはずの侍女がアンリエット様に平謝りしていた。

忘れていたのはわたしもアンリエット様も同様だ。目の前の衝撃にすっかり意識を奪われていた。思い出した人々があわてて犬のための道具類をさがしにいった。自分のことは自分でどうにかできる人間より、犬の方が優先だ。荷物の中から大急ぎで犬用品が発掘された。

人があたふたしている横で犬は不思議そうに周りの匂(にお)いをかぎ回っている。猫と違って知らない場所に来ても怯えず、むしろ楽しんでいるようだ。床の匂いをかいで、ついでとばかり人の足もかいでいた。

「今さら私を確認しなくても」

調べられているシメオン様が複雑な顔になる。

「もしかすると、もよおしているのかしら。出してもよい場所をさがしているとか」

「……！」

シメオン様はガッと犬を抱き上げて部屋を飛び出していった。それ専用の道具もあるのに、聞くこともなく走り去ってしまった。

残されたわたしたちはポカンと見送ったあと、一斉に噴き出した。困惑に落胆、不満に疑問。いやな気分に満ちていたのが、犬のおかげでやっと心から笑うことができた。

やっぱり動物って、心をなごませてくれる存在だわ。

そんなこんなで、不満はあれどもう今夜はのんびりしちゃおう、という気分になっていた。これから顔合わせやら結婚式の準備やら、いろいろしなければならないことがあるのだから、ラビア側からなにも言ってこないはずがない。心配しなくてもリベルト公子がぬかりなく手配するだろう。だから大丈夫。今夜はもう寝るだけなのだから、どこに泊まっても一緒よね——なんて、考えたりもしたのだけれど。

「寝台が……ない？」

甘かった。全然一緒ではなかった。

部下の人がシメオン様を呼びにきてなにごとか耳打ちしていたと思ったら、驚くべき報告をされてしまった。いわく、部屋の割り振りをしようと確認したら、寝台のある部屋が一つもなかったと。

急いでわたしたちも他の部屋を覗きにいった。聞いたとおりだ。見る部屋見る部屋、申し訳程度に机や椅子があるばかりで、寝台なんてどこにもない。

おまけにどこも埃っぽかった。おそれていた蜘蛛の巣を見つけ、わたしは愕然と立ち尽くしてしまった。

「いったいどういうこと？　ここに滞在しろと言いながら、受け入れ準備がまったくできていないではないの。わたくしたちに床で寝ろとでも言うつもり？」

さすがにアンリエット様もお怒りになって、職員を問いただされた。とんでもない不手際で謝るしかない状況なのに、問われた女性職員は平然とした顔で答えた。

「滅相もないことにございます。隣の部屋にご用意してあります」

そう、最初の部屋の隣にだけは、立派な寝台があった。アンリエット様の寝室だけは用意されていて、それはよかったのだけど。

「一つだけあればよいというものではないわ！　何人いると思っているの」

今回の随行員は、侍女が四人に護衛が指揮官を含めて三十六人、打ち合わせや連絡担当の役人が三人で、最後にわたしを入れて計四十四人だ。護衛は交替制にするとしても、二十五台くらいは寝台がほしいところである。

「お供の皆様の分は四階にございます。少々数が足りないかもしれませんが、そこはご都合をつけていただければと」

動じない返答に、侍女や役人たちが顔を見合わせた。四階……外から見た、あの小さな窓のところよね？

確認したのは三階までで、その上は見ていなかった。あらためてわたしたちは階段を上がり、四階を見に行った。

予想どおり、狭くて質素な廊下と、同じく質素で天井の低い部屋に出迎えられた。寝台が四つずつ詰め込まれ、他にはなにもない部屋が六つ並んでいる。計二十四台か。どうにか寝床は確保できそうだと、安堵してよいものか。

「でもこれ、使用人の部屋ですよね……」

誰(だれ)もが抱いているであろう感想を、侍女の一人が口にした。

「たしかにわたしたちは使用人、ではあるわね」

「そ、そうとも言えるけど、でも屋根裏で寝るような身分では……ヴァンヴェールではそれぞれ個室をもらっているのに」

「わたしたちはともかく、男性陣は使用人とは違うでしょう？」

「公務員だから国家の使用人てこと？」

「どういう理屈よ。というか全部ありえないから！」

さすがにこの段階になると、誰もが悟っていた。こんなの、連絡の行き違いや準備遅れでは済まされない。あきらかに悪意が存在している。

わざと無礼な扱いをされていることは、もう疑いようもなかった。

当然アンリエット様はますますお怒りになり、もう一度抗議しようとされたが、相手がわざとやっているならなにを言っても無駄である。若い女性ということで舐められている部分もあるだろう。

なので今度はシメオン様が、職員を集めて話をされた。

「これ以上無駄なやりとりに使う時間はありません。われわれの要求は一つです。今すぐここを出て、当初の予定どおりカステーナ宮殿へ移動したい。よろしいですね？」

集めてといっても、女性職員が二人と警備の兵士が四人だけだった。他はみんな用を済ませたら帰ってしまったらしい。あの案内の役人もいつの間にか姿を消していた。

本当にありえない。

「申し訳ございませんが、それはできません。こちらに滞在していただくよう指示を受けておりますので、勝手に変更するわけには」

「勝手に変更したのはそちらでしょう。もう一度言います。無駄なやりとりはしません。今すぐ移動します」

声を荒らげることもなく、シメオン様は落ち着いて話している。特別怖い顔もしていないが、相手の言い分は真っ向から切り捨てていた。さすが鬼の副長！　デモデモダッテとやり合っても時間の無駄ですものね！

そちらの言い分なんて聞かないという態度に、職員たちも鼻白んだ。

「そう言われましても……」

「不満があるなら指示をしたという人物に言ってください。こちらは予定どおりに行動するまでです。出発の準備を」

最後の言葉は部下へ向けてのものだ。相手の反応を無視して近衛たちが動きだした。

あわてて職員と兵士たちが止めに入る。

「困ります！　もうカステーナの正面は閉じる時間ですし、今から押しかけられても対応できません。こちらの指示を無視して動かれては迷惑です」

「無駄なやりとりはしないと言いました。これ以上は聞きません」

シメオン様は冷たく返す。変わらず静かな声と表情のまま、凍(い)てつく視線で立ちはだかる人々を貫いた。

見目うるわしい近衛たちを飾り物と思っていたか、馬鹿(ばか)にする雰囲気だった兵士たちは、鬼副長の迫力にあてられて青ざめた。

「……マリエル、悶えていないでそちらも準備をしなさい」

シメオン様がちょっといやそうにわたしを振り返る。

「マリエルさん……」

アンリエット様からも困った視線が向けられる。近衛と侍女たちは苦笑し、はじめて見る役人たちはなにごとかと引いていた。

でもでも、ごめんなさい我慢できません！　ちょっとだけ待ってください！

ああああああ！

これこれ、これよ、これなのよ！　この迫力こそがシメオン様！　怒鳴らなくても、血相を変えなくても、全身からにじむ凄味で威圧する。真の強者だからこその迫力がたまらない！　これぞわたしの鬼畜腹黒参謀様！

かっこいい――!!

「……準備を、していただけますか」

早々に諦めたシメオン様が他の侍女たちに声をかけた。

「あ、はい」

「あの、夫人は大丈夫なので？」

「おかまいなく。大丈夫すぎるので」

説明にならない返答に役人が困惑している。わたしは頑張って萌えを抑え、出発準備を手伝おうとした。近衛たちがにらみを利かせ、もう邪魔をさせまいとラビア勢を牽制する。室内があわただしく動きはじめた——と、思ったら。

　またも割って入った声に止められた。

「あー、すみません、もうちょっとだけ待ってもらえますかね」

　のんびりした若い男性の声だった。ほとんどの人がえっと驚いた。こちらだけでなく、ラビア側までもが。

　聞き覚えのある声だと気づいたのは、わたしとシメオン様だけだった。シメオン様はそれまでの冷やかな表情がたちまち崩れ、ものすごくいやそうな渋面になった。

　開かれた扉の向こうに、いつ来たのか背の高い姿がある。

　元気に跳ねた短い黒髪に、海のような青い瞳。男性的に整った顔には、人を食った皮肉げな表情が浮かんでいる。

　少しお行儀悪くポケットに手を突っ込み、飄々(ひょうひょう)と立っている。わたしと目が合うと笑みを深くして片目をつぶった。

　見慣れた姿に、さほど驚きは感じなかった。むしろやっと来たかという気分だ。そもそもラビア行きが決定した時から再会は確信できていたものね。

　シメオン様もすぐに表情を戻した。……ちょっとだけ、眉間のしわが残ったけれど。

　彼の反応を確認して、男は部屋に踏み込んでくる。

　そこでようやくアンリエット様が、会ったことのある人物だと思い出された。

「ああ、あなた……て、ごめんなさい、なんてお名前だったかしら」

「エミディオ・チャルディーニです。ラビアへようこそ、王女殿下。歓迎いたします」

芝居がかったしぐさで胸に手を当て、気取った礼をする男はチャルディーニ伯爵——と、名乗ったけれど。

もっと有名な名前を持っている。諸国に知れ渡る大悪党、怪盗リュタンの登場だった。

3

貴族や富豪ばかりを狙い、たびたび巷間を騒がせているリュタンとのつき合いも、けっこう長くなってきた。

わたしよりいくつか上くらいの年齢で、一見陽気な好青年かと思わせる彼は、じつはリベルト公子直属の諜報員である。泥棒家業は真の目的を隠すため。被害を受けた人物はお宝の他に、重要な情報も盗まれている。

という実情をわたしたちに知られてしまったため、最近はおとなしくなったかも。ここしばらく新聞も雑誌もリュタン関係の記事は載せなくて、無責任な大衆はつまらないとぼやいていた。

そのかわり本職の方で頑張っていて、つい先日もラグランジュに来てあれこれ引っかき回してくれたばかりだ。そう、今度会ったらあの時のことを抗議しようと思っていたのよ。それもあって付添人のお役目を引き受けたのだ。

今はそんな話をしている場合ではないのでひとまず置いて、やっとこの状況に説明が得られそうなことを喜んでおこう。ええ、いろいろ言いたいことが山ほどありますけどね！　シメオン様も一発殴りたいと顔に書いている。けれどわたしたちはものごとの優先順位を考えられる人間なので、ぐっとこらえて黙っていた。

「なーんか、殺されそうな視線を感じるなあ」

わたしたちがおとなしく我慢しているのに、リュタンはわざとらしくぼやいた。

「僕って歓迎されてない？　来ない方がよかったかな」

「あら、とんでもない。ぜひまたお会いしたいと思っていたわ。来てくださってうれしくてよ」

「そうですね。使う前にさっさと殺してしまってはいけない。どうせなら有効活用してからでなくては」

「シメオン様、本音がむき出しです」

「歓迎すると言いたかったのですが」

「……わりと本気で帰りたくなるな」

言いながらもリュタンは足を進めた。

彼は一人ではなかった。あとに続いてさらに二人、入ってくる。一人はやはりよく見知った、リュタンの部下ダリオだった。並外れた長身と怪物じみた筋肉を持つ巨漢ながら、首から上だけは耽美である。彫りの深い顔立ちに、まつげがとても長くて多い。うらやましいほどに。クルクル巻いた金髪は古代の彫刻に似ていて、この町で会うとなんだか面白い。昔の人もこんなふうだったのかしらと想像した。

もう一人はかなりのお年寄りらしく、杖(つえ)をついて歩いていた。腰を折ってほとんど床を見ているような体勢だ。髪と鬚(ひげ)も真っ白で、杖にすがるように両手で持ち、ヨボヨボとおぼつかない足どりで入ってきた。

おじいさんを気遣ってダリオはゆっくり横を歩いている。リュタンだけがさっさとやってきて、ラビアの職員たちに下がるよう言った。

「呼ぶまで来なくていいよ」

「な、なにを勝手に。いきなり来てそんな」

「聞こえなかった？　下がれって言ったんだよ」

わたしと話す時とは別人のように、リュタンは冷たい声で突き放した。鋭い視線を受けて職員は言葉に詰まる。……リュタンのこと、知っているのかしら。まったく初対面という雰囲気ではなさそうだ。

いまいましげな顔をしていた職員と兵士たちは、少し目を見交わしたあと部屋を出ていった。シメオン様に命じられて近衛(このえ)が二人外へ出る。扉の前に立ち、邪魔が入らないよう見張りを務めてくれた。

「あの、チャルディーニ伯爵」

ここまで黙って見守っていたアンリエット様が、あらためてリュタンに声をかけた。

「いったいなにが起きているのでしょう。説明をいただけるのかしら」

「もちろん、そのためにまいりました。ま、どうぞお気楽に。そんなに深刻なお顔をなさる状況じゃありませんから」

またころっと表情を変えてリュタンは答える。そしてようやく追いついたおじいさんに場所を譲り、どうぞと身振りでうながした。

「……？」

アンリエット様が首をかしげた直後、曲がった腰が突然ひょいと伸びた。

「えっ」

わたしとアンリエット様の口から、同時に声がこぼれた。周りの人も驚いていた。一瞬前まで立つのもつらそうだったおじいさんが、しゃっきり背筋を伸ばして立っていた。

……いえ、違う。この人おじいさんではない。

膝や肘も伸びていた。なんの不具合もなさそうな立ち姿になると印象は一変した。そこにいるのは、髪と鬚が白いだけの若い男性だった。

ああ、これは。

理解して、わたしは肩の力を抜いた。いつものアレだ。リュタンが得意とする変装術だ。姿を変えるだけでなく姿勢や動作も変えて、違う年代の人物に見せかけていたのだった。

わたしはちらりとシメオン様のようすを窺った。彼は驚きもなにもない顔で見守っている。やはり老人ではないと最初から見抜いていたようだ。

男性はさらに顔に手をやり、無造作に鬚をむしり取った。変装だとわかっていても一瞬ぎょっとなる。そして白髪のカツラも取り去られた。アンリエット様は目を丸くして、また開きかけた口をあわてて手で押さえた。

「おひさしぶりです。ようこそ、ラビアへ。ようやくあなたをお迎えするのに、このような形での再会になり申し訳ありません」

優しげな声がやわらかく言う。ダリオがさし出した布で顔をぬぐうと、老人らしいしみやしわが消えて絶世の美貌が現れた。

少し長い亜麻色の髪に、めずらしい青緑色の瞳。ほっそりとして長身というほどでもなく、全体に優雅でたおやかな、ドレスを着たら普通に似合ってしまいそうな人物である。

途中からなんとなく察していたとおり、老人に変装していたのはリベルト公子だった。

昨年ラグランジュへいらした時以来だから、わたしもアンリエット様も七ヶ月ぶりにお会いする。相変わらずお美しく、見た目だけは完璧な王子様だった。

うしろに黒い尻尾が見えますけどね。中身もヒーローなシメオン様とは大違いよ。

でも部下にまかせるのでなく、御大みずからおでましいただいたのはじつにありがたい。これでますます気が楽になった。

と、ほっとするわたしとは反対に、アンリエット様は事態が呑み込めたとたん真っ赤になって、あたふたうろたえだした。

「リリリリベルト様!?　ええっ……お、驚きました。てっきりおじいさんだとばかり——いえ、あの、どうしてこちらに？　というか、わたくしがどうしてここにとお聞きするべきかしら。えっと、あの、どうしましょう。わたくし、どうしたら」

「姫様、一度深呼吸しましょう」

混乱する彼女に腹心の侍女たるソフィーさんが寄り添い、背中をなでる。そんな姿にリベルト公子はくすりと笑いをこぼした。婚約者の愛らしい姿に目を細めているように見えますが、本当は企みが成功して満足なんでしょう。うちの末っ子様にそっくり。

なんて心の声が聞こえたように、不意に公子様がわたしを見た。わたしは黙って膝を曲げ、お辞儀した。

「ずいぶんおとなしいですね、フロベール夫人。人払いをしましたから気楽にしていただいてけっこうですよ」

「おそれいります。わたしはもともとこうですのでおかまいなく」

今はわたしがしゃしゃり出るべき場面ではないものね。そう思って遠慮したのに、周り中が一斉にえっという顔でわたしに注目した。なんですか、なにか文句でも？

「おや、そうだったかな？　バンビーノ（坊や）、彼女はそんなに内気さんなの？」

「こういう時になるとその呼び方するんだから！　たく……あのさ、状況説明と今後について話し合いたいから、マリエルもこっち来てくれる？　あ、副長は隅っこにいていいよ。どうせ地獄耳だろ」

「背中を合わせて戦った仲だというのに、つれないことを」

「副長がそんな冗談言うなんて、天変地異でも起きるんじゃないの。不吉だからやめてくんない」

「あいにく、軽口は苦手です。事実を言ったまでですよ」

「……本当、いやなやつ」

とかなんとか、言い合っているうちになしくずしでいつもの雰囲気になりながら椅子に集まる。シメオン様とリュタンが背中を合わせて戦ったって、いつのことかしら。まったく覚えがない。先日の事件では共闘どころか敵対していたわよね？

わたしとシメオン様、アンリエット様と公子様、そしてリュタンの五人で腰を下ろし、テーブルを囲む形で落ち着いた。他の人は壁際に下がって控えた。

アンリエット様の気持ちも落ち着き、それではと仕切り直しになって、最初に口を開いたのは公子様だった。

「あらためてご挨拶(あいさつ)いたします。ラビアへようこそ。お待ちしておりました。ですがこのような事態になり、さぞ困惑されたでしょう。申し訳ありませんでした」

「おひさしぶりです。いつもお手紙をありがとうございました……で、さっそくですが、これはリベルト様のご指示なのですか？　わたくしがここへ入らねばならない事情が、なにかあるのでしょうか」

アンリエット様も挨拶を返され、すぐに本題に入られる。冷静な問いに公子様は首を振った。

「いいえ。私がこの状況を知ったのはついさきほどです。情けない話ですが事前に把握することができず、あなた方にはご迷惑をおかけしました」

婚約者が悪意ある対応を命じたわけではないと聞き、アンリエット様のお顔がほっとゆるんだ。多分違うだろうと思ってはいたが、はっきり否定してもらえてよかった。

しかしそれならどうして、という全員の疑問にも、公子様はすぐに答えてくれた。

「姫の一行をパーチェへ連れていくよう命じたのは、大公妃(たいこうひ)です」

「公妃様……ということは、リベルト様の」

「はい、母です。まことに恥ずかしながら、これは母のいやがらせです」

アンリエット様がわたしを見る。黒い瞳にどうしてという疑問と、もしやという問いが浮かんでいる。わたしは公子様に尋ねた。

「つまり、さっそくの嫁いびりだったわけですか？」

「マリエル」

シメオン様が小声でたしなめる。言葉を選びなさいと。でも言い方を変えたところで一緒でしょう？

公子様も苦笑した。

「まあそうですね。気に病まないでください、会ったこともない姫を個人的に嫌っているわけではありません。単に自分の思いどおりにいかないのが気に入らないだけですよ」

「思いどおり……公子様のお妃(きさき)様はイーズデイルからお迎えしたかったと？」

「そう。さすがにあなたは話が早い」

公子様は満足そうにうなずくが、アンリエット様の方は不安そうに眉(まゆ)を下げていた。

わたしは他の人に目を向けてみる。シメオン様は表情を変えないまま、でも少し呆(あき)れているのはわかる。リュタンはもっと露骨に顔に出していた。

ラビアの大公妃、アラベラ様がラグランジュ嫌いなのは有名な話だ。

彼女はラビアのもう一つの隣国、イーズデイルの出身である。前国王の妹、今の女王にとっては叔母にあたる。

もともとイーズデイルとラグランジュは微妙な関係で、過去には戦争をしたこともあった。婚姻関係を結んだり、現代では同盟も組んでいるし、ずっといがみ合っているわけではない。でも互いの悪口を言い合うくらいは、今でもよくある光景だった。

そんな二つの大国に挟まれたラビアの苦労は並ならぬものがある。巧みな外交力と経済力でもって生き抜いてきたが、国内にもラグランジュ派とイーズデイル派がいてしばしば衝突していた。

当然ながら、アラベラ妃はイーズデイル派の筆頭である。リベルト公子が適齢期になり結婚相手を選ぶ段階になると、彼女はイーズデイルから迎えるよう強く主張したらしい。

最終的に選ばれたのはアンリエット様——ラグランジュとあって、ご不満だったろうことは想像に難くない。

でもこの期におよんでまだ納得されていなかったとは。

「普通のお嫁さんとお姑さんなら、まあいろいろありますが、国を代表するお立場でそれは……おかしな真似をすればラビアの面目は丸つぶれで、当然ラグランジュから強く抗議されますし、なにもよいことはないと思うのですが」

「まったくね。母もそれが理解できないほど馬鹿ではないはずですが、だから我慢しようという自制心には欠けていたわけです」

慈愛すら感じさせる微笑みと口調で、言っている内容は辛辣だ。どうしてこんな言葉をそうも優しいお顔で言えるのだろう。公子様と話していると混乱しそうになる。

「国の評価を落とせば、ご自身を貶めることにもなりますのに」

「非難されても、言う方が悪いと居直るような人間ですから。まともな感覚など期待できません」

まるで他人の話のように公子様は言う。辛辣を通り越して軽蔑しているような、完全に突き放した言葉だった。

……そうなのかな。親子だからって誰もが仲よくできるとはかぎらない。肉親だからこその悩みもあるだろう。公子様とアラベラ妃は、あまりよい関係とは言えないようだ。

「それで、われわれはここから移動できるのでしょうか」

口を閉じたわたしにかわり、シメオン様が尋ねた。さすが鬼副長は冷徹な顔を崩さない。冷たい親子関係をかいま見ても、それより目の前の現実問題の方が大事と意に介さなかった。

公子様もそういう反応の方がありがたいようで、きげんよく答えた。

「もちろん、お望みなら今すぐにでも。ですが姫、決める前に少し考えてくださいますか」

「え？」

自分に振られてアンエリット様が身がまえる。公子様はなんでもない話のように、気負いのない口調で言った。

「私としては、このままパーチェに滞在されるのも悪くないと思うのですよ。カステーナへ入れば母との接触は避けられません。お人好しな期待は捨ててください。不快な時間にしかならないと断言しますよ」

「…………」

「さらなるいやがらせも十分にありえます。ああいう人間とはできるだけ距離を取り、関わる機会を減らした方がよい。せっかく向こうがお膳立てしてくれたのですから、ありがたく利用させてもらえばよいではありませんか。ここにいても打ち合わせはできますし、もちろんちゃんとした職員を入れて館内を整えます。多分ね、カステーナよりここの方が、ずっと快適にすごしていただけますよ」

てっきり迎えにきてくれたのかと思ったらこの提案だ。アンリエット様のお顔に落胆が浮かんだのは当然だった。

とっさには答えられず、少しの間ご自分の膝に視線を落として考える。

「……それは、結婚式までの間だけですか？　そのあともずっとここにというお話ではありませんよね？」

「望まれるのでしたら、それでもかまいませんが」

「望みません！　望みませんけど……あの、リベルト様のご希望は？　そちらをまず伺いたいのですが」

「私はどちらでもかまいません。あなたの選択に合わせた手配をするだけですから」

「…………」

寛大なようで、突き放しているとも取れる返答だ。上手に隠して彼自身の考えは見せてくれない。アンリエット様はますます困った顔になった。

しばらく悩んだあと、膝に置いた手をぎゅっと握り、アンリエット様は決心したお顔で公子様に答えた。

「予定どおり、カステーナへ入りとうございます」

「よいのですか？　私に遠慮されているのでしたら、無用の心配ですよ。言ったように私はどちらでもかまわないのです。あなたを守れさえすればよい。他に希望はありません」

「ええ、そうですね。リベルト様にとって、このくらいは些事なのでしょう。わたくしが逃げようと戦おうと、あなたにはどうでもよいことですね」

「どうでもよいとは思いませんが」

公子様が少し苦笑する。かまわずアンリエット様は続けた。

「以前はっきり言われましたもの。わたくしに共同統治者としての働きなど求めない、必要な時に役割を果たすだけでよいと。つまり、妃という看板を背負って夫の隣で微笑み、跡継ぎを産みさえすればよいというわけですね」

なかなか辛辣なもの言いに、さしもの公子様も微笑みを消して表情をあらためた。

「ですからこれはリベルト様に配慮するのではなく、わたくしの希望です。わたくしはカステーナへ行きとうございます」

「あえて母と対決すると？」

「はじめから敵視するつもりはありませんが」

アンリエット様は小さく息をつき、こわばっていた身体から力を抜いた。ここまで言うのにずいぶん気合を入れていたのだろう。やっと調子を取り戻しはじめ、表情もやわらかくなった。

「ご本人とまだ一度もお会いしていないのに、先に決めてしまいたくはありません。とはいえ、リベルト様がそうまでおっしゃるなら、仲よくするのは難しい方なのでしょうね。ですので、努力はしますが残念な結果になったとしても傷つかないよう、心がまえをしておきます」

少し眉を上げ、リベルト公子はくすりと笑いをこぼす。

「なるほど？」

「努力が常に報われるとはかぎりません。特に人間関係は相手の気持ちもありますから、自分が頑張りさえすれば解決するというものではありません。いやな思いをするだけで終わってしまうことも多々あるでしょう。それをわきまえ、必要以上に落ち込まないよう心を強く持った上で、できる努力はする。はじめから投げ出さない。そういう人間でありたいと思います」

きっぱりと宣言された王女様に、わたしは拍手したい気分だった。

アンリエット様は無邪気なだけでもなければ、すぐ逃げたがる弱い方でもない。つらいことがあれば素直に落ち込むしうろたえもするけれど、そこから頑張って立ち向かおうとする方だ。甘やかされているだけのお姫様ではないのですよと誇らしい気分だった。

侍女たちもうんうんとうなずいていた。みんなわたし以上にアンリエット様のことを知っていて、応援する気持ちも自慢する気持ちも人一倍だろう。

妻となる人のそんな姿を見た公子様は、はたしてどう思われたのか。全員が注目するなか、またにっこりと微笑んだ。

「わかりました。あなたがそうおっしゃるなら予定どおりに進めましょう」

さほど雰囲気は変わらないが、なんとなく満足そうな気がした。

もしかして、アンリエット様を試していた？　言われるまま楽な方へ逃げるかどうか、見ていたのだろうか。

……いや、そこまでの意図も感じない。どちらでもよいというのは、多分本当なのだろう。でも彼にとってどちらが望ましいかはあるはずだ。どちらでも対処できるけれど、こっちの方だとうれしいな、くらいの希望はあっただろう。

そんな気持ちを一切見せずアンリエット様一人に決めさせたのは、譲ってくれたのだとしても、なんだかさみしかった。

シメオン様ならわたしに判断を丸投げしない。自分の希望も伝え、二人が納得できる道をさがそうとしてくださる。わたしだって彼がなにを求めているか、なにに悩んでいるか、聞かせてもらえた方がありがたい。互いを理解し、妥協点を見つけていくことで、よりよい関係を築いていける。

リベルト公子の態度は相手を尊重しているようでありながら、じっさいは距離を置くものだ。これでもしアンリエット様が逃げる方を選んでいたらどうなったのだろう。なにも言わないまま、ああこの人は逃げる人なんだな、と思われて終わったような気がする。

逃げたくても相手の望みを知って踏みとどまったりするじゃない？　この人のために強くなろうと頑張ったりするじゃない。そういうこと、公子様は考えないのかしら。最初から求めていない、そこまでの情熱をアンリエット様に向けていないのだとしたら、やはりさみしいとしか言えない。

あなたのご主人様ってどうなのよ、と不満を込めてリュタンを見る。彼は目をそらして答えをくれなかった。

ひそかにわたしがむくれる横で、公子様とアンリエット様の話は続く。

「今すぐ移動も可能ですが、もし今夜一晩だけ我慢できるのでしたら、明日(あす)の朝にしませんか」

「準備が間に合いません？」

「そうですね。どうせならこの状況を利用して、うんと効果的に演出したいと思うのです。明日あらためてお迎えに上がっても？」

アンリエット様は即答せず、わたしやシメオン様、そして壁際で控える人々を見回した。

「それは……」

「失礼ながら、発言をお許しいただけますでしょうか」

彼女が口ごもっていると、ソフィーさんが声を上げた。許されてソフィーさんはアンリエット様に伝える。

「わたくしたちのことは、どうぞおかまいなく。事情がわかりましたので、今夜一晩だけなら問題ございません。平気ですわ」

「一応寝られる場所はありますものね」

わたしも気を取り直し、話にくわわった。

「一度に全員では無理ですが、近衛の方々は交替で使っていただけます？」

シメオン様に問えば、

「むろん、そのつもりです」

と、即答される。

「警備をしないで全員が寝てしまうわけにはいきません。どのみち交替制になりますよ」

「ですよね。ベナールさんたちも、よろしいでしょうか」

最後に確認した役人たちも、こころよく了承してくれた。

みんな気持ちは同じだ。わけのわからないいやがらせにはうんざりだけど、今夜だけとわかれば受けて立つ気になれる。

リベルト公子にはなにか考えがあるようだし、逆にワクワクしてくるではないの。

みんなから明日にしようと言われ、アンリエット様も決心された。公子様の意見を容れて、カステーナ宮殿への移動は明日の朝になった。

話をしているうちに窓の外は暗くなってきた。あまり遅くなるわけにはいかないからと、公子様は帰り支度をされる。リュタンの手によってふたたび老人の姿になり、杖を手に扉へ向かった。

「顔を作る技術もすごいのですが、公子様も演技がお上手ですよね」

扉の前でまたヨボヨボしだした公子様に、思わずわたしは言ってしまった。声だけは若々しく笑われる。

「この子たちと一緒に訓練を受けましたからね。安全に外を歩くためには、別人になりきるのがいちばんです」

軽く言われた言葉に思い出す。そういえばこの人、危険な組織に命を狙われているのだった。大公妃の嫁いびりよりもっと深刻な問題があった。

いや本当に大丈夫なんですか!?

みんなの前で聞いてよいのかわからずわたしがためらっているうちに、三人はさっさと帰ってしまった。これ、黙って見送っちゃってよいのかしら。

わたしは視線だけでシメオン様に問う。お送りした方がよいのでは……という意図は伝わり、彼は公子様たちを追いかけていったが、さほど時間を置かずに戻ってきた。

「かえって目立つからと断られました」

「まあ……そうですね」

異国の軍人、しかも華麗な近衛が一緒では注目してくださいと宣伝して歩くようなものだ。シメオン様たちがお供するのは逆効果だった。

リュタンとダリオが一緒なのだから、心配ないわよね？

わたしは窓辺へ行って外を見た。あの彫刻群と広場が真下にある。野次馬たちは解散して、普通の人通りに戻っていた。

暮れなずむ空の下、ひそかに貴人を乗せた馬車はもう見当たらなかった。

4

　リュタンに追い払われた職員が、仏頂面で夕食を知らせにきた。もう敵意を隠す気もないようで、つっけんどんに言ってこちらの返事も待たずに戻っていく。食堂は一階だと言われたのでとりあえず行ってみた。

「はい、予想どおりーわかってたー」

　食卓を見て、もう笑いしか出てこない。籠(かご)に盛られたパンとお鍋(なべ)に入ったままのスープがドンと置かれ、各自勝手に取って食べてくださいという状態だ。給仕の姿はなく、ついでに言うとお鍋は冷えていた。

「コンソメかしら。ということは、冷製スープでもありませんよね」

　わたしは蓋(ふた)を取って中身を確認した。具のない透き通った汁だけが入っている。

「パンとコンソメだけって……」

　ソフィーさんが呆(あき)れきった顔でため息をついた。

「まさか毒入りじゃないですよね」

　他(ほか)の侍女が不安そうに言う。さすがにそれはないだろうと、わたしはレードルとお皿を取って少しだけすくってみた。

「……うん、お味は普通です」

ただの美味しいコンソメだ。温かかったらもっと美味しいだろう。

「度胸がおありですね」

「いくらなんでもここで毒殺は企てないでしょう。言い逃れできませんから。やるならカステーナへ入ってからだと思いますよ」

「やっちゃう可能性が⁉」

「ない、と思いたいですが……否定しきれませんね」

ソフィーさんが深刻な顔で考え込む。わたしもそこまでやるとは思いたくないが、一応頭には置いておくべきだろう。重々警戒していただくよう公子様にお願いしておこう。

アンリエット様が困った顔で食卓を見下ろした。

「パンとスープだけなのも冷たいのも我慢するとして、量が足りているとは思えないわ。他の人の分もちゃんとあるのかしら」

「ここまでの流れを考えると、あまり期待はできませんね」

わたしたちの会話を横で聞いて、役人の一人が切なそうにおなかを押さえた。

「寝床は我慢できますが、食事は……つらいです」

ベナールさんという中年の男性は、食べることが好きそうなふくよかな体型だ。パンとスープだけではとても足りないと悲しそうに言った。

「じつは私も……」

「我慢はできますが、でもなんとかなりませんかね？」

他の二人も不満を訴える。男性にこれだけで我慢しろと言うのは酷かもね。近衛たちも同様、いや彼ら以上だろう。

美味しいものをおなかいっぱい食べて満足しているのは犬だけだった。人と同じものを食べさせるわけにはいかないので、犬のごはんは持ってきている。先に食べさせたので、今は部屋で気分よく寝息を立てていた。

「皆さんラビアの通貨はお持ちで？」

「はい、一応少しは用意しています」

「私はまったく。偽札問題のせいで両替が制限されていて、間に合いませんでした」

「私もです」

少し前から偽札が大量に出回っているせいで、ラグランジュ銀行券の信用が落ちている。セヴラン殿下がお留守番になった原因の一つでもあり、政府や経済界を悩ませていた。

「ではお渡ししておきますね。あ、公子様に請求するので返金は不要ですよ」

わたしが言うと、みんなすぐに察してくれた。

「外へ買いにいくのですか？」

「ベナールさんたちは、その場で食べていらしては？」

着いた時いい匂(にお)いがしていたのよね。きっと近くにお店がある。今頃(いまごろ)にぎわっているはずだ。

「好きなものを注文して、できたての温かいうちに食べた方がよいでしょう？」

「……い、いいですね」

ベナールさんが同僚と顔を見合わせる。丸い顔が期待に輝いていた。

土地の料理は旅の醍醐味だ。街なかのお店で食事するなんて、最高の楽しみでしょう。

「アンリエット様たちにはわたしが買ってきますので、もうしばらくお待ちくださいませ」

「ええー、わたくしも外食したいわ」

「姫様」

うらやましがったアンリエット様は、自分もお店で食べたいとおっしゃった。

「こっそりでかけられないかしら？」

「うーん」

お気持ちはよくわかるので、だめもとでシメオン様に聞いてみる。冷たい鍋を見せてみんなで訴えるも、

「だめです」

案の定即座に却下されてしまった。

「今夜一晩だけ我慢すると決めたでしょう。買い出しはかまいませんが、外食はだめです」

「うう……」

まあ、そうなりますよね。王女様が外出されるなら相応の準備が必要で、今は無理だ。かわいそうだけど我慢していただくしかない。

アンリエット様も理解はされていて、むくれながらも諦めていた。

役人たちと近衛たちには外出の許可が出た。希望する人は交替で出ることになり、スープは厨房を借りて温め直す。厨房も長く使われていない状態だったが、一から調理するのでなく鍋を火にかけるだけだ。燃料さえ調達できれば問題なく、そこは近衛が頑張ってくれた。

買い出し係を引き受けたわたしは外へ出る。荷物持ちに近衛を借りようと思ったら、シメオン様がついてきた。

「指揮官が持ち場を離れてよいのですか」

「あなたから目を離す方が不安です。出発前セヴラン殿下からも言われたでしょう。一人で行かせるとなにか引っかけてきそうで落ち着きませんから、一緒に行った方がよい」

「失礼な。そんなこと言って、シメオン様もお店のごはんが食べたいのでしょう」

「あなたと一緒にしないでください」

人目を引くシメオン様も暗くなった景色に上手くとけ込み、注目されずに済んでいた。わたしは急ぎ足でお店をさがした。こうなると街なかの離宮だったのはかえって好都合だ。ちょっと歩いただけですぐにいくつもお店が見つかった。

ちょうど夕食時なのでどこも客でいっぱいだ。明かりと食器のふれ合う音、楽しそうな声、そして魅惑的な香りが道にまで漏れている。ああ、ニンニクの香ばしさにそそられる。

「おなかが鳴るぅ。本場のピザとパスタが食べたいわ」

「ピザはともかくパスタの持ち帰りは難しいのでは」

「お鍋ごと買い取れませんかしら」

「……どうでしょうね」

おなかを空かせて待っている人たちがいるから、のんびりはできない。でもこうして二人で歩くと観光しているみたいで楽しかった。

一日――いえ、半日でもいい。おやすみを取って遊べないかな。結婚式と披露宴が終わったらアンリエット様はもうラビアの人となり、警護も引き継がれる。わたしたちはお役御免でお別れだ。帰国する前に自由時間をもらいたい。

わたしはそっとシメオン様の腕に寄り添った。向けられる視線に拒否の色はないのでもっと大胆にくっついてみる。シメオン様は軽く肘を曲げてエスコートの形にしてくださった。

「シメオン様はこれまでにもラティリへいらしたことが？」

「仕事で来たことが何度か」

「街の見どころとか、人気のお土産とか、わかります？」

「伝統的なものでしたら。最近の情報は持っていませんね」

「でしたら二人でさがしましょう」

わたしの言いたいところを察してくださったようで、少し彼は考えた。

「そんな時間が取れるかな」

「わたしたちだけ帰国を遅らせる……なんてのは、だめですよね」

「だめです」

そうでしょうよとわたしは口をとがらせる。

「せっかくシメオン様と外国の街を歩いているのになー」

「この間旅行したばかりでしょう。また休暇が取れたら連れてきてあげますよ」

「それも楽しみですけど、今回もどこかで遊びたいー」

「時間があればね」

適当にわたしをあしらうようで、シメオン様の声は優しい。本当言うと、こうして二人でおしゃべりしながら歩いているだけで楽しい。

外の風を感じながら、ただ二人の時間を楽しむ。それだけでたまらなく幸せだ。

ついでに言うと、周りの耳や視線を気にする必要がないのもいい。

「リベルト殿下のアンリエット様への態度、シメオン様はどう思われました?」

「どう、といって」

問い返す瞳に、わたしは消化しきれず残っていた不満を訴えた。寛大なように見えても、突き放した態度がさみしいと。

「ご自分の希望や考えはまったく見せてくださらなくて、完全に一方通行です。アンリエット様からすれば、ちゃんと受け止めてもらえているのか、流されているだけなのか、わからなくて不安になってしまうと思います」

話し合いのあと、こっそり落ち込んだ顔をされていたのを知っている。以前頑張ってぶつかって、少しは距離を縮められたと思ったのに、まだまだ手が届くほどではないようだ。

これから結婚して家族になろうとしている相手なのに、公子様はどうしてあんなによそよそしいままなのだろう。お澄まし顔はいつまでも続けられるものではない——そう、アンリエット様に助言したこともあった。間違ってはいないと思う。でも道のりが遠すぎて、途中で力尽きてしまわないかと心配になってきた。

「もう少し、歩み寄る姿勢を見せてくださってもよいと思うのですけど」

シメオン様の腕に甘えながら、わたしはぼやいた。

「夫婦になるのに、相手がなにを求めているのかわからないって、とてもさみしいですわ」

「そうですね。しかし、私たちもあまり人のことは言えないと思いますよ」

「え？」

共感してもらえると思ったら意外な言葉が返ってきた。驚いて見上げるわたしに、シメオン様は少しおかしそうな顔をした。

「婚約したばかりの頃は互いに内心を隠して、嘘や隠しごとだらけだったでしょう」

「あ……」

すっかり忘れ去っていた記憶を引っ張り出され、わたしの顔がちょっぴり引きつった。

そ、そういえば、そうでしたね——……わたしの趣味も、作家としてのお仕事も、一生隠しとおすつもりでしたっけ。

政略結婚に愛情なんて求められないと期待せず、理解も求めていなかった。彼の前では貞淑な妻を演じ、きちんと家庭を守りさえすればよいだろうと……はい、一人で決めちゃっていましたね。

今やすっかり安心して本性をさらしているけれど、あの頃は全力で萌えを隠してお澄まししていた。え、わたしってリベルト公子と同じだったの？

わが身を振り返り、愕然となる思いだった。もしかして、やっていることそっくり同じでは。

「たしかに私もさみしい気持ちを味わいました。いや、あの頃は自分の気持ちもよくわかっていなくて、なぜこんなにさみしいのか、なぜこんなに苛立つのかと混乱していましたね」

「は、はあ……」

「私の方にもあなたに見せていない顔、伝えていない思いがあった。その後どうにか気持ちが通じ合ったと思っても、じつはまだすれ違いが多かった。何度もぶつかりましたね。そのたび理解を深め、距離を縮め、こうしていられるくらいになった」

いつの間にか手を離していたわたしを、シメオン様は抱き寄せる。ふたたび二人の距離がなくなり、ぬくもりが伝わってくる。

「まだ知らないことがあるかもしれない。すれ違うことがあるかもしれない。そうしたら、またぶつかればよい。と、余裕を持って考えられるようになりましたね」

「……そうですね」

大きな身体に頬を寄せ、わたしはうなずいた。

「アンリエット様たちも、これからぶつかっていかれるのでしょうか」

「人それぞれですから、王女殿下たちがどのように関係を築いていかれるかはわかりません。特にリベルト公子は一筋縄ではいかない人物ですから、われわれよりずっと苦労するかもしれませんね。しかし期待できないほどだとも思いません」

シメオン様は穏やかに、けれどはっきりと断言した。

「王女殿下は言うまでもなく、リベルト公子の方もけして拒絶しているわけではないと思うのです。彼を見ていて感じるのは、つき合い方がよくわかっていないのではないかと」

「つき合い方……」

言われて、わたしは記憶の中の公子様を振り返った。いつもそつなく微笑（ほほえ）んで、穏やかに受け答えしている姿ばかりが浮かんでくる。でも内心はまったく見えない。そんな姿から感じるのは、上手につき合おうという努力のみだ。

気持ちを通じ合わせてそうなるのではなく、お手本どおりの礼儀や話術で形を整えようとしている……わたしはそれを、彼の腹黒い性格ゆえだと思っていたけれど、シメオン様は違う見方をしているようだ。

「私自身にも覚えのある話です。女性とつき合ったことがなく、どのようにすればあなたが喜んでくれるのかわからなかった。人の話や書籍から仕入れた知識をもとに形ばかり取りつくろって、上手くいったりいかなかったり……つき合いはじめの男女とは、皆そんなものかもしれませんね」

「ですね」

とてもよくわかる、納得できる話に、わたしはまたうなずいた。そうよね、自分の小説にも書いてきたじゃない。最初はなかなか通じ合えないのはもちろん、その努力が必要だと気づくのもじつは簡単ではない。

いろんな経験をしてぶつかり合っていくことで、気づいていくものだ。

「贈り物や外出も喜んでくれますが、あなたがいちばん喜ぶのは二人きりですごす時間だ。場所などは、なによりも重要というほどではない——ですよね？」

「ええ」

水色の瞳に問われ、わたしは破顔した。そうですとも。

あなたがわたしのそばにいてくださること。わたしの話を聞いてくださること。あなたの声を聞かせてくださること。

それがなにより大切で、尊いの。

わたしは踵を上げて、うんと背伸びした。シメオン様も身をかがめてくださる。互いの眼鏡が強くぶつからない程度に、そっと優しくふれ合った。

「公子様も、わかっていかれるかしら」

「これまでの人間関係も、すべてが上っ面ばかりというわけではないはずですよ。そこまで他人を寄せつけない人間では信頼や忠義は得られません。どんなにすぐれた人物でもたった一人で政は行えない。ちゃんと周りの協力を得られているからこそ、彼の実績があるのです」

「はい」

「そこまでの関係を築くのに、彼は少し時間がかかるのでしょうね。まして今回は仕事ではなく個人間の——男女の関係です。私に負けず劣らず、勝手がわからないのだと思いますよ。王女殿下は苦労されるでしょうが、いずれ解決していくはずです。そう期待しましょう」

そうですね。まだこれからのお二人だ。文通ばかりで直接顔を合わせたのは数えるほど。ようやく一緒にいられるようになった――いえ、これからなるところなのだから。

急いで判断してしまう必要はない。時にさみしかったり腹が立ったりしても、諦めずに乗り越えていけばきっと幸せにたどり着ける。アンリエット様は頑張れる人だから、大丈夫。

シメオン様のおかげでずっとモヤモヤしていた気分が軽くなった。もう本当に、どうしてこの人はこんなに素敵なのかしら。普段は石頭の朴念仁なのに、わたしが悩んでいる時は優しく寄り添ってくださる。納得できるまで一緒に考えて、言葉をかけてくださる。

大好き。愛してる。あなたのその人間性をとても尊敬する。

すっかり明るい気持ちになって、わたしは道の先へ目を戻した。どんなふうに通じ合っていくかは当人同士にしか解決できないけれど、できるかぎりの応援はしたい。そのために、今はまず美味しいごはんよ！

美味しいものをおなかいっぱい食べられたら、わりといろんな気持ちが解決すると思うの。

当初の目的に立ち戻り、わたしはお店に意識を戻した。

「ピザ以外にも持ち帰りできるものがありますかしら」

「その前に、対応してくれる店を見つけないといけませんよ」

「ですねー」

持ち帰りといえば屋台。きっとラビアにもあるはずだ。でもこの近くには見当たらない。目につくのは普通の飲食店ばかりだった。

丸ごと焼いたソーセージとか？　あとお芋を揚げたものもよいわよね。そのくらいなら買えそうだ。

周りを見回しながら歩いていると、またシメオン様が足を止めた。どうかしたのかと聞くより早く、別の場所から声がかけられる。

「いい店紹介しましょうか、お二人さん」

顔を向ければ道の先に、リベルト公子と一緒に帰ったはずのリュタンとダリオが立っていた。

「え、また戻ってきたの？」

「とんぼ返りでね。忙しいったらありゃしない。こっちもすっかり腹ぺこなんで、ご一緒させてもらっても？」

「お断りします――と、言いたいところですが」

シメオン様はいやそうに鼻を鳴らした。

「しかたありませんね」

「しかたないのはこっちの台詞。あんたと一緒じゃ飯がまずくなるけど、仕事なんでね」

「食事をしに出てきたのではなく、買い出しに来たのです。そういう店を教えていただけますか」

「へいへい。どっちもできるとこがあるよ。ついてきな」

いつもどおりに言い合ったあと、リュタンはわたしたちを細い路地へ誘った。地元の人間でないとわからないような入り組んだ道を通り抜けていく。あまり長くは歩かなかった。わたしたちは静かな裏通りに出た。

お店なのか民家なのかよくわからない建物の入り口を、リュタンは無造作に開く。ふわりと美味しそうな匂いに迎えられた。彼に続いて入れば、カウンターの他に四人がけのテーブルが二つしかないような狭い食堂だった。

カウンターの中に初老の男性が一人いて、こちらをちらりと見ただけでいらっしゃいとも言わない。店内は照明が少なく薄暗い。他に客の姿もないから、もう店じまいではないのかと心配になる雰囲気だった。

「しばらく貸し切りにしてくれるかい」

気にするようすもなくリュタンが頼む。店主は黙ってうなずくと、入り口に札をかけにいった。

「なじみのお店なの？」

「ああ。なじみっていうか、仲間だから安心していいよ。ここで話したことは外には漏れない」

リュタンは椅子(いす)を引いてさっさとテーブルの前に座る。わたしとシメオン様は彼の向かいに腰を下ろした。ダリオは座らないままリュタンのそばに控えた。

「あまりゆっくりできないのだけど。アンリエット様たちが待っていらっしゃるの」

「わかってる。けど今のうちに話しておきたいんでね、ダリオに持って行かせるからつき合ってよ」

やはり別の目的があったようだ。シメオン様が反論しないので、わたしは離宮へ届けられるような料理をたくさん作ってほしいとお願いした。

店主一人だけなので時間がかかるかと思ったら、意外に手早く用意してくれた。あと一手間という段階まで仕込んであったのだろう。男性でも一人で持つのはたいへんそうな荷物をダリオは軽々抱え、店を出ていく。見送ってからわたしは問題点を思い出した。

「ダリオって話せないのよね？　一人で行かせて大丈夫かしら」

会ったばかりだしあれだけ印象的な外見だから、みんなすぐにわかるとは思う。でも説明はどうするのだろう。筆談かな。

「心配しなくていいよ。昔からなんだから、ダリオも要領は心得てる」

「そう……生まれつきなの？」

わたしたちの食事もリュタンが注文してくれた。どんな料理があるかわからないので、わたしとシメオン様はおまかせだ。ワインが先に出されたが、シメオン様は断って水を頼んでいた。

「いや、子供の頃に舌を切られてね。だから声は出せるけど、はっきりしゃべるのは難しい。訓練しだいではある程度しゃべれるようになるらしいんだけど、もともと無口なのと恥ずかしがり屋なせいでいやがってね」

「そうなの……え、き、切られ⁉　舌を⁉」

しんみりしかけて、内容のおそろしさにおののいた。思わず自分の口を押さえてしまう。いったいなにがあってそんなことに。舌なんて、ちょっと噛んだだけでもすごく痛いのに、切られたらと想像するのも怖い。そんなおそろしい目に遭ったなんて。

「恥ずかしがり屋？」

シメオン様は違うところに反応していた。そこですか？

「あれでですか」

グラスを傾けながらリュタンは肩を揺らす。

「信じがたいって言われるなら、ダリオも喜ぶよ。もともとは強く見せかけるために身体を鍛えたんでね。人が怖いから寄せつけないように、攻撃されないように、自分が怖そうな人間になろうとした。そのうちなんか違う方向に開眼しちまったけど、内気なところは今も変わりないさ」

驚くべき話がさらに聞かされる。でも言われてみれば納得できる内容だった。

口が利けないにしても、ダリオっておとなしすぎるものね。あんなに大きな身体をしながらいつもひっそり後ろに控えている印象で、動作に乱暴なところもない。任務でそうしているというより、もともとの性格だろうとは感じていた。

「シメオン様を怖がっているのは、最初に叩きのめされたせいかと思っていたわ」

「あー、そうだね。たしかに、あれでよけいに怯えたかな」

なつかしくなった記憶を振り返ると、リュタンはケラケラと笑った。

「副長は目つきも悪いしね」

「鋭いまなざしと言ってちょうだい。かっこいいじゃない」

「猛獣ににらまれてもそう言える？　副長、いたいけなダリオをいじめないでくれよ」

「なにがいたいけですか。あれを子供扱いする方がどうかしているでしょう」

「いいんじゃない？　まだ十代だし」

「え」

シメオン様が小さくこぼし、わたしも目を丸くした。

「えっ？　なんて言った？　十代？」

「僕らの記憶が正しければ今年十九歳、君より一つ下だよ」

「はあああぁ⁉」

貸し切りでよかった。思わず上げてしまった大声に、われ関せずな態度だった店主が振り向いていた。

「嘘でしょう⁉」

「本当、本当。だから君と出会った時は十七歳だね。副長ってば十七の少年をぶっとばしたんだよ、ひどいよねー」

「しょ、少年って……えええ」

「……顔立ちがずいぶん若いので、もしかしたらとは思っていましたが」

動揺から立ち直ったシメオン様が感心の声を漏らす。

「十代でもあそこまで筋肉をつけられるのか。どのような鍛え方と食事を……」

「あのシメオン様？　見習わないでくださいね？　シメオン様は今の状態がいちばん素敵なので」

十分筋肉がついているのだから、これ以上鍛えなくてよいとお願いする。いえどんな姿になってもわたしの愛は変わりませんが、やっぱりこう、せっかくの美しさは維持していただきたく。

話しているうちに早くも料理が出てきた。ハーブやニンニクで煮込んだアーティチョークに、肉のトマト煮込み、そして出ましたパスタ！　卵をからめた金色の麺に粉チーズがたっぷり振りかけられている。

「んんっ」

野菜よりも肉よりも、真っ先にパスタを口にした。まだ熱かった。ソースは卵と豚肉の油だけ、そこに胡椒と塩気の強いチーズがくわわって、素朴なようでくせになる味だ。

アーティチョークはラグランジュでもおなじみの野菜だ。茹でたり蒸し焼きにしたりとシンプルな食べ方が多いけれど、これはしっかり味付けして煮込まれていた。食べられる部分だけになっているのがいい。そしてトマト煮込みは牛の尻尾らしい。食べたことのない部位でどんなものかと口にすれば、とろりとやわらかく崩れていった。

「美味しい……っ」

わたしは頬を押さえて感動に震えた。サン＝テールにもラビア料理のお店はあり人気が高い。でも本場の味は違うわ。この歯応え、パスタの茹で加減が絶妙だ。

「こうなるとピザも食べたくなるわね」

「入るなら別にいいけど」

「んー……」

さすがにおなかが厳しい。一切れくらいなら食べられそうだけど……と、シメオン様をちらりと見れば、予想していた顔でピザを追加注文してくださった。

「副長と仲よく切り分けて食べる日がくるとは思わなかったよ」

「いやなら別に注文して一人で食べてください」

「そこまで食っちゃあとで動けなくなる。てかその顔でよく食うよな」

「顔は関係ないでしょう」

大きい上に厚みのある生地で、一切れでもけっこうな食べ応えだった。定番のトマトソースにチーズ、ソーセージが載っている。わたしが少しもらい、残りは男性二人で分ける。それでちょうどよい量だった。

「下っ手くそな食べ方だなあ。エプロンでも借りたら？　白い制服にこぼしたら大惨事だぜ」

「子供ではないのですからこのくらい……あっ」

「言ってるそばから。ほら落ちる落ちる」

「くっ、切る場所が悪かったか」

「単に副長がどんくさいだけだろ」

美味しいごはんの効果か、シメオン様とリュタンもいつもよりなごやかな気がする。旦那様が制服を汚さないよう、わたしはとろけるチーズをお皿で受け止めてあげた。

しばらく食事に専念し、思う存分異国の美味を堪能する。お皿がすべて空になり、わたしは苦しくなったおなかをさすりながら満足の息をついた。

「はあ、おなかいっぱい……幸せ」

「あわただしいが、食べ終わったなら帰りましょう。あまり遅くなるわけにはいきません」

「そうですね、交替してあげないといけない人たちもいますし」

「いや待って。本題これからなんだけど」

腰を上げようとしたわたしたちをリュタンが止める。わたしとシメオン様は顔を見合せ、そういえばと思い出した。

「勘定はそちらにまかせますよ。どうせ経費にするのでしょう」

「言われなくても。そうじゃなくて」

「ええと、ダリオが十九歳で？　ならあなたは？　もしかしてわたしと同い年とか？」

「もうちょっと上……でもなくて！　副長、わざとらしくとぼけないでくれる？　そっちも仕事だろうが」

シメオン様はツンとあごを上げた。

「いつまでたっても話さないので、たいした用ではないのかと思ったのですよ」

ピザの意趣返しかしらね。リュタンはいまいましそうに顔をしかめた。

「マリエルがうれしそうに食べるから無粋な話はあとにしようと思ったんだよ」

いったん上げかけた腰を戻し、わたしたちは座り直す。店主が食器を下げにきて、テーブルの上をきれいに片づけてくれた。

「わたしも言いたいことがたくさんあったのだわ。とはいえ、前回の問題をひきずっている場合でもないし、しかたないから一発殴るだけで済ませてあげる」

「こっちこそ君のおかげで苦労させられたんだけどね。まあそれで気が済むなら殴っていいよ。君の可愛い手にどれだけ威力があるかな。むしろご褒美かも」

「ではシメオン様、お願いします」

「代理はなし！　副長本気でかまえないで」

食後のコーヒーが出てくる。これは注文していないのでサービスかしら。ミルクとお砂糖もついていたので、わたしのカップにはたっぷり入れて甘くした。

「事前の打ち合わせでも少しは知らせてあるけど、今回狙う相手はスカルキファミリアじゃないからね。勘違いのないよう、ちゃんと伝えておきたかったんだよ」

シメオン様はなにも入れない派だ。エスプレッソの香りを楽しみながら、特に驚くようすもなく無言でリュタンを見返した。

「公子様の計画って、ファミリア撲滅ではないの？」

「もちろん長期的にはそこを見据えてる。けど簡単にはできないよ。段階を踏んでいかないと」

「わざと暗殺を企むように仕向けて、一斉摘発するのではなかったの」

リュタンはミルクだけを少し入れる。

「摘発する相手が違うの。まずはファミリアとつながってる連中を先に処分する。国に損害を与えるような人間は必要ないと、リベルト様は切り捨てられた」

「ああ……そういうこと」

スカルキファミリアは、凶悪な犯罪者という点は置くとして、言ってみればなんの権力も持たない一般庶民の集団だ。十分な証拠が揃わないまま強引に逮捕しても、たとえその場で死者が出ようとも、政権を揺るがすような事態にはならないだろう。

じっさいにやるとなったら激しい抵抗があるだろうし、テロ活動などで報復してきそうだから危険には違いない。でも政治的にはリベルト公子の敵ではなかった。

問題をややこしくしているのは、彼らとつながる人間だ。

政府や軍の中にファミリアの協力者がいる。ファミリアを助けるかわりに金銭を受け取ったり、汚い仕事を依頼したりもする。互いに利用し合い、利益を得ている。この協力者たちの妨害が厄介なのだった。

先に協力者の方を摘発するというのは理にかなった話だけど、それが簡単にできれば今まで苦労していない。

「自分たちの利に反する君主を暗殺するって、歴史で何度もあったような」

「そーそー、めずらしくもない話だよね。ラビアの歴史もけっこうドロドロしてるよ」

「だからこその計画なわけね」

わたしはため息をついてシメオン様を見た。この話はご存じだったのかしら。

暗殺を企むのはファミリアではなく、その協力者……政府や軍の、かなり地位が高い人物だろう。切り捨てるとリュタンは言った。もしかすると公子様のごく身近な人物なのかな。

本当なら協力し合っていきたかった人なのだろう。これまで思いきった行動に出られなかったのは、公子様も道を模索していたのかも。

「対象について詳しく」

シメオン様は短く言った。わたしのように感傷的になることはない。お仕事の顔に戻っていた。

リュタンも特になんとも思っていないようだった。胸ポケットに指を入れ、写真を二枚取り出した。

「そっちにも覚えておいてほしいのはこの二人。今回のいちばんの獲物だ。こいつらだけは確実に押さえたい」

テーブルの上に並べられたのは、どちらも中年の人物だった。

白黒の小さな紙の中から昂然(こうぜん)とこちらを見返している。多分五十歳前後の男女だ。年をとった印象はあるけれど、二人とも容姿は整っている。身なりもよく、特に女性の方は手の込んだ意匠の豪華な首飾りが印象的だった。

「……ん？」

ふと気づいてわたしは写真を取り上げる。女性の方だ。顔を近づけ、首飾りの部分をまじまじと見た。

「マリエル？」

「小さくてわかりにくいけど……この首飾りに見覚えがありません？」

「首飾り？」

シメオン様に見せれば、彼も同じように顔を近づける。さすがのシメオン様は、わたしの言わんとするところをすぐに理解した。

「これは、昨年国王陛下からラビアの大公夫妻へ贈られたものですね。結婚三十年の祝いとして」

「ですよね？　やはりあの時の首飾りですよね！」

忘れもしない昨年の春、結婚式直前に巻き込まれた事件の原因ともいうべき首飾りだ。

サン＝テール市の有名宝飾店に泥棒が入り、なぜか現金や他の宝石には目もくれず指輪一つだけを盗んでいった。のちにそれは、別のものを要求するための質だったと判明した。直前に目当てのものが店から持ち出されていたため、あてのはずれた泥棒が交換を要求するために盗んでいったのだ。

その目当ての品こそが写真の中の首飾り――の、模造品だった。

「ラグランジュが偽物の宝石を贈ってきたって騒ぎ立てて、アンリエット様と公子様の婚約を破棄させようと狙ったのよね？」

「そうだったね。あの時も苦労したなあ」

なんてのほほんと笑って言うこの男が、指輪を盗み出した泥棒当人である。もう本当にあの時は、しっちゃかめっちゃかの大騒ぎになって大迷惑きわまりなかったわよ。

イーズデイル派の企みを逆に利用した任務だったと聞いている。リュタンが仲間に化けて潜入し、すりかえの現場を押さえて悪事をあばいたのだ。派閥同士の対立はラビアの伝統みたいなものだけど、だからってなにをしてもよいはずがない。調子に乗ってやりすぎると痛い目を見るぞと、過激派にお灸を据えるための作戦だった。

因縁の首飾りをつけているということは、写真の女性が誰なのか聞くまでもない。

「あの、この人を押さえるって、それはつまり……逮捕するということ？」

「そうだよ。こいつらがイーズデイル派筆頭だ。こっちの男はファビオ・バラルディ子爵。内務省の長官。で、もうわかってると思うけどこっちはアラベラ・リリー・フォンターナ。嫁いびりしてきた大公妃さ」

あっさりと告げられて、わたしは言葉を失った。

さすがにシメオン様もまったく無感動ではいられなかったようで、テーブルに戻した写真を思案顔で見下ろしていた。

昨年の事件の後ろにいた大物って、公妃様のことだったのね。だから首飾りのすり替えなんてことを計画できたのだわ。もらった当人ならいくらでもすり替えられるでしょうよ。

こちらは友好のためと、アンリエット様の義母になる方だからと贈り物をしたのに。政治的な打算もあったでしょうけど、仲よくするための贈り物には違いない。そんな気持ちを、相手は踏みにじろうとしていたのだ。

いい気分では聞けない話だった。

とはいえ、リベルト公子が罠にかけようとしている相手だと知らされると、複雑な気分にもなる。じつの母親を逮捕……逮捕して、その先はどうなるの？

逮捕は終わりでなく、はじまりだ。その後罪状が調べられ、罪に応じた罰が下される。

大公妃のことを語った時の公子様を思い出す。あの突き放した口調と冷えた瞳は、迷いやためらいといった段階をとうに過ぎていたものなのか。

身内だからとかばいきれない。身内だからこそ、許してはいけない。

そんな葛藤を乗り越えていらしたのかな。

どういう結末になろうと非難の声は出るだろう。あとあとに尾を引く事件となりそうだ。

この事実をアンリエット様に、なんとお伝えしたらよいのだろう。

最前まで幸せが満ちていたおなかに、石が詰め込まれた気分だった。

5

ラティリに着いた日の翌朝、朝食を済ませてしばらくすると離宮の前が騒がしくなった。

ちなみに朝食はパンとお茶だけでした。でも昨夜全員が美味しいものを食べていたので、全然問題にならなかった。ちょっと食べすぎたから朝はこのくらいでいいわよね、なんて笑ったり。

今日はカステーナ宮殿へ移動する予定だ。あらためて迎えにくるとリベルト公子が約束してくれたので、いつでも出られるよう荷物をまとめて待っていた。

お迎えは予想よりずいぶん早く到着した。シメオン様が呼びにきて、すでに準備を済ませていたわたしたちは玄関へ向かう。犬もおとなしくバスケットに入ってくれた。

玄関の扉はもう開かれていた。外の喧騒が聞こえてくる。

「また野次馬が集まってきません？」

「大丈夫。軍警察が配備されています」

先頭を歩くシメオン様がサーベルを抜いた。まっすぐ立てて持ち、右腰に寄せる形にする。いつも以上にピシリと姿勢を正す彼に続きアンリエット様が、その後ろにわたしと侍女たちが並んで外へ出た。ベナールさんたち役人には荷物の管理をしてもらうので、いったん別行動になる。

一歩踏み出して、少し驚いた。通路に赤い絨毯が敷かれている。両脇にはラグランジュの近衛騎士が並んでいた。彼らもサーベルを抜いて右腰に寄せていたのが、アンリエット様がおでましになった瞬間顔の前に立て、続いて斜めに下げた。

わざわざ抜刀しての敬礼ですか。これは周囲に見せるためのパフォーマンスね。

やはり集まっていた街の人たちが歓声を上げていた。

でもちゃんとあちこちに警備の人が立っていて、昨日のような混沌とした騒ぎにはなっていない。前の道はもともと交通規制がかけられているのか、一般の馬車は一台も通らなかった。

わたしたちを誘導してシメオン様はゆっくり歩く。近衛の列のさらに先には、違う制服が並んでいた。たくさん飾りのついた黒い上着に白のトラウザーズと手袋、頭には馬の尻尾のような房飾りのついた兜をかぶっている。ラビアの儀仗隊だとすぐにわかった。

はじめて見たけどかっこいいな。あの制服も素敵だわ。

シメオン様たちは普段用の制服だから、華やかさでちょっぴり負けていた。くやしい。

結婚式では礼装ですよね！　その時は負けませんよ！

わたしたちが通りすぎると近衛は二列に並び直し、再びサーベルを立てて後ろを行進した。今度は儀仗隊の間を通り抜ける。同じく刀礼に迎えられた。

足元の絨毯といい、ものすごく正式なお迎えですね。こんなの周りから見たことしかなかったので緊張する。うっかりドレスの裾を踏んづけないよう気をつけないと。ここで失敗したらアンリエット様の恥になってしまう。

わたしの前を歩く背中は堂々と伸ばされ、落ち着いているように見えた。慣れていらっしゃるから絨毯や儀仗隊には緊張しないでしょうけど……大丈夫かな。

短い行進が終わる場所には豪華な馬車が待っていた。その前にリベルト公子が立っている。今日はもちろん変装なんてせず、美しいお姿そのままで現れていた。

少し手前で立ち止まったシメオン様が、一瞬サーベルをひらめかせて顔の前に立て、斜めに下ろした。今クルッと回したわよね⁉　一瞬すぎて観察する暇もなかった。もう一回！

すぐに敬礼を解くと音がしそうな動きでビシ、ビシッと横へ向き直り、さらにビシビシと二歩下がってアンリエット様の前に道を開く。

かっ……かっ……かっこ、いぃ……っ‼

表情を保ってまっすぐ立ち続けるのに全力を注がねばならなかった。軍人が儀式的な動きをするのって、それだけでもう最高にかっこいいのに、しかもやっているのがシメオン様ですよ⁉　不意打ちに心臓が破裂しそう！

萌え転がりたい衝動と必死に闘うわたしを置いて、アンリエット様が進み出た。あ、やっぱり緊張している。彼女は彼女で公子様に萌えているのが伝わってきた。

愛する人がかっこよすぎるとたいへんですよね！　わかりますぅっ！

シメオン様の前を通りすぎ、リベルト公子と向かい合う。しとやかに膝を曲げてお辞儀するアンリエット様にならい、わたしと侍女たちもお辞儀した。

公子様の方も踏み出してアンリエット様のすぐ前まで近寄る。と思ったら、すっとその場に片膝をついてアンリエット様の手を取った。

うやうやしく口づける光景に、野次馬群から悲鳴のような黄色い声が上がる。

反対にわたしは素面に戻ってしまった。あざとい、あざといわー。

これが昨日おっしゃっていた「効果的な演出」ですか。なるほどね。

儀仗隊まで動員して派手なお迎えをしているから、離宮で一泊したのはあらかじめ決められていた段取りにしか見えない。向こうできゃあきゃあ言っている野次馬の皆さん、まさかいやがらせを受けてまともな食事も用意してもらえなかったなんて、思いもよらないでしょう。

助けが来てなんとか目的地へ向かえるようになった、みじめな女性ではない。

この上なくきらびやかに、最上級の敬意でもって歓迎される姫君だ。

公子様みずからが花嫁を迎えに来るなんて、まるで舞台を見ているようだった。

打ち合わせもなく主役にされてしまった王女様は、耳まで真っ赤になっていた。

恥ずかしがっているのでなく、公子様に口づけられたからですよね。萌えで爆発しそうなんですよね。わかります。うちの純情なお姫様になにしてくださるか。

立ち上がる動作も美しく、公子様はそのままアンリエット様の手を引いて馬車へうながした。民衆に手を振りながらお二人が乗り込まれ、扉が閉められるまで見届けると、シメオン様は部下たちに向き直った。

「納刀！」

号令をかけ、またサーベルをクルリと回す。今度はしっかり見られました！　鞘に戻す音が気持ちよいほど揃(そろ)って響いた。

本っ……当に、かっこいいぃ……。

ぶっつけ本番とは思えない、一糸乱れぬ動きだった。普段から訓練を重ねているのがよくわかる。警備だけでなく、こうした儀礼も近衛のお仕事だものね。筋肉だけの人たちではないのだと再認識した。

きっと彼らも姫君のために張り切ったのだろう。ラグランジュの面目躍如たる、素晴らしいパフォーマンスだった。

そっとシメオン様が指示を出し、わたしたち女性陣は別の馬車に分かれて乗り込んだ。また号令とともに近衛たちも自身の馬に騎乗する。近衛騎士と儀仗隊とで左右に分かれ、車列を挟んで警護の列を作った。

そうしてじつに華々しく、ラグランジュの一行はカステーナ宮殿へ向けて出発したのだった。

「驚きましたね。ここまでしていただけるとは」

動きだした馬車の中で、ようやく緊張を解いたソフィーさんが言った。窓の外にはまだ歓声を上げ続ける民衆の姿がある。老いも若きも興奮しきりで手を振っていた。

「昨夜あわてて移動しなかったのは正解でしたね。これ、最初の予定よりずっと素敵なお輿入(こしい)れになりましたよ」

「はい。公子様には感謝しております。これなら姫様の体面に傷はつきません。誰(だれ)も馬鹿(ばか)にできないでしょう」

ソフィーさんの言葉にわたしもうなずく。アンリエット様のために、これだけの手配をしてくださったのよね。リベルト公子にはちゃんとそういう気持ちがあるのだわ。けして突き放しているわけではない。

昨日はせせら笑っていた公妃様も、今頃くやしがっているだろう。公子様の宣言どおり、いやがらせのはずがしっかり利用されてしまった。

「ま、傷つけようとしたのも大公家ですから、責任をとっていただいたいただけですけどね」

一言つけ足すと、ソフィーさんは「たしかに」と笑った。

互いを思いやる気持ちがあるなら、お二人は大丈夫。きっと仲よくやっていける。

――そうなると、次の問題が気にかかってくる。

リュタンから聞いた話は、まだアンリエット様たちには伝えていない。シメオン様と相談し、しばらく伏せていようということになった。

情報を知る人は極力少ない方がいい。どこから話が漏れるかわからないもの。

仲間しかいないと思うと、つい気がゆるむもの。こんな話をずっと黙っているなんてできないでしょう。で、おしゃべりしているうちに夢中になり、周囲への警戒がおろそかになるとか容易に想像できる。わたしも気をつけないと。

多分侍女や役人が知るのは、事が動きだしてからになるだろう。アンリエット様にいつお伝えするかは、リベルト公子におまかせすることにした。今言ってもいたずらに悩ませるだけだ。せっかく待ち焦がれた瞬間を目前にしているのに、どうやってもいい気分にならない話なんて極力聞かせたくなかった。

　離宮にとどまってもかまわないと言った公子様には、もしかするとそういう理由もあったのかな。身内同士の争いなんて見せたくないし、巻き込みたくもないだろう。

　でも逃げないと言ったアンリエット様に喜んでいた。公子様は矛盾や葛藤をたくさん抱えていそうだな。

　車輪と蹄の音が規則的に響いている。パーチェ宮殿からカステーナ宮殿までは、歩いてでも行けるほど距離が近い。少し移動しただけですぐに大きな建物が見えてきた。

　尖塔などのない、新しい様式の建物だ。全体に四角く平たい印象で、パーチェ宮殿のような派手なファサードもない。絢爛豪華に飾りたてることに飽きて、落ち着いたものを求めだした時代のお城だった。

　宮殿前にはもう一つお屋敷を建てられそうな広場があり、まっすぐに天を指すオベリスクがそびえている。そこにたくさんの人が待機していた。

　停まった馬車から公子様が、続いてアンリエット様が降り立つと号令が響き、整列していた軍人たちが敬礼する。彼らは現代的な黒い制服を着ていた。シンプルだけど差し色の赤がおしゃれである。

　軍人だけでなく政府の役人らしき人や、宮殿の職員らしき人もいて、それぞれ礼をとってアンリエット様を出迎えていた。彼らに一度お辞儀をしたアンリエット様は、公子様のさし出した腕に手を添えて宮殿の中へ入った。

　正装に身を包んだ初老の男性に先導され、奥へと向かう。お二人について入ったのは、わたしとシメオン様、他に近衛がもう一人だけだった。あとの人は待機だ。心配だろうけど全員でついていくわけにはいかない。

お城の内部もすっきりとしていた。ラグランジュのヴァンヴェール宮殿とそう変わらない時代に建てられたので、雰囲気は近い。これならアンリエット様もすぐになじめそうだ。

「どこへ行くんだい？」

ひそかにあちこち観察しながら歩いていると、先導する男性の背中に公子様が声をかけた。前方に大きな階段があった。

「謁見の間を使うはずだろう？」

いつもの優しい声なのに、どこかひやりとするものを含んでいる。振り向いた男性は申し訳なさそうに答えた。

「上の応接間に変更するとおっしゃいまして」

「それはずいぶん失礼ではないかな。わが家に嫁ぐ人とはいえ、結婚するまでは国賓だよ」

「はい、そのように申し上げたのですが……」

はあ、ここでも嫁いびりですか。わたしは呆れる気分を表情に出さないよう気をつけた。

たいがいどこのお城も謁見室がいちばん格式の高い部屋だから、元首が正式に迎える客はそこに通される。嫁とはいえ王女の身分を持つ方だもの、最初だけでも礼を尽くして対面すべきだろう。

それを応接間だなんて……しかも上のというあたり、公式に使われる応接間ですらなさそうだ。もう悪意しか感じない。

もしかして華々しいお迎えになったのがくやしくて、なんとしても貶めてやろうとむきになったのかしら。

「リベルト様、わたくしはかまいません」

アンリエット様がとりなした。

「他の来賓もいらっしゃるならともかく、わたくしだけなのですからお気になさらず」

「そういうわけにはいきませんよ。ラビアの面目に関わる話です」

「ラグランジュから抗議があればそうでしょうが……」

と、アンリエット様はこちらを振り返る。

「義理の両親となる方々にご挨拶するだけです。国がどうのという話ではなく個人的な用事ですから、気取る必要はありません。よいですね？」

「…………」

わたしが答えてよいとは思えないのでシメオン様におまかせする。彼は眉間に少ししわを寄せながらも、反論はせずうなずいた。部下の人がちょっと意外そうにしている。石頭が受け入れるとは思わなかった？　意地の張り合いをしてもしかたないからよ。

変にもめてもアンリエット様の居心地が悪くなるだけだ。それに——こんな考え方はいやだけど、どうせ長く続く関係ではない。相手は近々逮捕される予定だ。なので、ここは割り切った方がよいと判断したのだろう。

公子様も同じように考えたのか、「しかたない」とつぶやいて階段へ向かった。

二階へ上がり、連れていかれたのは予想どおりの部屋だった。数人で話をする時に使うような、こぢんまりとした部屋だ。内装はさすがに華麗で、地模様の入った赤の壁紙に、天井は淡いピンク、腰壁や暖炉は白で統一されている。美しい湖畔の風景を描くタペストリーが目を引いた。

きれいだけど小さな部屋なので、家具といえば部屋の中央にある椅子（いす）とテーブルだけである。そこに五十歳前後の男女が腰かけていた。

ここまで先導してきた男性が一礼し、壁際に下がって控える。かわって公子様とアンリエット様が進み出た。

「アンリエット殿下が到着されました」

「ああ……お疲れ様」

公子様が先に声をかけ、男性がなんだかやる気のなさそうな顔と声で答える。立ち上がる動作にも覇気が感じられなかった。

「遠路をようこそ。道中問題はありませんでしたかな」

対面を喜ぶ、という熱量はまったく感じさせず、さりとて冷たい敵意も見せず。形式的な挨拶でしかないという雰囲気で、男性はアンリエット様と向き合った。

これがラビア大公、フェデリコ・フォンターナ様か。

リベルト公子の父親だけあって、上品に整った顔立ちをしていた。薄い茶色の髪はゆるく波打ち、髭（ひげ）もないほっそりしたあごのあたりまで伸ばされている。長身というほどでもない身体（からだ）全体がほっそりしていて、それは引き締まっているというのではなくただ細い、悪い言い方をすれば貧相な体格に見えた。

顔色は悪くないけれど、病人かしらと思ってしまう雰囲気だ。そのくらい生気にとぼしい方だった。

昨年の事件で知り合ったグレースさんの、異母兄にあたられるのよね？　瞳の色は似ているかしら。でも他は全然違う。はつらつと舞台に立つグレースさんと目の前の男性に、同じ血が流れているとは思えないほど印象が違った。

生まれ育った環境も今の立場も違うから当然かもしれないけど……一国の指導者ならもっと精力的であってもよさそうなのにね。

「おそれいります。アンリエット・ド・ラグランジュ、ただいま到着いたしました。大公殿下、並びに大公妃殿下にご挨拶申し上げます」

アンリエット様は深く腰を落とし、丁重にお辞儀をした。

「ご無事の到着、なによりです。まあどうぞ、お気楽に。これから家族になるのだから、あまり堅苦しいのはなしでいきましょう」

「ありがとうございます」

とりあえず、大公様の方は特に敵意もないようで、そこには安心してよいのだろう。アンリエット様への態度もごく普通のものだった。

問題は、

「いつまで座っていらっしゃるのです？」

リベルト公子が問いかけた相手は、大公様とアンリエット様が挨拶を交わしても知らん顔で座り続けていた。

「わざわざ立つ必要が？」

非礼をとがめる声にもツンとあごをそびやかし、そんなふうに言う。写真よりずっときつい印象を受けるのは先入観のせいかしら。でもアンリエット様へ向けられた青い瞳には、あきらかに鋭いとげが存在していた。

赤みの強い金髪が目を引く。鼻が高くツンと上を向いているのはイーズデイル人に多い特徴だ。それがよけいに彼女を強気に見せていた。

特徴というならイーズデイル人女性は優しくて、謙遜を美徳とする人が多いのだけどね……もちろんすべてがそうとはかぎらない。

ラビア大公妃アラベラ・リリー・フォンターナ。リベルト公子の母親、そして……敵。

じつの母親を摘発するつもりだと聞いて、わたしたちは驚かずにいられなかった。

「公妃様がイーズデイル派筆頭なのは、まあ当然でしょうけど、でもファミリアの協力者？　大公家の方がファミリアと手を組んでいるというの？　そんなこと……」

リュタンから聞いた話がすぐには納得できず、わたしは聞き返してしまった。

「本当の話なの？」

「ここで嘘言ってどうすんのさ。間違いなく、この二人が敵の首魁だよ」

リュタンにふざけた気配はない。指の先でコツコツと写真を叩く。

「ついでに言うとこの二人、長年の愛人関係でもある。リベルト様は時期的に間違いなく大公の子供だけど、下の三人はどうかな。一人くらい父親の違うのがまじってるかもね」

「……………」

さらに告げられた話にわたしは絶句するしかなかった。もうなんと言ってよいのかわからずシメオン様を見る。

「大公は承知していることなのですか」

彼はもう驚きから立ち直っていて、もとの調子で尋ねた。リュタンもいつもの人を食った笑みで答えた。

「全部知ってるよ。知っててなにもしない。あのおっさんに期待なんかできないからね。妻が愛人囲ってようが犯罪に関わってようが、全然動かないから」

「そんな……」

今の大公はあまり有能ではないと聞いていたけど、そこまで無責任な方なの？　ラビアが乱れるのも当然ということなのかしら。

反対にリベルト公子が有能さを称賛されていて、もしや比較対象がひどすぎてじっさい以上に優秀に見えるのでは、なんて思ってしまった。いえやり手なのは否定しませんよ。でも案外当たっていたりして。

「公子様が治安対策に熱心なのは、お母様のことがあるから？」

「さあね、どうだろ。僕の見たところ、あくまでも理由の一つにすぎないって感じだけど」

「……そう」

なにもしない大公と、それをよいことに悪事を働く大公妃。アンリエット様の嫁ぎ先にはとても厄介な問題があった。

そして今、大公妃が目の前にいる。

この方がファミリアと……と、つい考えるのを止められなかった。でも今は知らん顔だ。わたしはただの付添人。間違っても不審がらせることのないよう、気配を抑えて対面を見守った。

非礼だと指摘されても意に介さず、アラベラ妃は座ったまま不躾にアンリエット様を眺めまわした。

「ずいぶん見栄えのしない人が来たこと。まがりなりにも王女なのだから、見た目だけはそれなりに美しいかと思っていたのに、残念ねえ」

うわぁお。

予想どおりというか、予想以上というか。なかなか露骨な態度である。

「衣装ばかり派手で品がないこと。こんな人を大公家の一員としてお披露目するの？　恥ずかしいわよ。今からでも考え直せないの」

「馬鹿なことを言うものではない。もうそういう段階ではないとわかっているだろう」

一応大公様がたしなめるが、口調に全然迫力がない。本気で叱っていませんね。それに侮辱に対する叱責でもなかった。

「わたくしは一度たりとも認めた覚えはありませんわ。ずっと反対してきたのに、聞かずに強行するのだもの。でしたらこちらも好きにさせていただきます」

宣言どおり聞く耳を持たず、アラベラ妃は立ち上がる。周りの反応を無視して彼女は扉へ向かった。

身を硬くするアンリエット様の横を通りざま、わざとらしく顔をそむけて扇でパタパタあおぐ。

「まあいやだ、埃くさい。どんな旅をしていらしたのやら。汚れたまま挨拶に来るなんて、ラグランジュではけっこうな教育をしているのねえ」

――埃くさい場所に押し込めたのはそちらでしょうが！

ちゃんと朝も身を清めて新しいドレスに着替えていらしたわよ！　というか、昨日のことをあてこすっていらっしゃるわけよね。ええ、とても初歩的な意地悪です。わたしに向けられたものなら楽しく聞かせていただきますが、大切な友人がいじめられるのは見ていて不愉快でしかなかった。

シメオン様も冷気をまとわせていた。隣の部下がビクビクしている。

「あなたに良識があるなら、極力そのみっともない姿を人前に出さないでね？　リベルトも、どうせ利害で選んだ相手なのだから本気で妻にする気はないでしょう？　式だけ挙げてあとはどこか田舎の城にでも放り込んでおきなさい。隣に立たせるのは、もっと恥ずかしくない相手でないと」

「ご心配なさらずとも、すでに誰よりも恥ずかしい女がいますから問題ありませんよ」

母親らしい命令口調に公子様が答える。美しい微笑みとやんわり優しい声音に一瞬だまされそうだった。いえすごいこと言ってますね!?

「は？」

「残念ながら大公家の評判は地に落ちていますので、これ以上落ちようもありません。ある意味気楽でしょう？　基準があなたですから誰を連れてきても誉めてもらえますよ」

わ、わあぁ……。

いつか創作の参考になるかも、なんて観察する気分も吹っ飛んだ。怖い。公子様が怖すぎる。これだから腹黒魔王は。

「な……」

当然ながら、アラベラ妃は怒りに身を震わせた。

「母に向かってよくもそのような口を」

「ああ、ちゃんと通じているのですね。少し遠回しに言いすぎたかと思いましたが、理解できる頭があってよかった」

公子様は微笑みを崩さない。ごく普通の態度に見えて、言葉だけが殺意高すぎる。あの、計画は極秘なんですよね？　公妃様に気取られてはいけないんですよね？　そこまで露骨に言っちゃって大丈夫なんですか。

アンリエット様はさきほど以上に固まっていた。

「……そうやって親を馬鹿にして、反抗してばかりで。どうしてこんな人間になってしまったのかしら。まったくなげかわしい、育て方を間違えたわ」

「いえ、とんでもない。母上は最高の反面教師になってくださいましたよ。おかげで後ろ指をさされるような醜態はさらさずに済んでいます。身内の醜態には困らされておりますが」

「この……っ」

「あー、そのくらいにしなさい」

アラベラ妃が爆発する寸前、うんざりした顔で大公様が止めに入った。

「人前でみっともなくけんかをするのでない。リベルトも、親に対して口がすぎるぞ」

公子様は微笑むだけでなんとも言わない。謝る気は毛頭ないというわけですね。

扇を握りつぶしそうになっていたアラベラ妃は、八つ当たり気味にアンリエット様をにらみつけ、勢いよく背を向けた。ついでとばかりシメオン様たちもにらみ――わたしの存在は目に入らなかったようで、そのまま早足で出ていってしまった。

「やれやれ……」

大公様がため息をつく。その顔はひたすら面倒そうで、不仲な家族に悩む父親というふうには見えなかった。


短い対面のあと案内された部屋には、先に侍女たちが入ってアンリエット様を待っていた。

荷物もちゃんと運び込まれている。部屋はもちろんきれいに整えられ、専任の職員もつけられていた。

「今夜さっそく歓迎の宴がありますので、夕方から忙しくなりますので、今だけでもゆっくりやすんでいてください」

「ありがとうございます。……あの、リベルト様」

アンリエット様は少しためらいがちに切りだした。

「宴には公妃様もご出席されるでしょうか」

「さあ、どうでしょうね」

返答はまるきり他人ごとのようだった。

「一応出席予定にはなっていますが、きげんが悪いと公務も平気で投げ出す人ですから。出なくても誰も気にしませんよ」

「そ、そこまで……」

たじろぐアンリエット様に、きれいなお顔がくすりと笑う。

「いない方があなたは気楽でよいのではありませんか？」

「……そうではなく」

アンリエット様は困ったように答えた。

「わたくしがお気に召さなかったせいで、リベルト様とまでけんかになったことを思いますと……」

「おや、もう少し賢い方かと思っていましたが、存外頭の回転が鈍い？」

「は……はいっ？」

目を丸くする姫君に、公子様は遠慮なく言葉を重ねる。

「とばっちりを受けているのはあなたの方ですよ。私と母は以前からこうです。昨日そういったことをお話ししたつもりだったのですがね」

「………」

「甘い期待はしないよう言ったでしょう？　あの程度をいちいち気にしていたのでは身がもちませんよ。承知で嫁いでいらしたはずなのですから、もっと強くなってください。でないと母の言うとおり、離れて暮らすしかありませんよ」

ずけずけと言われ、アンリエット様はあっけにとられていた。

「……なんだか、意地悪になっていらっしゃいません？」

「いいえ、誠実にお話ししているつもりです」

公子様は笑顔を崩さずに答える。でも優しいばかりの天使の微笑みには、もう見えない。

「嘘でとりつくろわず、本音を聞かせてほしいと願ったのはあなたでしょう？　あの時の馬鹿馬鹿しい騒ぎはもう思い出したくもありませんが、約束は覚えていますよ。あなたには、ちゃんと思うところを伝えます。それが耳障りで不愉快だったとしても、自己責任でお願いします」

言いたい放題言って姫君の繊手を取り上げる。口づけを一つ落とすと、公子様はさっさと立ち去ってしまった。

わたしたちは言葉もなく見送った。しばらく沈黙が続き、アンリエット様が大きく息を吐き出した。

「たしかに言ったけど……変わりすぎでない？」

文句を言う姫君のお顔は見事に染まっていた。

はいはい、なんだかんだいい雰囲気でなによりです。

ようするに、あなたのせいではないから気にしないでというお話だったわけですよね。普通にそのまま言えばよいのに、どうしてああなるのかしら。

さすが皮肉屋リュタンのご主人様。素直でないもの言いがそっくりだ。

先に入っていた近衛がシメオン様に報告に来る。アンリエット様の居室はもちろん、わたしたち随行員の部屋にも問題はないとのことだった。それで普通なんですけどね。

アンリエット様は椅子に置かれたバスケットへ向かい、いい子で待っていた犬を出してやった。

「想像以上にすごかったわね。公妃様もだけど、リベルト様があそこまでおっしゃるとは思わなかったわ」

「そうですね、もっとやんわり抗議するくらいかと思ったら、ご本人がおもいきりけんかを売ってらっしゃいましたね」

抱き上げられた犬がごきげんに尻尾を振っている。アンリエット様が椅子に腰を下ろすとしばらく膝の上で甘え、そのうち床へ下りて部屋の探検をはじめた。

「親子だからこその遠慮のなさかしら。それがよい方向に作用しているとは思えないけど。あ、扉は閉めてくださる？」

犬が出ていってしまわないよう、職員にお願いする。幸いここに犬嫌いはいないようで、小さなお姫様に顔をほころばせる人ばかりだった。

「リベルト様に言ったことは嘘ではないし、頑張るつもりだけど、この先のつき合いを考えると気が重いわ」

犬を見守りながら、アンリエット様はため息をこぼす。

多分長いつき合いにはならないから心配ないですよと、わたしは心の中だけで言った。真実を知っても、この方は喜ばないだろう。

せっかく縁を結んで新しい家族になろうとしているのに、最初から断絶が決定しているなんて残念な話だ。

優しい姫君が気に病まないよう、公子様はちゃんと寄り添ってくださるかしら。

王族のご結婚は「好き」だけでは進められないもの。わかっていてもいろいろ悩ましく、わたしまでため息が出そうだった。

6

夕刻からの宴は小規模なもので、顔見せ程度だからと気楽に考えていた。大公夫妻へのご挨拶も終わったし、そうそう続けて問題は起きないだろう……なんて、のんきにかまえていたものだ。

リベルト公子のエスコートにおまかせし、わたしはアンリエット様から離れて一人で会場を回っていた。いつもの調子で気配を消して、交わされる言葉に耳をそばだて、人々の顔を記憶に焼きつける。そうしながら目当ての人物をさがしていた。

その一人、アラベラ妃はひとまずボイコットもせず、大公様とともに出席していた。アンリエット様に派手とおっしゃっておきながら、ご本人もたいそう派手なドレスをお召しである。ラビアの経済力を見せつけるかのごとく豪華な飾りをたくさんつけ、会場の明かりを反射してキラキラ輝いている。さながら舞台上の主演女優だった。

普段からこうなのか、アンリエット様に張り合っていらっしゃるのか、どちらやら。やりすぎ一歩手前といったきわどい線だけど、品のある美人なので威厳を損ねてはいなかった。

気に入らないという態度を隠しもせず、アラベラ妃はそっぽを向いて息子たちに近寄らない。おかげでまたけんかになりそうな心配もなく、かえって平和だと安心していられた。

そんなわけで、もう一人の姿をわたしはさがす。

内務省長官、ファビオ・バラルディ子爵——よりによって内務省。治安維持も管轄に入る部門の長が、ファミリアの協力者だなんてね。それはリベルト公子も粛清を考えるでしょうよ。

敵の親玉を一度拝見しておこうと、リュタンから見せられた写真の人物をわたしはさがし歩いた。政府の高官が軒並み首を揃(そろ)えているのだから、彼も来ていないはずがない。

そう思ったとおり、会場の片隅にいるところを発見した。

白黒の写真に色がついて動いていると、印象はずいぶん変わる。それでもあの顔に間違いない。男くさい色気をまとう端整な顔に、形よく髭(ひげ)を生やしている。彫りの深い顔立ちや、黒髪や浅黒い肌はラビア人に多い特徴だ。外国の血をたくさん入れている大公家が例外的なのであって、生粋(きっすい)のラビア人は男性にも女性にも濃い人が多い。

これがバラルディ子爵——と観察しつつ、わたしは気づかれないよう注意しながら距離を詰めた。

なぜ人の輪からはずれてこんな場所にという疑問は、すぐに解決した。彼もまた人をさがし当てたところのようで、隠れるように壁際に身を寄せる少年に話しかけていた。

「どうなさいました、このような隅にいらして。兄君たちにご挨拶に行かれないのですか」

「……行っても邪魔だろ」

少年は十代前半だろうか。幼いと言ってよいくらいの年頃(としごろ)だ。声変わりはしているが、まだ子供の体格で身長も多分わたしより低いだろう。将来が楽しみな可愛(かわい)らしい顔立ちは、不きげんそうにむっつりしていた。

普通公式の場に子供は参加できない。特別に許されているというだけで察しがつくし、なにより髪の色も顔立ちもリベルト公子とよく似ている。大公家の末っ子、ルイージ公子だとすぐにわかった。

大公家には四人の子供がいて、二人の公女殿下はすでに嫁がれている。遠方にお住まいなのでこの会場にはいらしてない。

残る末の公子は十三歳。フロベール家の長男と末っ子以上に年の離れた兄弟(きょうだい)だった。

……リュタンの言葉を思い出すけど、バラルディ子爵とはまったく似ていないわよね。こうして並んでいても親子には見えない。子爵が親しげに声をかけているのも、本当は親子だから、なんて理由ではないわよね……きっと。

「邪魔なはずがありましょうか。義理の姉弟(きょうだい)になられるのですから、きっと喜ばれますよ」

「どうだか。誰(だれ)も呼びにこないし、僕のことなんて忘れてると思うけど」

んんん、反抗期かしら。ふてくされた口調がいかにも子供っぽくて生意気可愛い。

「こんな離れたところに隠れていらっしゃるからですよ。一緒に行ってさしあげますから、ちゃんとご挨拶しましょう。ご家族としての礼儀ですよ」

「………」

ルイージ公子をうながす子爵は、いたってまともなことを言っていた。リュタンによれば彼はアラベラ妃に並ぶイーズデイル派のはずだけど、アンリエット様に反感を抱いているようなそぶりは見られない。個人的な反感はないのか、内心を隠すのがとても上手(うま)いのか、どちらだろう。

動きかけた二人をわたしは目で追った。ちょうどアンリエット様たちもこちらの方へ移動してくる。

リベルト公子が気づいて顔を向け、それにつられてアンリエット様も……と思ったら、二人を通り越して後方にいる私の姿に気づいてしまった。

あ、まずい。

思った瞬間彼女も「あ」という顔になる。その反応を見て子爵がこちらを振り向いた。

わわ……っ。

とっさに隠れる場所もその暇もない。わたしが焦った時、目の前に大きな身体が割り込んだ。

デザートを載せたトレイがさし出される。

「いかがですか」

給仕の男性がわたしの前に立っていた。いいぐあいに子爵の視線を遮り、わたしを隠してくれている。おかげで不審に思われずに済んだようだ。向こうで挨拶をはじめるのが聞こえてきた。

はー……。

わたしはほっと脱力した。冷や汗をかきそうな気分だわ。別に見つかってもどうということはないと思うけど、変に意識されるのは避けたい。さぐっていたと気づかれたらまずい。

今のうちに移動した方がいいかな、でも挨拶のようすが気になるな、と迷っていたら、すぐそばから抑えた笑いが降ってきた。

ん？　この声は。

顔を上げて給仕をちゃんと見上げれば、よく知る海の瞳にぶつかった。

「なんだ、あなただったの」

「知り合いに気づかれちまうなんてまだまだだね」

給仕に扮したリュタンはわたしを陽気にからかった。

「食べない？」

「……いただくわ」

わたしは果物の入った器を受け取った。いろんな種類が小さく刻まれ、リキュールに漬けられている。スプーンでいただく大人のおやつだ。でもシメオン様には食べさせられない。

その旦那様はと確認すると、少し離れてアンリエット様を見守っていた。ちゃんとこちらにも気づいているようで、一瞬リュタンに鋭い視線を向けてきた。大丈夫ですよーと、そっと手を振っておく。

「警備しているの？」

「いや、ただの覗き」

堂々とそんなことを言うリュタンは、変装というほどのことはしていなかった。いつもは元気に跳ねている髪を整髪料でなでつけ、前髪を全部上げている。それだけなのにずいぶん雰囲気が違っていた。

本物の変装術は、しぐさや気配まで変えてしまう。わたしも学ぶ機会がほしいものだ。などと思いながらありがたくリュタンを楯にさせていただき、ふたたび聞こえてくる声に耳を澄ませた。

子爵はいたって愛想よく話している。公子様の方も母親に言ったような皮肉はくり出さず、穏やかに答えていた。知らずに聞いていればなんの変哲もない普通の会話だ。これが戦の世なら首を獲ってやろうと狙う相手が目の前にいるわけで、なのに殺意をきれいに隠して見せない二人に感心する。内心ではどんなことを考えているのやら。

「リベルト殿下がついにご結婚となって、涙に暮れる令嬢が続出ですよ。しかしこれほど愛らしい方がお相手では諦めて身を引くしかありませんな」

「子爵、その言い方では誤解されてしまいますよ。まるで私が何人もの女性と浮名を流していたようではありませんか」

「おお、とんでもない。これは失礼を。もちろん殿下は真面目なお方です。ご心配なく、アンリエット姫」

「はい、承知しております」

子爵の正体を知らないアンリエット様は楽しそうに笑っていらっしゃる。親しい関係だから出てきた軽口と受け取っているようだ。リベルト公子も調子を合わせて、少しばかり冗談っぽい表情をしてみせるなど芸が細かかった。

はたから見ていると怖かったり呆れたり感心したり、なんとも言えない光景だ。

リュタンがこっそり目配せしてくる。「よくやるよな」と表情が語っていた。そうね、どちらもすごいわ。

「ルイージ殿下も素敵な義姉君ができてようございましたね」

子爵はルイージ公子のことも忘れず、会話に入れるようちゃんと話を振ってあげる。それでようやく口を開いたルイージ公子は、

「全然よくないよ。こんな野暮ったい女、どこが素敵なんだよ」

と言い放った。

………………。

はいぃ⁉

今とんでもない発言があったのでは⁉　聞こえる範囲の人全員が顔色を変えていた。わたしも聞き違いだろうかと耳を疑った。

しかし小公子の悪態は続く。

「ラグランジュ人て思ったよりダサいんだな。なんだよ、その太い眉。女装した男かと思ったよ」

「……っ」

気にしていることを指摘されて、アンリエット様の頬が赤くなった。

いちばんの悩みだものね……気が強そうに見られるのがいやだと常々こぼしていらしたから、他人から言われたら傷つくわよね。

「これこれ、なにをおっしゃいますか」

子爵がたしなめた。

「意地悪を言っても相手の気は引けませんよ。仲よくしたいなら優しくしませんと」

「誰がラグランジュ女なんかと仲よくするもんか。大国の力を利用して無理やり押しかけてきたくせに、受け入れてもらえると思うのがずうずうしいんだよ」

お、おお……これは……。

「みんな我慢して愛想笑いしてるだけなのに、まさか歓迎されてると本気で思ってるのか？　だとしたらそうとうおめでたいよね。だいたいその顔でよく兄上の隣に立てるよ。さすが大国の姫君は図太い神経をお持ちで？　普通ならとても耐えられないだろうに鋼の心臓だね」

「殿下、およしなさい」

なんだろう、悪の首魁であるはずの子爵の方がずっと良識的に見える。って、本気で叱っていないのは丸わかりですが。

まずいと焦るでもなければ暴言に怒るわけでもない。子供のいたずらを苦笑して見守る態度だ。そんな程度で済まされる話ではないというのに。

アラベラ妃がからんでこないので今夜は大丈夫だろうと安心していたら、まさかの伏兵だった。義弟からも嫁いびりですか。

困った事態になったなと思っていたら、周囲から忍び笑いが聞こえてきた。一人や二人のものではなかった。

あー……。

表面上なごやかに見えても、やはり反感を抱く人たちもいるわけだ。ルイージ公子の暴言は彼らの感情を満足させるものだった。堂々と悪態をつく人が現れたことで、便乗できるいいきっかけになってしまったのだ。

立ち直る暇もなく悪意を見せつけられて、アンリエット様はますますうろたえてしまった。なんとか平静を装おうとしていらっしゃるけれど動揺を隠しきれていない。それは同情されるよりも失態と見なされてしまう。笑って受け流すか、さもなくば毅然と抗議するか。彼女の立場ではそうせねばならないところを、ただうろたえるだけではよけいに嘲笑を買ってしまう。

まずいわ。おそばへ行こうか。でも自分でどうにかできず助けられるだけの人と思われても困るかな……。

というか、まず動くべき人がいるでしょう⁉

なぜ黙っているのですかと、わたしはリベルト公子をにらんだ。その視線を感じたからではないだろうが、ようやくリベルト公子が口を開いた。

「ルイージ、無礼がすぎるよ。姫に謝りなさい」

……これまた迫力のない口調で。

なんなんですかあぁっ⁉　あなたまでそんな態度でどうするのです！

「今のは大公家の人間として、あまりに恥ずかしい態度だよ。子供だからといって許されないよ」

言葉はそれでよいですから、もっときつく！　しっかり言ってください！

「はいはーい、本当のこと言ってごめんなさーい」

ほらあぁ、全然こたえていないではありませんか。

どういうつもりなのかリベルト公子まで強く叱らないものだから、ルイージ公子の態度はまったくあらためられなかった。ヒソヒソ、クスクスと響く嘲笑もまだ聞こえている。

ちゃんと守ってもらえないのでは、よけいにアンリエット様が傷ついてしまう。ちょっとリベルト公子を締め上げてどういうおつもりなのかと問いただしたい。と、本気で行動しそうな人が約二名。

うちの近衛たち、特にシメオン様が危険な気配を漂わせていた。

いえいえいえ、気持ちはわたしも同じですがここで大げんかするわけには。

「ね、ねえ、あれ止められないの」

「僕に言わないでよ。無理に決まってるだろ」

リュタンはまったくあてにならない。知っていました！

他にもの申せる人は……とさがして、ご満悦のアラベラ妃と面倒そうにそっぽを向く大公様を見てしまった。もー！　頼りになる人はいないんですかぁ!?

もちろんこの状況を問題視している人たちもいる。けれど肝心のリベルト公子が強く諫めないのに自分がでしゃばるわけには、と二の足を踏んでいるようだった。

……しかたない、やはりわたしが行こう。

「おいおい、やめときなって。あんなとこに飛び込むもんじゃない」

わたしの気配を察してリュタンが止める。

「リベルト様にまかせときなよ」

「おまかせできると思う？　あの態度で！　これ以上放っておいたらシメオン様がぶち切れちゃうわ。止めてくれる気がないなら邪魔しないで」

空になった器をリュタンのトレイに戻し、伸ばされる腕を押しのけてわたしは前に出ようとした。

そのさらに前を足早に歩いていく人がいた。

「ずいぶん躾の悪い子供がいると思えば、もしや大公家のご子息ですか？　そんなはずはないと思いたいが、そのようにしか見えませんね」

大声を張り上げているわけでもないのに、聞く者の背筋を伸ばす響きだった。通りのよい低い声に人々がはっと目を向ける。ルイージ公子とバラルディ子爵、そしてリベルト公子も声の主を見た。

ずいぶん背の高い男性だった。シメオン様もかなり長身なのに、それ以上だ。ひょろりとした印象はなく、けっこうがっしりしている。艶を放つ見事な蜂蜜色の髪に、なにやら既視感を覚えた。

「祝いの席でこのような光景を目にするとは思いませんでしたよ。礼を知らぬ野卑な子供が大公家の一員とは、じつになげかわしい。これは教育が悪いのか、生まれつきどうしようもない出来なのか、どちらですかね」

多分六十歳くらいの人は、すごいことを容赦なく言ってのけた。さきほど以上に人々がぎょっと目を剥く。野卑と言われたルイージ公子は言い返せずたじろいでいた。

わたしは飛び出すのを忘れ、ポカンとなりゆきを見守った。痛烈な批判を口にした人は、あまり年齢を感じさせない立派な立ち姿だ。顔つきも、しわこそあれ活力に満ちていて、落ち着いた表情なのに言い知れぬ迫力がある。シメオン様がお年を召したらこんなふうになるのではないかな、という感じの人だった。

そしてなにより、とても端整な容貌だ。若い頃にはさぞやと思うし、今でもときめきそうな男ぶりだった。

か、かっこいいけどそれよりも。誰かに似ている気がする。ものすごく知っている人のような気がする。

「お見苦しく騒ぎ、申し訳ありません」

人々が固唾を呑むなか、リベルト公子だけが調子を変えずに謝罪した。それに対し、金髪の男性はなおも言う。

「たしかに見苦しいが、まず謝る相手が違いませんか。侮辱され傷つけられた人を放置して、なぜそのように平然としていられるのです。あなたの花嫁が辱めを受けたというのに、なにも思うところはないのですか」

「とんでもない。ですがここでは……申し訳ありません、姫。あとでお時間をいただけますか」

「は、はい。あの、どうぞお気になさらず。そちら様もありがとうございました。よろしければお名前を伺っても？」

アンリエット様があわててとりなそうとする。それでもまだ説教を続けるほど男性もしつこくはなかったようで、軽く息をついて一礼した。

「たしかに不躾にございましたね。お詫びいたします。私は……」

「ウィリアム！　わたくしの息子に対し無礼がすぎるのではありません!?」

甲高く響いた声が名乗りを遮った。怒った顔のアラベラ妃が彼らのもとへ突進してきた。

「ルイージのことを野卑などと、よくもそのような暴言を！　あなたこそ礼をわきまえていただきたいわ！」

あ、そちらの息子さんですか……。

仲の悪い長男でも他人から説教されるのは気に入らないのかと思いきや、すっぱり無視して元凶の

末っ子だけをかばうアラベラ妃だった。ある意味一本芯の通ったお方である。

ウィリアム様とやらは、呆れた目をアラベラ妃へ向けた。

「今の騒動を君も見ていたはずだが。暴言を吐いたのは誰なのか、わかってそのように言うのかね」

「ルイージのなにが悪いの、本当のことしか言っていないではないの。そらぞらしい口先だけのお世辞を言うのが礼儀だとでも？　事実を教えてさしあげる方がよほど誠実で親切でしょう」

と、アラベラ妃はアンリエット様を見てフンと笑う。小公子より彼女の言葉の方がずっと不快な悪意に満ちていた。

ウィリアム様の顔も深くしかめられる。

「なるほど、あれは教育環境が原因か。親のせいで人格をゆがめられたならば立派な虐待だな。そう考えると憐れな子供だ」

「なっ……！」

ウィリアム様の言葉は徹底している。どうもアラベラ妃と親しい関係のようだけど、それにしても遠慮のなさすぎる発言だった。

衆目の中でここまで言われて、アラベラ妃の怒りは一気に頂点に達した。ブルブル震えていた彼女は閉じた扇を振りかぶる。体格も身長もまるで違う二人だから顔に当てられたら上出来というくらいだが、それでもさっと前に割り込んでウィリアム様をかばう人がいた。

栗色の髪をしたまだ若い人だ。多分シメオン様たち同様、ウィリアム様の護衛だろう。

「オリヴァー、よい。かまうな」

ウィリアム様が青年の肩に手を置く。かばわれている方が大きいけれど、オリヴァーさんという人もなかなか立派な体格だ。

「打たれたところで蚊に刺されるようなものだ」

「そうおっしゃいましても、黙って見ているわけにはいきません」

オリヴァーさんは人のよさそうな顔を困らせる。

見るからに護衛然とした男性に見下ろされ、アラベラ妃の勢いも削がれた。振り上げた腕が落ち、いまいましげに彼女は二人をにらむ。

いつの間にかシメオン様がアンリエット様の背後に近づいていた。今は黙って控えているが、万一のことがあるなら即座に動くという顔だ。またラビアの職員がリベルト公子になにごとか耳打ちしていた。多分指示を仰いでいるのだろう。

それらに気づいたアラベラ妃は、ギリリと歯ぎしりをして身をひるがえした。

「本当に無礼な人間ばかりで気分の悪いこと！　これだから来るのはいやだったのよ。ルイージ、帰りますよ！」

「え……はい……」

アラベラ妃が呼んだことで、そもそもの元凶を思い出した。そういえば彼はと見ると、すっかり小さくなっていた。さきほどの威勢はどこへやら、気弱そうな顔をしていた。

なんだか妙な感じだな。あれだけ悪態をつく子が、ちょっと叱られたくらいでこんなになるものかしら。普通もっと不きげんそうに、むっつりしていない？

ろくに観察する暇もなく、ルイージ公子は母親のあとに続いて背を向ける。巻き添えを避けるように人々が場所をゆずり、その間をアラベラ妃が憤然と歩いていく。ルイージ公子と数名のおつきを従えて会場を出ていき、ようやく空気がほっとゆるんだ。

いやー……すごい一幕でした。

まさかこんな騒ぎが起こるとは。もうありませんよね？　まだ次があるとか言わないでくださいね。

「やれやれ、やっと静かになった」

リベルト公子がため息まじりに言った。

「お手をわずらわせて申し訳ありませんでした、公爵」

「あなたの母親は、相変わらずですね」

「変わるはずもありません。死ぬまであああですよ」

ウィリアム様は公爵なのか。そう、あの姿の公爵。名前からして、多分イーズデイル人の。

「あの方って、もしかして……」

ささやくわたしにリュタンは笑う。

「親戚(しんせき)だよ。おばさんの従兄(いとこ)だ」

大公妃をおばさん呼ばわりとは。という話はさて置いて。

「いやはや、どうなることかと。閣下のおかげで助かりました」

黙って眺めていたくせに、今頃バラルディ子爵がそんなことを言った。しらじらしいったらない。

という話も置いといて。

「ルイージ様はどうも、はじめからごきげん斜めだったようでして。いや、私の話の振り方が下手でしたな。場の空気を壊してしまい、まことに申し訳ありませんでした」

「どうぞお気になさらないでください。わたくしはなんとも思っておりませんから」

「そうですね、悪いのはルイージですから子爵がそう謝る必要はありません。それにけがの功名というか、仲よくできる相手とそうではない相手とを見分ける役に立ちましたよ。彼女がこの国で交友関係を広げていくための、よい判断材料になったでしょう」

そう言ったリベルト公子はちらりと周囲へ視線を流した。今の言葉と視線に内心ギクリと身をすくませた人がいるだろう。さっき笑ったのが誰か、公子様はちゃんと確認していたのかな。

まさかとは思うけど、そのために弟を泳がせていたとかではないですよね？　周りを油断させるために、わざときつく叱らなかったなんて……ありそうだなぁ！

「アンリエット姫のことは、国中が歓迎しておりますよ。皆こぞってお友達になりたがるでしょう」

「ええ、これからは友人とも家族ぐるみでの交際になりますからね。私にとっても新しい関係が得られそうで楽しみです」

やっぱり釘刺ししてるぅ。アンリエット様一人を相手にしているわけではない、大公家全体との関係になるのだからそのつもりでいろよ――と。

当たり前の話なんですけどね。そこを忘れがちな人が意外にいるのが不思議な話。まあ妻の行動にまるで関心を持たない現大公を見ていれば、こういうものだと思ってしまうのかな。

結局最後まで他人ごとで近寄ってもこなかった大公様に、わたしは失望せずにいられなかった。

適当なお愛想を口にしながらバラルディ子爵は離れていった。会場の雰囲気も元に戻っていく。リベルト公子はそのままウィリアム様と話し続けた。

「公子様って、頼りになるのかならないのかわからないわ」

わたしはそっとぼやく。けしてどうでもいいとアンリエット様を突き放しているわけではない。彼なりに気を配り、手を打ってくださっている。

でもねえ……あそこはまずなによりも、アンリエット様をかばってほしかったな。悪意のあぶり出しには成功したわよ？　守るための行動だったと認められなくもないけれど。

それよりしっかりかばってくれた方がうれしくない？　状況を利用してあれこれ企（たくら）むのって、他の場面なら腹黒素敵と萌（も）えられても、ヒロインの立場からは喜べない。

「もっと女心を理解していただきたいわ」

「あの人にそれを求めてもなあ」

リュタンも頼りにならない。こういう問題には手出しも口出しもしないという、一貫した態度だ。

「殿方にわからないのはしかたないけど、それならシメオン様みたいに恋愛小説を読んで勉強してくださらないかしら。なんならおすすめの本を贈ってさしあげてよ」

「副長が恋愛小説？　うっそ、笑えるんだけど」

本当におなかを抱えて笑いだすので、わたしはむっとリュタンをにらんだ。

「真面目に努力してくださったのよ！　馬鹿（ばか）にしないでよ」

「だってさあ、あの副長が、あの石頭の軍人が！　真面目な顔して読んでる本がそれって……ははは

「……あ、やべ。気づかれた」

リュタンがひょいと身をひるがえして逃げていく。見ればリベルト公子がこちらに注目していた。

ウィリアム様になにか聞かれ、わたしを手招きする。

うぇ……あの方に呼ばれるのってなにか怖い。

シメオン様にも視線でうながされ、わたしはしかたなく彼らのもとへ歩いた。

「どこにいらっしゃるのかと思ったら。なにもあんなに離れずとも、姫と一緒にいらしたらよいでしょうに」

「お邪魔になってはいけないと思いまして」

リベルト公子の笑顔がお見通しだと語っている。別によいではありませんか、わたしはわたしなりに考えて動いているのですよ。

「こちらが夫人ともご挨拶をしたいとね。お身内がお世話になっているそうですよ」

公子様はウィリアム様をわたしに紹介する。うんと高い場所から、髪と同じ蜂蜜色の瞳が明るくわたしを見下ろしてきた。

「はじめまして、フロベール夫人。あなたがアンリエット殿下に同行されると甥から知らされ、ぜひご挨拶したいと思っておりました」

「おそれいります……甥御様ですか」

わたしはちらりとシメオン様を見る。彼は表情を隠し、小さくうなずいた。

「ウィリアム・シャノンと申します。ナイジェルが親しくしていただいているそうで、お礼を申し上げます」

胸に手を当ててウィリアム様は丁重に礼をしてくださる。わたしも膝を折ってお辞儀した。

今さらその名乗りに驚かない。とうにわかっていましたよ。

やっぱりシャノン公爵でしたか。

ラグランジュに駐在中の大使、ナイジェル・シャノン卿と目の前の男性は、血縁を確信させるよく似た特徴を持っていた。

イーズデイル王家はもちろん、南の国シュルクの王家とも血縁のある高貴なお方だ。今回は女王陛下の名代で結婚式に参列されるのだろう。

わたしとは住む世界が違うと言ってもよいお方だ。こんなふうに言葉を交わす機会があるとも思っていなかった。もっと怖い人かなと想像していたのに、公爵様はいたって紳士的かつ気さくに話しかけてくださった。

「ナイジェルはたびたびあなた方ご夫婦のことを手紙に書いてきましてね。とても楽しい友人ができたと、うれしそうに報告してきましたよ」

「まあ、ナイジェル卿がそのようなことを。こちらこそお世話になっておりますわ」

「夫人はとても賢く勇敢な女性で、いくつもの事件解決に貢献なさったとか。報告を読んでたいへん興味をそそられましてね、どのような方かお会いしてみたかったのです。なので今回はまたとない機会と期待しておりました」

「ま、まあ、過分なお言葉ですこと」

笑顔が苦しい。シメオン様の視線が痛いわ。

ナイジェル卿めぇっ！　いったいどんなことを書いたのよ。

脳裏に陽気な大使の姿が浮かぶ。常に遊び心満載で、部下を困らせるほど自由奔放な人。さぞかし面白おかしく書いたのでしょうね。

「どのようにお伝えされていたのか存じませんが、あまり真に受けないでくださいませ。ナイジェル卿のご冗談ですよ。わたしは特別なことなどなにもしておりません。無芸非才な、ただの主婦です」

リベルト公子が聞こえよがしに笑いをこぼした。なにか文句でも!?

「いや、しかし昨年の暮れにも」

「たしかに何度か問題に遭遇したこともございますが」

おそれ多くも大公爵様の言葉をわたしは遮った。

「解決などわたしには無理な話ですわ。それは、夫のことでございましょう」

すべては有能な旦那様の功績！　とシメオン様に押しつける。別に嘘ではありませんものね。いつも身体を張って頑張っているのはシメオン様で、わたしは助けられてばかりですから。

わたしが示す人を見て、公爵様はうなずく。

「ご夫君のことも聞いております。有能で非常に腕の立つ人物だと。かなうものならわが騎士団に勧誘したいくらいだと言っておりましたよ」

「おそれいります」

シメオン様は淡々と答える。騎士団と聞いて、わたしはなんとなく公爵様の後ろに立つ人へ目を向けた。

さきほど公爵様をかばった、オリヴァーさんという人だ。シメオン様と同じくらいか少し上かな、という年頃に見える。優しそうな雰囲気で、特別目立たないごく普通の容姿に親近感を覚えた。

「かの有名な、薔薇の騎士団ですね。シャノン公爵様をお守りするために設立された騎士団だとか。一騎当千の精鋭揃いと耳にしております。そちらの方も？」

わたしに聞かれて公爵様は少し彼を振り返る。

「ええ、副団長のオリヴァー・クライトンです。長期不在中の団長にかわり団をあずかってくれています」

紹介を受けてオリヴァーさんが会釈する。わたしも同じように返した。

「ナイジェル卿が団長を務めておいでなのですよね。以前から不思議に思っていたのですが、そのようなお役目にある方がなぜ大使に？」

話題を相手側にずらしてわたしへのつっこみを回避する、という意図で聞いただけで、深く考えていたわけではない。しかしわたしの問いに、公爵様とオリヴァーさんは苦笑しながら目を見交わした。

「それは、なんというか、少々情けない事情がありまして」

「はい？」

「あれをご存じならおわかりでしょうが、女性がらみの話題にこと欠かないやつでして」

「ああ……はい」

わたしも苦笑する。ええ、ええ、ナイジェル卿が女性にたいへん親切で友好的なことは知っています。華やかな容姿もあって、ラグランジュでも大人気ですよ。

「とある名家の令嬢二人がナイジェルをめぐって対立する騒ぎになってしまいましてね。どちらもずいぶん熱を上げていたようで、それぞれの父親が困りはてて陳情してきたのです」

「まあ」

「女王陛下まで巻き込む話になってしまい、頭を冷やさせるためいったん元凶を遠ざけようとお決めになりまして」

「……なるほど、そういう理由で」

わたしはシメオン様や、アンリエット様とも顔を見合わせた。どういう反応をすればよいのやら。半端な笑いしか出てこない。

「ナイジェル卿はラグランジュの社交界でも女性に人気ですわ」

アンリエット様が言う。

「また面倒を起こしておりませんでしょうか。そちらにご迷惑をおかけしていなければよいのですが」

「魅力的な殿方がいれば取り合いになるものですが、特に問題はありません。ナイジェル卿は両国の友好に貢献してくださっています」

「そう言っていただけると安堵いたします。しっかり監督してくれる者をつけましたが、あれがおとなしく言うことを聞くのかと心配で」

エヴァさんのことかな。ええ、苦労なさっています。

リベルト公子もラグランジュを訪問した際にナイジェル卿と顔を合わせている。印象に残していたらしく、しばらく彼の話題で盛り上がった。

わたしは少しずつ話の輪からはずれ、シメオン様の横に並び直した。でしゃばらずに控える付添人に戻って、シャノン公爵という人物を観察した。

悪い印象はないのよね。むしろ好感しか抱かない。見た目のかっこよさだけでなく、話しぶりや表情、目つきなどにもいやなところはなかった。

身分にふさわしい威厳をそなえながら、けして横柄にはならない。アラベラ妃とやり合った時には痛烈な言葉とともに冷たいまなざしをぶつけていたのに、わたしやアンリエット様に対しては礼儀正しく優しい。

バラルディ子爵も表面上はそうだったけど、端々に信用できない雰囲気がにじんでいたものだ。今となってはルイージ公子を挨拶に連れ出したのも、自分のかわりに攻撃させようという腹だったのでは、なんて疑ってしまう。

どういう人物か事前に知らされていたせいで、先入観がそう感じさせたのだろうか。シャノン公爵のことはまだわからない。もしかしたらうわべの演技にだまされているのかもしれない。

そう思っても、やはり不信感を抱くようなところは見つけられなかった。

「イーズデイルの公爵様ということで緊張しましたが、とても感じのよい方でしたね」

ひとしきり話したあと公爵様と別れ、また別の人へ向かうアンリエット様たちを目で追いながら、わたしは隣の旦那様に話しかけた。

「ナイジェル卿の伯父様なだけあって、気さくで陽気な感じの……あれがうわべだけの作った顔だったらとても怖いのですが、あまりそんな気もしなくて。初対面だからわからないだけでしょうか」

「私も彼を直接見たのははじめてですから、あなたと状況は同じですよ」

「ではシメオン様も公爵様には好感を？」

離れていく大きな背中へ視線を向け、シメオン様は少し考えた。

「そうですね、特に問題は感じません」

「なら見たままと思っていいのかな……ここがラビアなせいか、つい身がまえてしまうのですよね」

サン＝テールでイーズデイル人と出会っても特になんとも思わないのに、カステーナ宮殿だと天敵のように感じてしまう。われながら神経質になりすぎだとは思う。

だってさんざんラグランジュ派とイーズデイル派の対立を聞かされてきたのだもの。アラベラ妃という人を見たあとではなおさら警戒してしまう。

「公妃様と同じ考えをお持ちなら、ラグランジュが花嫁の座を獲得したのは気に入らないはずですよね。個人的にはあまり仲よくなさそうなお二人でしたが、政治的な方針はまた別の話ですし」

「どうかな。彼はむしろ女王と方針を統一していそうですが」

「え？」

聞き返すわたしに答えず、それより、とシメオン様は話を変えた。

「さきほどリュタンとなにを話していたのです」

「え、そこですか？」

「いけませんか」

澄ましたきれいなお顔にちょっぴり感情が浮かぶ。不きげんそうな瞳にわたしは笑いたくなるのをこらえた。

「別に、なにというほどでも。リベルト殿下が女心を解されないので、もっと勉強していただきたいと言っていたのですわ。シメオン様、先達として助言してさしあげては？」

「先達？」

「恋愛小説を何冊も読んでくださいましたでしょう？　参考になったものはありました？」

尋ねると白い頬がわずかに染まった。

「そういうのは、あなたの方が詳しいでしょう」

「おすすめの本を進呈しようかなとは考えておりますが」

「リベルト殿下にですか」

「ああいうタイプの場合、素直な純愛物語は向いていませんね。期待するなら腹黒ヒーロー路線かしら。物語ではああいう人物って、大切な相手にはべた惚れだったりするのですよ。愛する人を攻撃してくる者は徹底的に叩きつぶす。愛ゆえの怖さ！　そこに萌えがあるんです！」

「いや、萌えは別に」

「そして二人だけの時はとろけるほどに甘くて！　結婚なさったら夫婦だけの時間もありますよね。そういう時にぜひ実践していただきたい！　参考図書を用意しなくては。あとで送るのは当然として、ラティリの本屋さんにもありませんかしら。きっとありますよね！」

「待ちなさい。あれがさらに怖くなったら困ります。おかしな入れ知恵をしないでください」

友人として、アンリエット様のためにできることを。

思いつきに満足し、わたしは気炎を上げる。これは付添人のお役目と考えることもできるだろう。外出許可を願い出てもよいはずだ。

ですよね？　と力強くシメオン様に同意を求める。わたしの勢いに反論できず、旦那様はため息をついていた。

7

宴の翌日からはさっそく結婚式に向けた準備がはじまった。

式当日の段取りをラビア側と何度も打ち合わせ、頭に叩き込む作業に追われる。ベナールさんたち役人組も大忙しだ。結婚式ってこんなにたいへんだったっけ、と何度も昨年を振り返る。自分の経験なんて全然参考にならない。個人の結婚と王族の結婚はまったく別物だと、今さらながらに思い知った。

シメオン様たちも当日の警備について打ち合わせが必要で、ラビアの軍人がよく出入りしていた。ラグランジュのように警察という別の組織はなく、軍がすべてを担当している。宮殿の警備も街の治安維持も軍のお仕事だ。

あれこれ考えて忘れそうになるが、忘れてはいけないのがファミリアの存在である。式を挙げる大聖堂からカステーナ宮殿までパレードが予定されている。テロを起こすなら絶好の機会となるので、当日は厳戒態勢で警備しなければならなかった。

……それを統括する長官が、バラルディ子爵なんだものなあ。

軍もどこまで信用できるのかしらと、不安がぬぐえなかった。

そんな忙しさの中でも、アンリエット様は忘れずに犬の相手をされていた。知らない場所に連れてきたのだからと、さみしがらせないよう気にかけている。公子様から贈られた犬というだけでなく、心から可愛がっていらっしゃるのが誰の目にもあきらかだった。

「今日はおでかけするからお散歩はあとでね。あまり散らかしたくもないから……宝さがししましょうか」

今日も外出直前におねだりされて、ちょっとだけねとかまっていらした。

「宝さがしって？」

「ペルルの特技よ。マリエルさんに見せるのははじめてだったわね。ではマリエルさんに提供していただこうかしら。ハンカチかなにか、あなたの匂いがついているものをお願いできない？」

なるほど、とわたしは襟を飾る薄手のスカーフをはずした。

「さあペルル、よーくたしかめて。この匂いを覚えるのよ」

わたしのスカーフを犬の鼻先に寄せて教える。先に侍女が隣室へ持っていき、準備ができるとわたしたちも犬を連れて移動した。

アンリエット様はパンと手を打つ。

「はい、さがして！」

隣室に放された犬は、あちこちをかぎ回って調べだした。隠されたスカーフを上手く見つけられるかな。わたしは何度もこの部屋に立ち入っているから、隠し場所以外にも匂いが残っていそうだ。

案の定犬はわたしが座ったことのある椅子や、歩いた場所をかぎ回っていた。なかなか正確にたどっているようで感心する。そんなに強い匂いが残っているかしらね？　犬の嗅覚はすごいと聞いているが、じっさい目の当たりにすると驚かされる。

やがて犬はクッションの下からスカーフを引っ張り出した。得意満面で持ってくる彼女を、わたしたちは拍手で迎えた。

「すごーい、お見事！」

「よーし、よし、よくやりました。上手ー！」

「賢ぉい！　えらいえらい！」

成功した時はうんと誉めるべし。わたしとアンリエット様になでまわされて犬も大はしゃぎだ。ふさふさの尻尾をちぎれんばかりに振っていた。

「こういうのって、訓練して覚えさせるのですか？」

「ええ。軍で犬を使うことがあるってお兄様から聞いて、ペルルもできないかしらってはじめたの。小さくたって鼻のよさは負けないはずだと思ってね。訓練士にも協力してもらったのよ」

「まあ本格的。犬はそういうところがよいですね。猫の場合、たとえできてもやってくれないから」

「猫は難しいかもね」

「頭は悪くないんですよ？　こちらの行動をよく見ていて、戸の開け方まで覚えちゃうんです。おやつとか、自分に都合のよい言葉も覚えます。でも頼んだことはやってくれません」

「わかっていて無視するのね」

「やめてと言うことはやるのにね！」

愛犬愛猫談義で盛り上がる。楽しく笑いながらまた宝さがしを仕掛けた。かまってもらえて、いっぱい誉められて、犬もうれしそうだった。

しかし今日も用事が詰まっている。かわいそうだがしばらくお留守番だ。時間が来てアンリエット様はごめんねと切り上げた。

「いい子で待っててね。帰ったらまた遊びましょうね」

小さな頭をなでて、アンリエット様は部屋を出る。留守居役の侍女に犬をまかせ、わたしたちもお供する。シメオン様以下護衛の近衛がすでに待機していた。

今日は式を挙げる大聖堂の下見である。見学だけでなく練習もする。なのでリベルト公子と一緒に行くことになっていた。

「お待たせしましたでしょうか」

「大丈夫ですよ。予定どおりです」

一階へ下りれば公子様たちが待っていた。あちらも大勢ついていくようで、顔ぶれを見回せば知り合いがまじっている。シメオン様が反射的にリュタンをにらみ、そして思いがけないところからも声が上がった。

「あら、ダリオも行くのね」

え、とわたしとシメオン様は振り返る。リュタンとともに控えるダリオに、アンリエット様は小さく手を振った。

いや、ただ振って挨拶したのではない。なにか意味がありそうな動きだった。

なんだろうと思っていたら、ダリオも素早く手を動かす。アンリエット様はにこにこしてうなずいた。

「おや、姫は手話ができるのですか？」

公子様が気づいて尋ねた。ああ、とようやくわたしも理解する。今のは手話だったのだ。

「はい。サン＝テールで聾学校の理事をしておりましたの。ほとんど肩書だけで運営には関わっていませんでしたが、生徒と交流くらいはと思って学びました」

「それは立派ですね。しかし手話は地域によってバラバラですから、サン＝テールのものとは違ったでしょう？」

「ええ、じつはまだ簡単なやりとりしかできません。彼は聞き取りには不自由しないそうなので、いくつか教えてもらいましたの」

ね、とアンリエット様に微笑まれて、ダリオは恥ずかしそうにうつむく。二人のようすに驚いたのはわたしだけではなかった。

リュタンも意外そうにダリオを見ているし、公子様がアンリエット様へ向けるまなざしにも感心の色があった。

「驚きましたね。彼はあのとおりの体格ですから女性に怖がられることが多いのですが、姫はあっさりうちとけているようだ」

「あら、お忘れですか？　ラグランジュへご訪問なさった時、彼も同行させていらしたでしょう？　トゥール・ド・プリゾンの攻防に参加していましたよね」

公子様にとっては記憶から抹消したいできごとを持ち出され、ちょっとだけ笑顔にひびが入る。

アンリエット様は気づかず、楽しそうに思い出話を続けた。

「マリエルさんと仲がよさそうで、かけ声に応えていましたよね。ノリがよくて面白い人だなって思いましたの」

アンリエット様はあの時のことを覚えていて、料理を届けにきたダリオにすぐ気づいたそうだ。知っている人に会えたのがうれしくて話しかけ、ダリオがしゃべれないと知った。それならばと手話を使ったのがダリオの心を開いたのだろう。すんなり仲よくなって、そのまま夕食に誘ったとのことだった。

リュタンはますます目を丸くして「へー」と言いたげにダリオを見ている。多分わたしも同じ顔をしているだろう。ダリオは耳まで赤くなっていた。

ううむ、わたしにだけなついてくれる子を取られたような、ちょっぴり残念な気持ちと、それ以上に尊敬する気持ちがわき上がる。ごく普通の女の子に見えてもやはり王女様、知見の広さと人をちゃんと見て覚えているところがさすがである。

公子様もアンリエット様への評価を上げただろう。自分の腹心、それもおそらく差別されがちな人にためらいなく接し、仲よくなってくれるなんてうれしくない？　言われて従うのではなく、自然な気持ちでみずから関わっていく。アンリエット様の優しく公平な気質がよく表れている。「私の花嫁はなんと素敵な人だろう！」って、惚れ直しましたよね？

――お芝居みたいな台詞は期待できないけれど、けっこういい雰囲気になっていた。今日の公子様の笑顔は嘘っぽくない。こうして少しずつ心を通わせていくのかな。うん、よい調子。

馬車の準備が済んだと知らせがきて、出発になる。わたしも手話を覚えたいな、なんて考えながら出口へ向かっていると、ふと後方に気配を感じた。

階段の上から、こちらを見下ろす人の姿がある。

ルイージ公子がぽつんと一人で立っている。怒っているような、あるいは悲しんでいるような、ひどく思い詰めた顔で兄を見送っていた。

そのようすが気になり、声をかけてあげたかったがみんなどんどん進んでいく。立ち止まっていられず、心配な気持ちを残しながらわたしは外へ出た。


ラティリは宗教的にも重要な土地である。なにせ総本山、教皇様がいらっしゃる。

その大聖堂でお式をするのかと思ったら違ったらしい。教皇様には結婚式を済ませたあと、日をあらためてご挨拶に伺うとのことだった。

わたしが帰国したあとですか。えぇー、教皇様を拝見できるかと期待していたのになー。せめて大聖堂の取材だけでもお願いできないものだろうか。

「だめです。絶対に、だめです」

相談してみたら、シメオン様はなぜか顔色を悪くして首を振った。いつもより強い口調で断言される。

「そんなお顔をなさらなくても」

「たいていの騒ぎはどうにかできますが、教皇庁まで巻き込むのはやめてください。さすがに手に余ります。猊下とあなたが並んでいるところなど、想像しただけで胃が痛くなる」

「なぜ騒動前提ですの。あと教皇庁ではなく大聖堂！　開放されている場所を見学するだけです。教皇庁も見られるものなら見たいですけど」

「見られません！　大聖堂にも近づかないでください。その手の場所にあなたが行って見学だけで済むはずがない」

「し、失礼な。だいたいなにかあったとして、巻き込まれるのはわたしの方では？」

「どちらであっても私の寿命が縮まりますから！」

頭から拒絶して話を聞いていただけない。わたしがむくれていると、リュタンが口を挟んできた。

「副長の寿命が縮むなら大いに協力したいね。マリエルの星回りなら面白い騒ぎを呼び込んでくれそうだ」

「そうやって余裕ぶっている者ほど、あとで痛い目を見るものです」

じろりとにらむシメオン様に言い返すかと思いきや、リュタンはどこか複雑そうに目をそらす。なんでしょうね、二人して。わたしをどんな災厄だと思っているの。

「にしても、見たいのが坊主のじいさんってさ。なにも面白いことないと思うけどな」

「不敬きわまりなくてよ！　信徒なら一度はご尊顔を拝したいと思うものよ」

「そんなもんかね、さっぱりわからないな。まあ見たいなら連れてってあげるけど」

「本当？」

「やめなさい！」

ちなみに馬車を降りて、聖堂へ入ろうとする時の会話である。段々大きくなる声が届いたようで、先を歩くリベルト公子も振り返っていた。

「週に一度、窓から顔出して祈る日があるから。前の広場までは一般人も入れるよ」

「……わたしの視力ではお顔の判別もできないわ」

「もっと近くで見たいの？　しかたないな。なら変装して入り込むか……」

「だからやめなさいと言うのに！」

シメオン様が本気で青ざめている。リベルト公子からも「バンビーノ」とたしなめられた。

「そういう相談をおおっぴらにするのではないよ。人の聞いていないところでやりなさい」

「止めてくださらないのですか!?」

これ以上は旦那様の胃がもちそうにない。かわいそうなのでわたしはおとなしく口をつぐむことにした。

……でも、変装して潜入か。本職の手ほどきを受けて。い、いろいろ魅力的すぎる……！

にやける口元を隠すわたしを、シメオン様が心底不安そうに見ていた。

とかなんとかやりながら、まずは結婚式の打ち合わせと練習だ。当日の式を執り行う司教様が迎えてくださり、ご挨拶からはじまった。

ここも歴史が古く、宮殿のように絢爛豪華な聖堂である。できることなら丸一日かけてじっくり見学したいほど広くて見応えがある。

　アンリエット様のお供をしながら、わたしは内部を興味深く見回していた。ラグランジュの教会とは少し趣が違うわね。気づいたことを時々手帳に書きつけていたら、同席している修道士がいろいろと解説してくれた。

「地下には古代の遺跡があるのですよ。あいにくここは状態がよくないので立ち入り禁止にしておりますが、場所によっては一般に開放されているところもあります。ご興味がおありなら行かれてみるのもよいでしょう」

「それって、地下墓地のことですか？」

　わたしは俄然食いついた。ラティリの地下墓地は有名だ。単なる納骨堂にすぎないサン＝テールの地下墓地とはまったく別で、古代の宗教遺跡である。本で読んだ時からいつか見たいと思っていた。

「夫人は地下墓地が見たいのですか？」

　リベルト公子がおかしそうに笑った。

「はい！」

　力いっぱいうなずくわたしとは反対に、アンリエット様は目を泳がせる。

「わたくしはいいわ……そういうのは、苦手なの」

「地下墓地を見たいなら、もう少し遠くへ行かなければなりませんね。このあたりに埋まっているのは古代の街並みです」

　当時の決まりで、街の中心部にお墓を造ることは禁じられていたらしい。地下墓地を見たいなら少し郊外へ出る必要があるとのことだった。

そのかわりというか、いたるところに古代都市の遺跡がある。街の下にもう一つ、古代の街が埋まっていて、掘ればなにか出てくるのがラティリという街だ。発見された遺跡の中にはほぼ原形をとどめている場所もあって、そういうところなら見学できると言われた。

「どうして街ごと埋まっているのでしょう」

「新しい街を造る時に、古いものを埋めたからですよ。いちいち取り壊すよりもその方が簡単だったのです」

ずいぶん豪快なように聞こえるが、古代人にとっては合理的な方法だったようだ。埋めることによって土地の高さが上がり、水害対策にもなったらしい。

ラグランジュも同じ帝国の末裔（まつえい）なのに、いろいろ違うものだ。地形や人々の気質が影響しているのだろうか。

地下にもう一つの街……古代都市か……ものすごく、そそられる。夢と妄想がわいて止まらない。

わたしはそうっとシメオン様を見た。予想されていたようで、ばっちり視線がからむ。彼はきっぱりと首を振った。またその反応⁉

「なぜ……」

「マリエル」

ぐっと顔を厳しくして彼はわたしを叱（しか）る。ううう、お役目を忘れてはいませんよ。だから結婚式のあと、帰国までの間にどこかで……無理ですかあ？

「本当に副長は頭が固いよね。ほっといて僕と行こうよ、マリエル。地下都市でも地下墓地でも案内してあげるよ」

またリュタンが横から割り込んでくる。シメオン様の眉間の谷間がますます険しくなった。

「やめてください。マリエルをそのような場所に連れていくのは危険すぎる」

「今度はそれか。過保護だし心配性がすぎるし、いいかげんハゲるよ？　地下遺跡なんて普通の観光名所じゃん。なんならカステーナの地下にもあるよ」

「ですから、普通に見学するだけで済むと思いますか？　マリエルですよ」

「あの、シメオン様？」

「複雑に入り組んだ道が、場所によっては崩れていたりして、容易に迷ってしまう危険な遺跡です。光もささない地下の暗闇で万一はぐれたら。遭難ついでにとんでもないものを掘り出してきたら。ありえないと言い切れますか」

「いやいっそ興味がわくよ。マリエルならすごいもの掘り当てそうで楽しみだ」

「なにも掘らないわよ！　見学するだけだってば。シメオン様も、さきほどから考えすぎではありません？」

「そうかしら……マリエルさんならなにか掘り当てそう」

「私も興味がわきますね」

みんなから言われてわたしの頬はパンパンになってしまった。なぜそう、人を災いの源みたいに言うのかしら。穴掘り大好きな犬でもありませんよ。見学したいだけで発掘作業までしませんてば！

「ではせめて、地上の名所をあとでご案内しましょう。半日観光といった程度ですが、それなりに楽しめると思いますよ」

あれもこれもだめと言われるわたしをかわいそうに思ったのか、公子様が約束してくれた。もともとアンリエット様に街を見せるおつもりだったそうで、今日は時間を空けているとのことだ。夕方までゆっくりできると聞いてアンリエット様も顔を輝かせていた。

カステーナ宮殿にいる時よりも、ずっと気楽で和気藹々（あいあい）とした時間だった。公子様も心なしか肩の力が抜けているように感じる。わたしたちは聖堂を出たあと、約束どおり名所めぐりに出発した。

お邪魔ではと遠慮するわたしを公子様が誘ってくださり、同じ馬車に同乗させていただく。リュタンも乗ってきてわたしと並んで座った。

騎乗したシメオン様が馬車のすぐそばについている。気にしているだろうから、わたしは大丈夫ですよと窓から笑いかけた。

第一の目的は観光！　おしゃべりよりも外を見る方に忙しいわ。

そう思ったとおり、わたしはずっと街の風景に夢中だった。公子様やリュタンに解説されながら、ひたすら窓に張りついて異国の街を眺めていた。

一般の建物はサン＝テールと変わりなく、特にめずらしさは感じない。でもあちこちに遺跡があって、近代的な街並みと思っていたらいきなり古代が顔を出す。特に目についたのはオベリスクの多さだった。

教会の前や広場に、天を指す石柱が高くそびえている。カステーナ宮殿の前にも立っていた。もとは太陽神を祀るため遠い南の国で造られたものだ。そこまで勢力を伸ばしたかつての皇帝が、はるばるこの地まで運ばせた。石柱の表面には異文明の文字が刻まれている。

サン＝テールのシャルダン広場にもオベリスクがある。ラグランジュではその一基だけなのに対し、ラティリにはなんと十基以上もあるのだとか。他の土地では時代とともに失われていったものが、この街には多く遺っていた。

古代の邸宅跡や神殿の前も通った。どこもアーチと円柱だらけだ。そしてなによりいちばん有名な闘技場！　宮殿並みに巨大な円形の建造物が、一部崩れながらも今なお威容を放っていた。

予想以上の迫力に圧倒される。大きい……そして高い。五、六階建てのビル並み、いえそれ以上かも。壁には窓のようにアーチ型の穴が開いている。同じ形、同じ大きさで規則正しく並んでいて美しい。こんなものが二千年近く昔に造られ、こうして現存しているなんて驚きしかない。すべてが人力だった時代にどうやって造ったのだろう。設計技術もすごいし、現代人より古代人の方が優れていない？

窓から身を乗り出し感心しながら見上げていたら、シメオン様の手に押し戻された。

「落ちますよ」

「シメオン様、帰国前に少しでもいいから時間を取って、もう一度ここへ連れてきてくださいませ。お願いします」

「……地下墓地ではないのですか」

「そこも見たいけど、それ以上に！　闘技場に立つシメオン様が見たい！　古代の剣闘士のように！

あっ、サーベルでは雰囲気が出ませんね。古代の武器をどこかで調達しないと。できれば衣装も！」

「私になにをさせる気ですか」

「副長じゃ配役ミスだろ。こんな色白のおきれいな剣闘士いなかったと思うよ」

「あ、ぜひダリオにも共演してもらいたいわ。すごく似合うと思う」

「そこは同感だけど、対戦者が副長じゃいやがりそうだな」

「だから、私になにをさせる気ですか」

通りすぎていく建物を眺めながら古代に想いを馳せれば、熱狂する人々の声が聞こえてくる。声援が降り注ぐなか戦うシメオン様。どんな戦士よりも強く、そして美しく。締めは倒した相手を見下ろす場面ね！　眼鏡が冷たく光って……あ、その時代に眼鏡はないか。ええー……なくてもかっこいいけど、眼鏡あってこその鬼畜腹黒参謀だからなあ。

そこの設定をどうしようと悩むうちに、馬車は闘技場をあとにする。道行く人の視線を集めながら次なる名所へと向かった。

時間の許すかぎりあちこちを回り、最後に小高い丘へ登る。街を一望できる公園があり、馬車を停めて休憩となった。

申し訳ないけれど一般人にはしばらく離れていただく。やはり警備の問題があるので、ご一緒にとはいかない。近衛やラビアの衛兵に制止されながら、お二人の姿を一目見ようと皆さん首を伸ばしていた。

どこへ行っても歓迎の空気に迎えられる。あれこれややこしいのは大公宮の中だけで、国民はおおむね結婚式を楽しみにしてくれているようだ。

「ここも遺跡なのかしら」

公園の一角に石像と、それを囲む柱が立っていた。神殿跡のような雰囲気だ。翼の生えた兜(かぶと)をかぶり、手に杖(つえ)を持つ男性の像だった。神話の中でも有名どころの神様、メルクリウスだろう。旅人や商人の守護者で、この丘から街を見守っているのだろうか。

と思ったら、

「残念ながら、古代のものではありませんよ。この公園が整備されたのはほんの十年ほど前で、石像や柱もその時に作られました」

単なる演出だったらしい。公子様の解説に少しがっかりした。言われてみれば遺跡にしてはきれいすぎるかしら。

「これはメルクリウスですよね」

「ええ。遺跡から発見された像の複製です」

本物は博物館に収蔵されているらしい。ああ、行きたい場所がどんどん増えていく。

「アンジェロに案内させましょうか？　副団長には内緒でお連れしますよ」

シメオン様が近くにいないのを見計らって、公子様はそんなことをささやいた。

アンジェロというのはリュタンの本名だ。近くに控える当人を見れば、いやそうな顔で文句を言ってきた。

「いらん世話だって言ってるでしょうが。そういうの、よしてくださいよ」

「なんだい？　いざ本人を前にすると尻込みかい。お前って妙なところで奥手だね」

「なに言ってんだか。人のことより、自分のお相手のこと考えてたらどうなんです。マリエル、あっち行こう」

うんざりした顔でリュタンはわたしを強引に引っ張る。公子様は呆れたように見送っていた。

「マリエル？」

シメオン様がすぐに気づいて戻ってくる。リュタンはそ知らぬ顔でわたしから手を離した。

「ご心配なく。公子様がからかうものですから、いやがった彼が逃げ出してきただけです」

「ああいうおせっかいはうっとうしいんだよ。わざわざお膳立てしてもらわなくたって、誘いたければちゃんと自分で誘えるのにさ」

「誘う？」

一瞬どうしようと思ったけれど、わたしは素直にさきほどのやりとりを伝えた。別に隠す必要はないと思う。申し出に乗ったわけではないし、リュタンも断っていたし。

「そもそも副長が、あれもだめ、これもだめってマリエルの希望を却下してばかりだからいけないんだよ。ちょっとくらい大目に見てやればいいのにさ」

「仕事で来ているのだから当然でしょう」

「他にもお供がいるんだから、交替で遊んできたっていいと思うけどね」

「そうはいきません。出発してから帰るまで、すべて職務時間です。遊ぶ目的で予定を組んだ旅ではない。空き時間は待機と休憩のためであり、自由時間にはならない。承知の上で引き受けた役目なのですから、自分勝手に動けないことくらいマリエルもわかっているはずです」

——はいはい、はい。わかっております。ええ、よーくわかっていますよ。

あわててわたしはうなずいた。目の前にいろいろ出てくるとつい気を惹かれるの。でもそう、わかっていますとも。お仕事だものね。

リュタンは鼻を鳴らして笑った。

「出たよ、副長のご高説。その石頭、かち割ることもできそうにないな。四角四面で融通が利かなくて、本当につまんないやつ。仕事ができてもそれだけの、中身のない人間だね」

シメオン様の手がぐっと握られる。もう、こんな憎まれ口にいちいち傷つかないでくださいと、拳の上にわたしの手を重ねた。

シメオン様の目がこちらを見下ろす。

「たしかに石頭ですが、その分絶対的に信用できますし、シメオン様にも面白いところはあります。中身がないなんて真に受けないでくださいね」

「…………」

「あなたもね。皮肉屋で本心は隠してばかりの人だから、なにを言われても信用できない、って言われたらどう思うの」

「……まあ、正しい評価だね」

リュタンは肩をすくめてわたしたちに背を向けた。ポケットに手を入れ、街の風景を見下ろす。

「柔軟な対処力があり、感情的にならない。ものごとを俯瞰することができる。そう評することもできるわね。人の長所と短所は背中合わせなのよ。どちらもあって、だからこそ人間は面白いの。シメオン様も、あなたもね」

リュタンは答えない。もうこの話に興味はないと言いたげに振り返らなかった。

わたしはシメオン様に目を戻し、申し訳なさそうな瞳に微笑みかけた。

「遊びたいのは本当ですが、お役目が終わったらですよ。公子様のおかげでちょっとは観光できましたしね。今はこれで十分です」

シメオン様は小さくうなずいた。

「……はじめて来た場所で、目に映るものすべてが魅力的に感じるでしょう。はしゃぐ気持ちはよくわかります。なのに我慢ばかりさせて、望みをかなえてあげられず、すみません」

わたしは首を振る。

「シメオン様は正しいことしか言ってらっしゃいません。なにも謝る必要はありません」

厳しい態度で突き放して終わりでなく、こうしてわたしの気持ちも汲もうとしてくださる。ちゃんと優しい人なのよ。

「結婚式が終わったら、遊びに行ってもかまいません。陛下たちと一緒に帰国しますから、数日は滞在できます。その間にやりたいことをしてきなさい」

「シメオン様は一緒に行ってくださらないのですか？」

「私は遊ぶわけには」

知らんふりの背中へちらりと目を向けて、シメオン様はとても苦しげに続けた。

「一人ではでかけないで。慣れた人に……現地の人に、案内を……護衛にもなる人物を」

「あの、シメオン様」

「……彼に、頼んでも……か、かまいません」

いやめちゃくちゃかまってるでしょう！

やっぱりさっきの憎まれ口を気にしてるぅ。どこまで真面目な人なんだか。

精いっぱい譲歩してくださるお気持ちは尊いけれど、そんな顔をさせてまで行きたくないですよ。

「ったく、副長も一日くらいなんとかしなよ。ついでに面倒見てやるからさ」

リュタンもたまりかねたように振り返った。彼を根負けさせるなんてすごくない？　石頭の勝利だわ。もういっそ笑えてしまう。

「まあ、今すぐ決めなくても。結婚式までに考えておきましょう？」

状況しだいの話でもあるのだし、とわたしはなだめる。シメオン様もうなずいてくださり、どうにか話が落ち着いた。

実現したらシメオン様とリュタンが一緒におでかけか。ずっとけんかばかりだろうな。まあそれはそれで楽しそうかも。

わたしは丘のふもとに目を向けた。とても全部は回りきれないから、ここだけはってところを決めておかなくては。

午後の陽差しの下、古さと新しさの共存する街が広がっている。あまり整理された区画はなく、全体にごちゃっと詰め込まれた印象だ。

やはり遺跡があるから再開発しにくいのだろう。不便でも安易に取り壊さず、歴史を大切にしている街だ。とても美しい景色だと思う。

向こうでリベルト公子も街を示し、アンリエット様に説明しているようだった。

「……ねえ、スラムってどのあたりなの。ここから見える？」

しばらく街を眺め、わたしは尋ねた。リュタンとシメオン様が同時にわたしを振り返った。

「スラム？　なんでさ」

「例のアレ……ファミリアの拠点でしょう？」

周囲をはばかり、わたしは声を落とす。しかしリュタンは変わらない調子で答えた。

「拠点って言うならラティリ全体が拠点だよ。別にスラムだけじゃない」

「そうなの？　スラムって怖い人が集まっていそうだけど」

吐き出された息には軽い嘲笑が含まれていた。

「お貴族様から見ればそうなるか。別に住人がみんな犯罪者ってわけじゃないんだけどね」

あまりよい反応には感じられなかった。失礼なことを言ってしまったのだろうか。

サン＝テールにもスラムと呼ばれる場所があって、わたしの外出をとがめなかった両親やお兄様も、そこにだけは近づかないよう言っていたものだ。それで怖い印象を抱いていたのだけど……以前事件の中で踏み込んだ賭博場も、普通の人が出入りするような場所ではなかった。

でも、そんなところばかりでもないのかな。

以前にリュタンから聞いた言葉を思い出す。とても寒い夜、新年を迎える直前のひとときだ。

スラムの底辺で殴られながら、かびの生えたわずかなパンで生き延びていた――言おうと思って言ったわけでなく、話の流れでうっかり口にしたという感じだった。そのまま知らん顔で話を続けていたから、わたしもつっこんで聞かなかった。でも、あれでわかったわよね。

リュタンは子供の頃、スラムにいたらしい。

だからわたしの言葉が、自身への侮辱に感じたのかしら。

深く考えずに発言したことを後悔した。よく知らないのに決めつけた言い方だった。

浅慮を恥じていると、頭に大きな手が載せられた。シメオン様の声が、なぐさめると同時に諭してくる。

「大都市にスラムができるのは、貧しい人が職を求めて集まってくるからです。都会ならば稼げると見込んで来るが、たいていは紹介状など持たず無策のままやってきます。だからろくな職に就けず、貧困から抜け出せない。そうした人々が身を寄せ合い、スラムと呼ばれる地区を作るのです」

「はじめからそこに住んでいたのではなく、よそから集まってきた？」

「はじまりはね。やがて子供が生まれるようにもなりますが、教育など受けられませんから親と同じ、あるいはそれより悪い道をたどるしかない。貧困の悪循環です」

「では、スラムは単に貧しい人の集まりというだけで、犯罪とは関係ないわけですか？」

「ない、とも言い切れませんね。じっさい事件の発生率はどこよりも高い。警察の目が行き届かないので犯罪が起こりやすく、それを狙って住みつく者もいる。マリエルの認識も完全に間違いというわけではないのです」

悪い人もいるし、貧しさから悪い道へはまってしまう人もいる。そしてそんな人たちとともに暮らす、善良な人もいる。

わたしには想像もつかない状況があるようだ。やっぱり、安易な発言をするべきではない。

「……聞いていい？　スラムって、どんなところ？」

わからないというだけで話を終わらせたくなくて、もう少し知りたかった。また不愉快にさせてしまうだろうか、はぐらかされるかなと心配しながらだったが、案外リュタンはすんなり答えてくれた。

「どんなって言われてもな。覚えているのは、とにかくひもじくて寒かった」

「そう……」

「僕らを育ててた——って言えば聞こえはいいけど、盗みに使うために飼ってた連中がさ、身体(からだ)が大きくならないように、ろくに食わせてくれなかったんだよな。おかげでいつも腹を空かせてた」

「そ、そう」

食べ物を買うお金がなかったからではなく、育たないように？　それは大分予想外な理由だ。

「窃盗団だったの？」

「そんなとこかな。なんでそいつらに育てられてたのかは知らない。物心つく頃(ころ)には盗みを手伝わされてたな」

怪盗の才能は、その頃から磨かれていたのだろうか。

「その、ご両親が仲間にいたわけでなく？」

「違うね。ダリオの親はいたかな。女が一人いて、ダリオの母親だったと思う。僕もその女に世話さ

れてたみたいだ。どいつが父親だったのかはわからないし、女もすぐに死んじゃったからあまり覚えてないんだよね」

わたしは思わずダリオのようすを窺(うかが)った。彼はまだ公子様たちの近くにいる。こちらの話は聞こえていないだろう。

「親のいない子供なんてめずらしくもなかったよ。みんな物乞(ものご)いをしたり、道路掃除で小金を稼いだり、掏摸(すり)をしたりで食いつないでた。そんな連中ばかりだから特に思うことはなかったな。ひもじくてそれどころじゃなかったし。親より食い物がほしかったね」

そこまで言って、リュタンはわたしを見る。青い瞳に浮かぶものはなんだろう。特に怒りも嫌悪もないように感じる。

「同情してる？」

問い返されて少し考え、わたしは首を振った。

「同情って、ある程度わかることでないと無理だと思う。わたしには漠然と想像するのが精いっぱいで、理解まではできない。なのにわかったようなことは言えないわ。それにあなたは同情なんて求めていないでしょう？」

透明なまなざしに感情が浮かぶ。リュタンはニヤリと笑った。

「正解。それでいい。同情なんかされたら君を嫌いになりそうだ。失望させないでほしいね」

「勝手に期待してなにを言うのだか。マリエル、大いに同情してやりなさい。ほだされず、憐(あわ)れむだけで！　それで向こうから嫌ってくれるなら願ったりです」

「心配しなくても副長のことは大嫌いだよ」

いつもどおりの言い合いに、わたしは小さく笑う。つらい過去を知ってもシメオン様は態度を変えない。遠慮もしなければ嘲笑もせず、これまで同様全力で気に食わないと主張している。わたしなどより彼のそうした態度の方が、リュタンを安心させたのではないだろうか。やはり悪態で返しながら、どこかうれしそうでも——あ、ある、かな？　ない、かも？

皮肉と嫌味の応酬を見ていたら自信がなくなった。でもシメオン様のよいところは伝わっただろう。素直に認めてはくれないでしょうけど。

しばらくして休憩が終わり、また馬車に戻る。楽しかった時間に満足して帰り着いた宮殿で、わたしたちを待っていたのは心配な報告だった。

アンリエット様の愛犬が部屋から出てしまい、行方（ゆくえ）不明になっていた。

8

「ペルルちゃーん、おいでー」

夕食も終えてすっかり暗くなった空の下、わたしは中庭で犬をさがしていた。

カステーナ宮殿の本宮は、四角形の一端、正面入り口の対面側がない形で、その部分に別の建物が立っている。建物に囲まれた中庭は広場になっていて、きれいに舗装されていた。ここで式典などをすることもあるのだろう。まだ完全に寝静まる時間ではないので建物からの明かりも届き、真っ暗闇とまではいかなかった。

中央付近はさすがに見にくいが、犬の耳なら呼び声を聞きつけてくれるはず。人懐っこい子だし、わたしの声を聞けばすぐに駆け寄ってくれるはずだ。

そう期待して呼びかけてみたけれど、どこからも反応はなかった。場所を移動して何度か呼んでも犬は姿を現さなかった。

「いないのかな……」

はあ、と息を吐く。さっき、犬の鳴き声が聞こえたと思ったんだけどなあ。

空には星も月も見えない。風が少し強い。天気が崩れてきたようで、もしかすると雨になるかもしれなかった。

帰り道がわからなくてさまよう犬が、雨に降られてずぶ濡れになっている姿を想像してしまった。

ずっとお部屋で育てられてきたお姫様なのに、そんなことになったら耐えられるかしら。

どうかまだ降らないでと、わたしは天に祈った。

——留守居役の侍女が説明したところによると、犬がいなくなったと気づいたのは午の少しあとらしい。

「お留守の間に掃除をすると女官たちが言ってきまして、出入りが多くなるので掃除の間だけ檻に入れることにしたんです。お昼寝の時間だし、おとなしくしていると思ったんですけど……気がついたら檻の戸が開いていて、ペルルの姿がどこにもなくて……申し訳ございません」

多分、鍵にゆるみがあったのだろう。犬が飛びついた衝撃で開いてしまったのだ。

報告を受けたアンリエット様は当然心配され、わたしは侍女たちと手分けしてさがした。近衛たちも協力してくれ、宮殿職員にもお願いしたけれど、発見どころか目撃情報も得られなかった。

犬がうろついていたら目立つと思うんだけどな。どうして誰も見ていないのだろう。

「脱走ではなく盗まれたのではありませんか？」

という意見も出たが、掃除の最中に犬を連れ出したら気づかれそうだ。いくらおとなしい子でも知らない人間につかまったら抵抗する。

じっさい貴重品を持ち出される可能性を考慮して、留守居役は女官たちの行動を監視していた。誰もおかしな真似などしなかったと断言した。

そちらに注意が向いていたため、犬が出ていったことに気づけなかったわけだ。

「城の外にまでは出ていないようです。警備に確認してきましたが、そのような目撃情報はないとのことでした」

なんの手がかりも得られないまま夜を迎えてしまい、困りはてたわたしたちにシメオン様が言った。

「不慣れな広い建物の中で、迷わず出口へ向かったとも考えにくい。まだ中にいると思われます」

「そうね……どこかの部屋に迷い込んでいるのよね、きっと」

アンリエット様はため息をつきながらうなずかれる。

「見かけたらこちらへ戻してもらえるよう、もう一度職員に頼んでおきます。犬はいざとなれば鳴き声を上げられますから、じきに発見されるでしょう。大丈夫ですよ」

不安にさせないよう、シメオン様はうんと優しい声でなだめている。それでアンリエット様も落ち着かれ、今日はもう遅いからとみんなにやすむようおっしゃった。

わたしも自分に割り当てられた部屋へ戻った。ずっと閉めきっていたので空気がこもっている。窓を開けて夜風を入れ、その間にお化粧を落とした。

昼間でかけて疲れている。犬もそろそろ寝ているだろう。明日またさがそう。もしかしたら、誰かが見つけてくれるかもしれないし。

顔を拭いて窓へ向かう。着替えのためいったん閉めようとした時、夜の静けさの中に甲高い鳴き声がかすかに響いた……ように思った。

わたしは手を止め、耳を澄ませた。今の、たしかに犬の声だったわよね？

ほんの一瞬、ちょっと物音を立てたら聞き逃してしまいそうな小さな声だったけれど、風の音や遠くの物音などではなかったと思う。

窓を開けていたから聞こえた、ということは、もしかして外から聞こえたのだろうか。

わたしは窓の外、中庭を見下ろした。暗くて犬がいるのかどうかわからない。行くしかない。まだ近くにいるかもしれない。

寝台脇のランプを引っつかみ、わたしは部屋を飛び出した。

廊下に人の姿はなかった。呼びに行く時間も惜しい。グズグズしていたら犬が移動してしまうと思い、わたしは急いで階段へ向かった。

しかし屋外へ出るのは簡単ではなかった。夜間なので窓も出入り口も施錠されている。アンリエット様のお部屋は左翼の二階で、一階にはサロンや小広間などが並んでいる。どこも静まり返り、廊下にわずかな明かりがあるばかり。外に通じる扉は厳重に閉ざされていた。

しかたないので中央棟まで走り、警備の人に事情を説明してやっと中庭へ出られた。そうして犬をさがしながらもとの部屋の下あたりまで戻ってきたところだ。周囲に気配はなく、鳴き声も聞こえない。夜風の吹く暗い庭で、一人肩を落とすわたしだった。

「あーもっと早く出られたら……それとも、聞き違いだったのかしら。ちょっと自信がなくなってきたな」

わたしは中庭全体をぐるりと見回した。

出てくるのが大変だったのだから、犬も建物の中に戻ることはできないだろう。どこかにいるはずだけど……もしかして、向こうの建物の裏手に回っちゃったかな。

わたしは奥に立つ離れへ目を向けた。人がいるのかいないのか、明かりはついていない。犬が中へは入れないだろう。でも本宮との間を通ってあの裏へ行くことは可能だ。さらに外へは、柵があるから出られないはず。もし犬があの向こうにいるなら見つけられるかもしれない。

かなり距離があるのでためらった。昼間ならともかく、この時間に一人で遠くまで行くのはね。いったん戻ってシメオン様についてきていただこうかしら。

「……ん？」

考えながら見ていると、建物の方でなにか動くものが見えた。屋内ではなく、外に誰かがいるようなな……？

本宮の明かりが向こうまでわずかに届いている。建物の前に動く人影があった。一人ではなく何人かいる。

衛兵の巡回かな。だったら、ちょうどいいかも。また説明して協力してもらおう。

わたしは急ぎ足で奥の建物へ向かった。片手にランプを持ち、片手でスカートをつかんでふうふう言いながら中庭を突っきる。まっすぐ進んでも遠くてたいへんだった。

中央を通過し、あと半分と自分をはげました時だ。

それまで一ヶ所にとどまっていた人影が急に動いた。右翼の方へ駆けていき、建物と建物の間に消えていく。さっきわたしが考えたように裏手へ回ってしまった。

わたしは驚いて足を止めた。

単に移動したというより、あわてて逃げたような動きだった。なぜ？　わたしが近づいてきたから？

こちらは明かりを持っているから、人がいるとすぐにわかっただろう。自分たちの方へ向かっていると知って逃げたのなら、巡回中の衛兵などではない。

これは……一人で行ってはいけない状況だわ。

もしかして泥棒だったりして。あの建物から出てきたみたいだし。

急いで追いかけないと見失いそうだ。でも無茶したところでわたしにつかまえられるわけでなし。人を呼んでくるべきだと考え、わたしは回れ右した。

そこへ、

「マリエル！」

シメオン様の声が聞こえた。二階の窓が開いていた。

「シメオン様！　ちょうどよかった！」

「なにがよいのですか、こんな時間に外へ出て！」

ぴしゃりと叱(しか)られて首をすくめる。夜だからよく聞こえること。

シメオン様は身軽に窓枠を乗り越えた。えっと驚く前でいったんぶら下がったと思ったら、すぐに手を離して飛び下りる。転びもしなければけがもせず、平然と立ち上がった。さすがゴリラ……ではなく、精鋭近衛騎士。このくらい朝飯前ですよね。

でもよそのお城でそんなことしていいのかしら……なんて言ってる場合ではない！

泥棒が逃げ去ってしまわないうちにと、わたしはシメオン様を急かした。

「お説教はあとで聞きますから急いで向こうへ！　あやしい人影が……」

離れを指さした瞬間、その先からも騒ぐ声が聞こえてきた。

え、と言葉を切ってわたしは顔を向ける。離れの前に明かりがついていた。ランタンだろう。人がいる。本宮の方からさらに駆け出してくる。

と思っていたら、こちらへ数人向かってきた。衛兵だとすぐにわかった。わたしをめざしているような気がする。

「マリエル」

後ろから肩に手を置かれてビクリと跳ねた。シメオン様が先にたどり着いていた。

「あやしい人影とは？」

「あの……」

説明する暇もなく、衛兵たちもやってきた。

「貴様、殿下になにをした⁉」

「は？」

駆けてきた勢いそのままに怒鳴りつけられて、わたしは目を丸くした。いきなりなに⁉

「な、なんの話ですか」

「とぼけるな！　貴様がやったんだろう！」

「やったって、なにを」

たじろぐわたしに腕が伸ばされる。つかみかかってくる衛兵を、素早く間に割り込んだシメオン様が押し返した。

「なにごとですか。乱暴な真似はやめていただきたい」

「邪魔をするな！　お前も仲間なのか!?」

「見てわかりませんか。われわれはラグランジュから来た王女殿下の随行員です。なにか問題が起きたようですが、関与を疑っているのなら勘違いです。マリエル、あなたは向こうへ行っていませんね？」

シメオン様に確認されて、わたしは急いでうなずいた。そうか、そういうことか。

「行っていません。というか、行こうとしている途中でした。向こうに人影が見えて、わたしが近づいていくと急に駆け去ったのです。それで変に思い足を止めたところでした」

シメオン様はうなずく。

「私が見たのも、離れへ向かう姿でした。窓から飛び下りて追いかけたので、見失った時間はない。彼女はまだ向こうへ行っていません」

「そんな言葉が信用できるか！　仲間をかばっているだけだろう！　でなきゃお前もその女の共犯者で」

「言葉に気をつけなさい」

シメオン様の声が一気に凄味(すごみ)を増し、温度を下げた。殺気立って怒鳴りつけていた衛兵たちが一瞬怯(ひる)むほどの迫力だった。

「彼女はフロベール伯爵家の若夫人であり、王室から依頼を受けて同行した、王女殿下の付添人です。事情聴取をと言うなら協力もしますが、頭から容疑者扱いし、あまつさえ『その女』呼ばわりとは無礼がすぎる。そこまでしても当然と言いきれるほど、そちらに確たる根拠はあるのですか」

「………」

静かな怒りに衛兵たちは口ごもる。最前までの勢いはどこへやら、言い訳するようにもごもごと返した。

「それは……その、だったらなんでこんな時間にうろついて」

「そ、そうだ！　どう考えても不審者じゃないか」

う、それはそうかもしれない。

こちらにも非はあると思い、わたしは事情を説明した。

「迷子の犬をさがしていたのです。鳴き声が聞こえたような気がして、警備の方にお願いして外へ出してもらいました。確認していただければわかります」

出てきた場所を振り返れば、そちらでも人の声がしていた。騒ぎを聞きつけて集まってきたのだろう。さきほどよりも明るくなっていた。

さっきの人はまだいるわよね？　いつ頃(ごろ)わたしが出たのか証言してもらえるだろうか。

「そもそも、なにが起きたのですか」

シメオン様が衛兵たちに尋ねた。

「さきほど殿下と口走りましたね。どなたのことです？」

は、とわたしは息を呑む。そうだ、彼らは殿下と言っていた。「殿下」の身になにか起きて、それでわたしが犯人だと思い……って、本当にどの殿下!?

まさかリベルト公子が襲われたのだろうか。今この宮殿内でいちばん狙われそうな人よね!?

「公子様はご無事ですか!?」

わたしはシメオン様の後ろから飛び出した。今度はこちらから詰め寄り、衛兵たちをたじろがせる。

「こ、公子殿下?　いや、倒れているのは大公殿下で」

「大公殿下!?」

予想外な名前が出てきて声がひっくり返る。なぜここで大公様が。倒れているって、どういうこと!?

「い、いったい、なにが……」

「どこにいらっしゃるのです。向こうですか」

シメオン様が離れを見て問う。なんでこっちが聞かれているんだと衛兵たちは納得のいかない顔をしていたが、彼の迫力に逆らえずうなずいた。

「そ、そうだ。お倒れになっているのを発見して」

「確認に行かせてもらいます」

わたしの肩を抱き寄せてシメオン様は踏み出す。反論できない雰囲気に気圧されて、衛兵たちがあとずさる。彼らの間を堂々と通り抜け、わたしたちは離れへ向かった。

本当にいったいなにが起きているのだろう。リベルト公子が襲われるならわかるけど、なぜ大公様が倒れるような事態になるの。

　離れの入り口が開いていて、その近くに人が集まっていた。衛兵と、少しだけ一般職員の姿もある。

ここはどういう施設なのだろう。開いた扉から見える内部は暗くてよくわからなかった。

　建物のすぐ前に、仰向けに寝かされた状態の人がいる。近づけばそれがまぎれもなくフェデリコ大公であることがわかった。

「近寄るな！」

　そばへ行こうとしたわたしたちを衛兵が制止する。

「われわれはラグランジュの随行員です。大公殿下の状態は？」

　シメオン様が問う。まるでここがラグランジュの王宮であるかのごとく、当たり前の口調だった。

あまりに堂々としているので、思わずといった調子で相手も勢いを落とした。

「あ、その、呼びかけに反応がなく。呼吸はありますが、意識が混濁しているようで」

「確認しても？」

「はあ……いや、勝手に手を出さないでいただきたい！」

　ようやくわれに返り、彼は首を振る。腕を広げてわたしたちの前をふさいだ。

「部外者が割り込まないでください。こちらで対処しますので」

「手を出す気はありませんが、状況を確認させていただきたい」

　シメオン様も冷静に言い返す。しかしさきほどの衛兵たちが追ってきて、また噛みついた。

「待て！　まだそっちの疑いが晴れたわけではないぞ」

「事情聴取をさせてもらう。こんな時間に外にいた理由を説明してもらおうか」

「ですから、犬をさがしていたと」

「そんなくだらない言い訳でごまかせるか！」

「医者はまだか⁉」

「いや、それより担架だ！　早く殿下をお運びするんだ！」

「運ぶって、どこへ」

もう大騒ぎだ。どんどん増えていく人たちがてんでにしゃべって収拾がつかない。わたしの疑いよりなにより、まず大公様の救助を最優先してほしい。本宮へ運ぶより目の前の建物に運んだ方がよいのでは、と言いたいけれど、聞いてもらえる雰囲気でもなかった。

どうなるのと思った時、パンと大きな音が響いて一瞬人々を黙らせた。

「静かに。そこを通してくれるかい」

リベルト公子が来ていた。リュタンと他(ほか)にも衛兵を数名連れている。そのうちの一人が小銃を空へ向けていた。

「で、殿下……」

驚く人々の間を通り、彼は横たわる父親へ向かう。あとに続いたリュタンが、わたしの前を通りざま小さく笑いかけていった。

大公様のそばに膝(ひざ)をつき、公子様は顔を寄せて呼吸をたしかめる。そのあとざっと全身の状態をたしかめ、息をついて姿勢を戻した。

「外傷はなさそうだね。なにかの発作か……腹部を殴られたのかもしれないが」

「お前が毒でも飲ませたんじゃないのか」

衛兵がまたわたしをにらみつける。もういいかげんにしてほしい。

シメオン様が反論するより早く、公子様が言った。

「まだどういうことなのか、なにもわからない。勝手な憶測で先走るのではないよ」

「しかし殿下、この女があやしい行動をしていたのは事実です！」

「では、彼女が父に危害をくわえた現場を、たしかに目撃したのかい？」

「それは……」

口ごもる衛兵にリュタンが鼻を鳴らす。

「そこを追及するのもいいけどさ、先に確認すべきことがいろいろあるんじゃないの？　なんで大公殿下がこんなとこにいたのか、なんでそれを見つけたのか」

周囲がざわめいた。そういえばそうよね。まず状況があまりに不自然すぎる。大公様が来られる場所ではなさそうだし、ましてこんな時間に一人でなんて。

落ち着いて考えれば疑問だらけだ。

他の人たちも同様らしく、困惑した顔を見合わせていた。

「発見者はあんたたち？　なんでここにいるのさ」

「巡回していたからに決まってるだろう！」

「巡回ねえ。この辺巡回路だっけ」

「いや、向こうからあやしい人影を見かけて」

……んんん。

わたしが言ったこととあまり変わらない。たしかにそういう状況だった。でもあの人影を彼らが見たのなら、わたしを犯人扱いするのはおかしくない？　離れと本宮右翼の間を通って裏手へ逃げたのに、左翼寄りの中庭にいたわたしを追いかけるなんて。

この場で口出しするとかえって混乱しそうなので、あとにしようと思いわたしは黙っていた。リベルト公子がいるから、いきなり逮捕される心配はないだろう。

その頃になって、ようやく担架が運ばれてきた。なにはさておき、まず大公様を医師に診てもらわなければ。話はいったん置いて搬送にとりかかった。

「そこの三人を本宮で待機させておくように。私が許可するまで帰すのではないよ」

連れてきた衛兵に公子様が命じる。わたしを犯人扱いしていた衛兵たちは、自分たちに矛先が向いてあわてた。

「なぜわれわれを⁉　取り調べをするならその女の方でしょう！」

「取り調べではなく、事情聴取。現場にいた者全員から話を聞くだけだ。なにか問題でも？」

「い、いえ……」

「もちろん、フロベール夫人にもあとで協力していただきます。よろしいですね？」

「はい」

なにもやましいところはないので、わたしは即答してうなずいた。むしろこちらからお願いしたいくらいだ。直前に目撃したものについて、ぜひ聞いていただきたい。

四人がかりで大公様を持ち上げ、できるだけそっと担架に乗せる。それでも刺激になったようで大公様がうめいた。

「う……うう……」

「父上」

リベルト公子が身をかがめて覗き込む。大公様は苦しそうにあえいでいた。意識が戻ったのか、うっすらと目を開く。大公様はなにかを懸命に訴えようとした。

「どこか痛みますか？　言えますか？」

「あ……う、メ、メ……」

「はい？」

なにを言っているのかはっきりしない。意味のある言葉に聞こえない。やはりまだ朦朧としているのだろうか。

「リ……」

「殿下！」

苦しそうにあえぎながら伝えようとした言葉は、横から飛び込んできた大声に遮られた。

新たに駆けつけたのは衛兵ではなかった。先頭にいるのは洒落た装いの、身分の高そうな男性だ。部下を引き連れて現れたバラルディ子爵は、人を突き飛ばす勢いで担架に駆け寄った。

「これはいったい……リベルト殿下、なにがあったのです。なぜ大公殿下が」

「まだ城に残っていたのですか、子爵」

「ええ、やることがたくさんありまして。それより、なにが起きたのです。殿下は……」

早口で問いを重ねる子爵を、公子様は片手を上げて制した。

「今は救助が最優先です。話は落ち着いてからにしてもらえますか」

「そ、そうですな。申し訳ございません、すぐに医師を呼ばせましょう」

別に子爵に呼んでもらわなくても、とうに知らせが走っているだろう。

けれど彼は自分が指揮をとるのが当然とばかりに、周りに指図をしはじめた。リベルト公子はなにも言わず、少し呆（あき）れたように首を振っただけだった。

大公妃と組んで悪事を働いている子爵にとって、大公様が倒れたのは一大事かもしれない。もしこのまま意識が戻らなければ、大公の代替わりという話になるだろう。ただでさえアラベラ妃と対立しているリベルト公子が実権をすべて手に入れたら、バラルディ子爵にとって今以上に邪魔な存在になってしまう。だから大公様を助けようと必死になっている……の、かな？

そんなふうにも考えられるが、なにか引っかかる。すっきりしない。

でも今いちばんの優先事項は大公様の救助だ。わたしはシメオン様とともに、担架を運ぶ人たちを追いかけて本宮へ戻った。

医師が呼ばれて大公様を診察している間、わたしは隣の部屋で聴取を受けた。やかましく騒いでいた衛兵たちは別室に連れていかれる。バラルディ子爵は同じ部屋に残ったが、公子様もいるし、シメオン様も付き添いを許可された。孤立無援ではないので落ち着いて質問に答えられた。

「あなたが見た人影について、正確にどのくらいの体格だったか、何人いたか、わかりますか？」

「距離があったので体格までは……人数は四、五人だと思います。おそらく男性で」

公子様と向かい合わせに座り、わたしは目撃した光景をできるだけ思い出そうと努力する。シメオン様は安心させるよう手を握ってくださり、そんなようすを眺めながらバラルディ子爵も今のところ黙っていた。

「乱闘とか、そういう雰囲気ではありませんでしたね。集まってなにかしていたような……申し訳ありません、本当に離れていたのではっきりわからなくて」

「夫人がいたのは本宮とのちょうど中間地点あたりですね？」

「はい」

それならしかたない、と公子様はうなずく。

「あなたが近づいていくのに、相手が気づいたと？」

「多分。急に走りだして裏手へ飛び込んでしまったのです。それでもう見えなくなって」

あの衛兵たちみたいに一方的に責めたててこない。本当にただ聴取を受けているだけなので、話している間に気持ちが落ち着いてきた。わたしはそっと室内の人たちを窺う。バラルディ子爵は難しい顔をして、なにを考えているのかわからなかった。わたしをにらみつけるわけではないけれど、さりとて好意的なまなざしでもない。

そしてリベルト公子は、どういう状況だったのか読み取ろうとしているようだった。視線を落としてじっと考え込んでいる。まだ言うべきことを言っていなかったので、わたしはそっと声をかけた。

「あの、お父上様がこのようなことになって、ご心痛お察しいたします」

「うん？」

公子様はわたしに目を戻し、少し笑った。

「ありがとうございます」

「驚かれましたよね」

まあそうですね、と特に動揺も見せず、公子様は椅子の背にもたれた。

「倒れるような持病はないし襲われる理由も見当たらないので、不思議ですね」

不安や心配といった表情ではなかった。父親が倒れたというのに、他人ごとのような口調で彼は言う。

「あの人を襲ったところで得をする者などいませんし」

「そ、そのような」

公子様を不謹慎ととがめる声は上がらない。子爵はともかく、周りに控える衛兵たちまでが同感だと顔に表していた。

みんな困惑はしているけれど、激しい衝撃を受けているようには見えない。大公という自分たちの主君が襲われたのかもしれないのに、やけに白けた空気が漂っていた。

無能と陰口を叩かれ、影が薄い大公様。家庭内の不和も、妻や息子の暴走も、諦めて投げ出してしまっている印象だった。

そんなだから、人の心が離れてしまったのだろうか。でもこんな時に心配もしてもらえないなんて、さすがにかわいそうな気がする。

「急な病と考えたいところですが、それにしては不審な点が多い。あなたの見た人影が関与しているのは間違いないでしょう」

「では、やはり襲われたと」

「不思議でも、そう考えるしかないですね」

公子様は本気で首をかしげているようだった。

この状況は彼の計画にはなかった展開なのね。計画のうちでも困るけど。それだと犯人は公子様ということになってしまう。じつの息子が父親をだなんて、そんないくら腹黒公子様でも。

違いますよね……？

「殿下、失礼ながら彼女の話をそのまま信用されるのはいかがなものでしょうか」

バラルディ子爵が口を挟んできた。公子様は穏やかな表情を彼に向けた。

「なぜです？　あなたは信用できないと考えているのですか」

「なにも犯人と決めつけるわけではありませんが、当人の証言だけで判断するのは早計でしょう。彼女の見間違いや勘違いがあるかもしれませんし、あえて話していないことがあるかもしれません」

最後の部分が彼の言いたいことだろう。わたしがなにか隠しているかもしれないと。

いい気分はしないが疑われてもしかたない。他に目撃者がいない以上、そういう意見が出るのは当然だった。

とわたしは我慢したが、そばの身体（からだ）にピリリと怒りの気配が漂った。お、抑えてね。

「もちろんこれだけで終わらせるつもりはありませんよ。他にも目撃者がいないかさがします」

「念のため、彼女の身柄を拘束すべきです。証拠隠滅をはからないよう、監視をつけたく思います」

怒りの気配がさらにふくれ上がった。わたしは逆にシメオン様の手を握り、落ち着いてくださいと引っ張った。

「それはやりすぎですね」

公子様もシメオン様へ目を向け、抑えるよう伝えてくる。不快感に顔をこわばらせながらシメオン様は子爵をにらんだ。

「目撃情報を提供したら容疑者扱いされるのでは、誰も協力してくれなくなりますよ」

「第一発見者を疑うのは定石でしょう。そもそも夜遅くに女性が一人で外へ出て犬をさがしていたなど、あまり普通のことと言えませんので」

——ううっ。

ぐうの音も出ない指摘にわたしは隣を見られなかった。普通の女じゃなくてごめんなさい……。

「言いたい気持ちはわかりますよ。彼女を知らない人ならそう考えますね」

公子様の視線も痛い。うかつな真似をするから、と笑顔の下で叱られているように感じた。あうう。

「しかし彼女が誰か連れていくにしても、そこにいるフロベール中佐か、あるいは他の近衛騎士になるでしょう。結局、仲間同士で口裏を合わせていると言って信用しないのでは?」

「そういう話をしているのではありません。彼女には疑われるだけの理由があると言っているのです」

「では聞きますが、彼女が犯人だとして、どうやって父に危害をくわえたのです？　いくら運動不足の中年とはいえ、こんなか細い女性に抵抗できないほど非力だと？　後ろから殴るとか隠し持った刃物で突き刺すといった方法なら可能かもしれませんが、外傷はないのですよ」

公子様は冷静に疑いを否定していく。知り合いだから信じてくれるのではなく、きちんとした理屈で否定できると考えているのね。シメオン様と話していても同じように感じる時がある。こういう意見の方がありがたく、安心できる。

しかし子爵も負けていなかった。

「私も彼女が手を下した実行犯だとは思っていませんよ。だが事情を知っている可能性は高い。私でなくともそう考えると思いますがね」

言いながら意味ありげにシメオン様を見る。……大公様を襲ったのは彼だと、ラグランジュの近衛だと言いたいの？

冗談ではないわ！　そういう疑いが出るにしても、よりによってあなたに言われる筋合いはなくてよ！

今度はわたしが怒る番だった。むむむと子爵をにらみつける。公子様が表情としぐさでやめなさいとたしなめた。

もー……我慢するけど、でもくやしい。

不満を隠せないわたしたちに、公子様は少し困った顔になっていた。

「なるほど、その意見は認めます。あくまでも可能性の一つとしてね。第一発見者を疑えという言にも従いましょう。彼らも別室で待機させていますからね」

あ、とわたしは気がつく。そうよね、第一発見者はわたしではなかった。わたしはあやしい人影を見ただけで、大公様を発見したのは衛兵たちだ。

子爵もうっかりしていたようだ。一瞬言葉に詰まったのがわかった。

「……そうですな。そちらからも話を聞きましょう」

すぐにうなずいた彼は、どことなく不満そうだった。

そんなにわたしが、ラグランジュが犯人だと思いたいの？　わたしたちが大公様を襲う理由ってなんなのよ。公子様の言葉ではないけど、そんなことしてもなんの得にもならないわよ。

子爵の方がよほどやりかねない人だ。これまで彼が関与したと思われる暗殺事件がいくつも起きている。スカルキファミリアに依頼し、自身の手を汚さずに何人も殺してきた。今回だって真っ先に疑われるべき人である。

……でも、子爵にも大公様を襲う理由はないわよね。

大公様に万一のことがあったらむしろ困る立場だろう。リベルト公子も暗殺してしまえば問題ない？　……まあ、その予定ではあるだろうけど。

だとしても、順番が逆な気がする。大公様は別に急いで殺さなくてもいい人だ。やるにしてもこんな騒ぎになる形でなく、事故に見せかけるのでは。

うーん。

考えるほどに不可解な状況だった。いったいなぜ大公様は夜遅くに一人で外へ出たのだろう。

一人……本当に一人だったのかな。

誰かに連れ出されたと考える方が自然でない？　だからあんな場所にいて……誰が大公様と一緒だったのか、調べればわかるだろうか。

思考の迷路に先が開けたような気がした。さらなる道をさがして進もうとした時、隣室につながる扉が開かれてわたしの思考を遮った。

医師が出てきた。治療が終わったのか、それとも——全員が緊張して腰を浮かす。

「コルシ先生、父の容体は？」

公子様が尋ねる。穏やかそうな顔をした中年の医師は、少しぎこちないけれど笑顔を見せて、最悪の事態ではないことを教えてくれた。

「今のところ落ち着かれています。落ち着きすぎとも言えますが、呼吸が止まるようすはありませんのでまずはご安心ください」

胸の中が空っぽになるかというほど、大きな息がわたしの口から出ていった。

よ、よかった……。

力が抜けてふたたび椅子にへたり込む。となったのはわたしだけで、男性陣はまだ緊張した顔のままだった。

「落ち着きすぎとは？」

公子様は聞き流さず、問いを重ねる。

医師は笑いを消して答えた。

「昏睡状態で刺激にいっさい反応がありません。おそらくですが、アヘンを飲まれたものと思われます」

窓の外からせわしない音が響いてきた。はじめはパタパタと、じきにもっと大きな音になる。わたしの祈りもむなしく降りだした雨が、大公宮の夜を塗りつぶしていった。

9

大公様はアヘンを飲んだらしい。

そう聞いただけでは驚くほどでもなかった。

飲み薬ということはアヘンチンキだろう。以前は町のお店でも買える薬だった。今は規制の対象になって気軽に入手できず、医師によってのみ処方される。

ここに立派な御殿医がいるのだから、出てきても不思議はない名前だった。

「父にアヘンチンキを処方したことが？」

「いいえ、お出ししておりません。大公殿下には必要ないと判断して、お加減の悪い時にも別の薬を処方しました」

この医師はあまりアヘンチンキを使いたくないらしい。リベルト公子に首を振り、ちょっとした頭痛や咳くらいでは出さないと言った。

「それに通常の服用であのような状態にはなりません。一度に大量に飲むか、あるいはもっと濃度の高いものを飲まなければ」

「つまり、父が自主的に飲んだ可能性は低いというわけですね」

公子様の声は問いかけではなく確認だった。

お酒かなにかに混入されたのかな。でも発見された時はまだ昏睡状態でなく、刺激に反応があった。つまり飲んだ直後だったわけで、他の場所で飲んだとは考えにくい。

あの場所で、あの人影が飲ませた……？

離れの前でうごめいていた人影は、はじめバラバラに動かず集まっていた。それはもしかして、大公様をつかまえたりしていたのだろうか。そしてアヘンを無理やり口に流し込んだ……。

身体が震えた。目の前でそんな凶行におよんでいたのに、まったく気づかず眺めていたことにぞっとした。もしあの時わかっていれば大公様を助けられたのだろうか。

わたしがぼんやりしていなければ……。

血の気が引くのを感じる。ふらつきそうになって両手で顔を覆うと、ぬくもりがふれてきた。

「大丈夫ですか？」

わたしの肩を抱いてシメオン様が心配そうに聞く。

「あそこで足を止めずに走り続ければ、犯人たちは大公様を放って逃げたのかも……」

「マリエル」

「わたし、判断を誤って」

「違います、止まって正解でした」

強い声でシメオン様は否定した。

「あなたが行ったところで巻き込まれていただけです。女性一人だと気づけば犯人は逃げず、口封じを考えたでしょう。正しい判断だったのですよ」

「中佐の言うとおりですよ。あなたが巻き込まれなかったのは不幸中の幸いでした。もしそんなことになれば、私は姫やアンジェロに申し訳が立ちません」

　公子様も言う。

「おそらく、犯人は目立たない場所へ父を運ぶつもりだったと思いますよ。その猶予がないと思い、放置して逃げ出したのです。距離があったため、あなたが一人だとはわからなかった。そう考えるとあなたは父を助けたと言えます。救助が間に合いましたから」

　眼鏡(めがね)の下にくぐらせていた手を、わたしはのろのろと下ろした。シメオン様がもたれさせてくれるのに甘えて呼吸を整える。落ち着こう。すぎたことでうろたえてもしかたない。申し訳なく思うならせめて役に立つことを考えないと。

「それで先生、父は回復できるのですか」

「アヘンだろうというのは、あくまでも推測です。状態からその可能性が高いと考えますが、危惧(きぐ)されるのは呼吸が止まりがちになることです。そのまま亡くなる可能性もありますし、目を覚ましても後遺症が残ります。今のところは落ち着いておいでですが、ご容体に注意して見守らなければなりません」

　医師はすんなり大丈夫とも、そうでないとも言わない。言えない状況なのだろう。

「そういった問題が起きなければ、そのうち目を覚まされるでしょう。安静にして薬の影響が抜けるのを待てば、日常生活に戻れます」

他の原因である可能性も踏まえてようすを観察すると医師は言った。公子様も同意し、看病の手配をされる。もう遅いからとわたしは部屋へ戻るよう言われたが、ここでまたバラルディ子爵がもの言いをつけた。

「殿下、せめて彼女の所持品検査もなさいませんので？」

「検査したら持っていないはずのアヘンが出てくる、物語によくある筋書きですね」

しつこくからまれて苛立っているのか、公子様は遠慮なく言い返した。

「私が彼女に濡れ衣を着せるとおっしゃいますか」

「おや、あなたがと言ったつもりはなかったのですが。内部で起きた事件ですから誰が関わっているかわからない。やるなら信用できる者を呼ばねば……と言うつもりでしたが？」

互いに表情を取りつくろい、ひそかに見えない火花を散らす。下手に口も挟めず見守っていると、どこからかリュタンがやってきて公子様に耳打ちした。

いつの間にかいなくなって、なにをしていたのかしら。ダリオも連れてきている。聞いていた公子様はふと目元を鋭くし、残念ですがと子爵に言った。

「彼女を外に出した衛兵が時刻を記録し、その後の行動も監視していました。本人の説明と相違ないそうです。まあ当然ですね。人気のない夜間に出歩かせて気にもしないようでは警備は務まりません。彼は真面目に職務をはたしてくれました」

「…………」

あ、確認してきてくれたんだ。

潔白が証明されてほっとする。しかし話はそれで終わりではなかった。公子様は声を低くして続けた。

「ただ、別室に待機させた三人の方は監視が甘かったようです。取調官が入室した時には、すでに全員死亡していました」

「……え？」

わたしの口から声が漏れる。一瞬理解が追いつかず、わかると同時に鳥肌が立った。

全員死亡……殺された？　まさか……。

「犯人の仲間は、あの衛兵たちの方だったわけですか」

頭に浮かんだものと同じ言葉をシメオン様が口にする。口封じされたのだと、誰もが考えただろう。

「そのようですね。出し抜かれました。こうも早く動くとは」

公子様はため息をつく。

「三人がコーヒーを飲んだ形跡があるそうです。それに毒が入っていたのでしょう」

「コーヒーは誰が？」

「室内に湯沸器(サモワール)があって、自分たちで淹(い)れたようです。どこに毒が混入されているのかは調査中です。彼らの供述には不審な点があって、なにか知っていそうだと思ったのですが……聞き出せませんでしたね」

「聞かれちゃ困るんだろうね。ずばり犯人が誰かを知ってたわけだ。つか、連中も一緒に大公殿下を襲ってたんじゃないの。いったん逃げて、なにくわぬ顔で戻ってきたんだな」

リュタンが言う。言葉の調子は軽くても、さりげなく子爵へ向けられた瞳は鋭かった。二人とも、子爵が犯人ではないかと疑っているのかな。でもどうして子爵が大公様を殺さないといけないのだろう。

そういうわけでと公子様は話をまとめる。

「夫人に対する疑いは晴れましたね？　これ以上お引き止めするのは気の毒です。もうやすんでいただきますよ」

「……承知しました。大公殿下のご身辺にも注意しなければなりませんな」

さすがに子爵も今度は素直にうなずいた。警備の手配をと言いかける彼を制し、公子様はダリオを見る。

「ダリオ、すまないが今夜は父上についていてくれ。明日あらためて護衛を配備するから、それまで頼むよ」

うなずいたダリオの肩をリュタンがポンと叩く。犯人は大公様を殺せなかった。このまま順調に回復して目を覚ませば、誰が犯人かわかってしまう。当然犯人は焦っているだろう。衛兵たちと同じ結末にならないよう、絶対に信頼できる護衛をつける必要があった。

大公様のそばには医師と看護人、そしてダリオが残った。さらに衛兵が隣室に控える。ここまでしたなら子爵も文句を言えず、部下を連れて引き上げていった。

わたしたちも部屋をあとにした。大公夫妻とルイージ公子の私室は左翼の三階なのに対し、リベルト公子だけ右翼に部屋をかまえている。仕事の都合なのか、少しでも母親と離れるためなのか。彼とリュタンは、二階へ戻るわたしたちと一緒に階段へ向かった。

「申し訳ありませんでしたね。お疲れではありませんか」

「ええまあ……戻ったらすぐに寝ます」

「そうした方がよい。とんだ大騒ぎになりましたが、あなたに害がおよばずなによりでした」

いつもなら多少夜更かししても、なんなら徹夜だって頑張れちゃうけど、今日はつらかった。外出疲れに心理的な疲労も重なってぐったりだ。

深夜ということもあり、わたしたちはほとんどおしゃべりをしないで歩く。足音だけが響く廊下に、小さく扉の開く音がまじった。

「あ、あの」

ちょうどルイージ公子の部屋の前だったらしい。おそるおそる顔を覗かせた弟に、リベルト公子が厳しい目を向けた。

「子供がこんな時間まで起きていないで、早く寝なさい」

なにか言いかけていたルイージ公子は、叱られて首をすくめた。かまわずにリベルト公子は通りすぎようとする。かわいそうじゃないかな、と思っていたら、ルイージ公子が扉の陰から出てきた。

「ま、待って。父上が倒れたって、本当なの」

リベルト公子は軽く息をつき、振り返る。

「心配しなくていい。少しやすめば回復されるから、お前はもう寝なさい」

「でも……っ」

食い下がろうとして、ルイージ公子は唇を噛む。わたしたちにもちらりと目を向けて、苦々しくそらされる。お邪魔なのかしら。わたしたちがいなくなれば話しやすくなるかな。

しかし兄の方に聞く気がない。弟の相手をしている暇はないと言いたげだ。涼しい顔をしているけど彼も疲れているだろうし、問題だらけで余裕がないのかも。

宴の時のように強気になれず、ルイージ公子は黙り込んでしまった。わたしは思いきって彼のそばへ行き、そっと声をかけた。

「お医者様がついていますので、大丈夫ですよ。今は眠っていらっしゃいます。殿下もおやすみになって、明日お見舞いに行かれるとようございましょう」

また憎まれ口が返るかと思いきや、すがるようなまなざしが向けられた。兄とよく似た色の瞳に不安が揺れている。

「大丈夫なの……？」

「落ち着いて眠っていらっしゃるそうです。明日お医者様に伺って、面会できるようなら殿下にもお知らせいたします」

「……うん」

眠っているだけだと聞いて少しは安心できたようだ。正直ずるい話し方だったけど、詳しいことを教えても不安がらせるだけである。リベルト公子も心配しなくていいともう一度言い、まだなにか言いたげな弟を部屋へ押し込んだ。

「兄上」

「おやすみ。夜更かしして朝起きられなかったら、面会もさせないからね」

リベルト公子はさっさと階段へ向かってしまう。まだ追いたそうな顔をしていたルイージ公子は、にやにやしているリュタンと目が合って急に怒った顔になり、勢いよく扉を閉めた。

「なにしてるのよ」

わたしはリュタンを小突く。今の、わざと怒らせたわよね。

「別になにも」

とぼけてリュタンは主君を追った。

「いつものことだよ。坊やは僕に妬いてんのさ」

「ヤキモチって……」

言いかけて、ああーと納得する。常々リベルト公子はリュタンたちを弟扱いし、腹心として信頼しているものね。じつの弟にしてみれば面白くないだろう。

階段の近くだったので、わたしたちはすぐに下へ向かう。ますます響く靴音と、外の雨音が不気味な雰囲気をかもしだしていた。

「ルイージ殿下があんなに反発していらしたのは、もしかしてお兄様を取られたくなかったからかしら。どこかの次男様みたいですね」

重く暗い空気に耐えかねて、わたしはシメオン様に言う。フロベール家の次男もわたしを見てキャンキャン吠えていましたね。

……吠えるといえば、結局犬は見つけられなかった。この雨に濡れていないとよいけれど。

ついでに言うとアラベラ妃も最後まで姿を現さなかった。彼女にも知らせはいっているはずなのに、扉は固く閉ざされたまま、顔も見せなかった。

長男は冷静すぎるし、まともに父親を心配しているのは末っ子だけなのかしら。なんだかなあ。

二階に着いたところでそれでは、となり、リベルト公子たちは中央棟の方へ向かいかける。それをシメオン様が引き止めた。

「一つだけ確認させてください。大公殿下をお運びする際、なにか言っておいでしたね。リベルト殿下には聞き取れましたか？」

「……いいえ」

少し意外そうに公子様は首を振る。リュタンも呆れた顔をした。

「聞き取るもなにも、まともな言葉にはなってなかったろ」

「あなたはよそ見をしてちゃんと見ていなかったでしょう」

「周りの連中をちゃんと見ていたんでね。なんだよ、気がついたことがあるならもったいぶってないで言えば？」

どうやらシメオン様はなにか気づいていたらしい。他の人が、というよりバラルディ子爵がいなくなって、ようやくわたしたちに伝えてくれた。

「私の場所にはほとんど声が届かなかったので確認したのです。唇の動きを見て『メルクリウス』と言いたかったのではと思いました」

「メルクリウス？」

さきほど以上に公子様が不思議そうな顔になる。

メルクリウス……なぜ神様の名前を？

昼にも公園でお会いしましたね。なんだかご縁がありますこと。

「本当にぃ？　意味不明なんだけど」

疑わしげに文句を言うリュタンを、なんとなく全員が見つめる。メルクリウスは旅人と商人の他に泥棒も守護するという、ちょっと変わった神様だ。

「え、なに？」

転じて泥棒そのものを意味しているとか？　でも大公様が彼のことを言いたいなら、そんなややこしい表現はしないわよね。そもそも泥棒だとご存じなのだか。

「まあ、違うかな」

公子様がふいと視線をそらす。とまどう部下にかまわず「メルクリウス」とくり返した。

「お心当たりはありませんか」

「わかりませんね。あまりに唐突すぎて、なんのことやら」

「そうですか」

「意味があるのか、あるいは薬のせいで幻覚を見ていたのか……覚えてはおきましょう」

そう言って公子様は話を打ち切った。伝えるべきことは伝えたので、シメオン様も引き下がる。立ち去る二人を見送り、わたしを部屋まで連れ帰った。

警備当番の近衛(このえ)に敬礼され、部屋の扉を開く。すると冷たい風に頬(ほお)をなでられた。

でいた。

「あ、窓開けっぱなしだった」

あわてて部屋を飛び出して、開けたままだった。濡れた匂いがする。風があるせいで雨が吹き込んでいた。

「わーん」

窓に飛びついて大急ぎで閉める。うう、周りがびしょびしょだ。

雨の向こう、離れの方にはまだ明かりがついていた。徹夜で調べるのかな、お疲れ様です。

時計の針はとうに日付を越えていた。わたしはクタクタになって寝台に寝転がった。お行儀が悪いのは勘弁して。旦那様と二人だけだもの。

シメオン様もサーベルを横に置き、わたしのそばに腰を下ろした。

「たいへんな夜になりましたね。どうして大公様が襲われたのかしら。シメオン様はなにかわかってらっしゃいます？」

「いや、まだなんとも。リベルト殿下たちはバラルディ子爵の関与を疑っているようですね」

さすがの彼もまだ真相にはたどり着けていないようだ。

「まったく関係ない第三者が犯人と言われるより納得できますけど、でも理由がわかりません。公子様が襲われたというならわかるのですけどね……って、変な話ですね」

大公が襲われる理由がわからないなんて、普通ないような。セヴラン殿下だって、狙われる心当たりが多すぎるとよく言っていらっしゃる。国家元首という立場はそういうものだと思っていた。

狙われもしない元首って、いいのか悪いのか。って、結局襲われてしまったわけで。

「大公様が回復なさるとよいけど……もし目を覚まされなかった場合、証拠がつかめず迷宮入りになっちゃうのかしら」

「過去の事例はそうだったようですね。しかし今回は宮殿内での事件ですから、ファミリアの人間を引き込んだ可能性は低い。部下を使ったなら、そこからなんとかたどれないかと思うのですが」

「たどれそうな三人が早々に殺されてしまいましたからね……」

ため息をついたわたしは、ふと怖くなった。

「……わたしも狙われたり？」

シメオン様は少し考え、首を振った。

「子爵の目の前であなたから話を聞いて、遠くからしか見ていなかったことが判明していますから。口封じの必要はないとわかったはずです」

「ですよね」

やけにしつこくわたしを疑うよう言ったのは、シメオン様たちから引き離して……っていう狙いではありませんよね？

「……今夜、ここで寝ていただくことはできません？」

わたしは旦那様を見上げて甘える。きれいなお顔が一瞬悩み、けれどまた首を振った。

「できません」

この流れなら聞いてくださるかなーと思ったけれど、やはりだめでした。私的な旅ではないものね。お仕事中だものね。他の人の手前があるものね。そうでしょうともよ。

むくれるわたしの髪を彼の手がすくい上げる。わたしは寝返りを打って、猫のように額をすりつけた。

髪をすき上げるようになでられて、心地よくてうっとりする。

「心配しなくて大丈夫。廊下は夜番が警備しています。窓にもしっかり鍵をかけておきなさい」

「ペルルちゃんも見つからないし、心配だらけですよ。この雨の中で震えていたらと思うとたまらなくて」

「外にはいないでしょう」

わたしの不安はあっさり流された。

「でも声が聞こえましたのよ。気のせいではありません。たしかに聞いたのです」

わたしは頭を上げて訴えた。わかっています、とシメオン様にいなされる。

「窓から聞こえたからといって、外にいるとはかぎりません。近くの部屋から聞こえたとも考えられます」

「近くといっても」

このあたりの部屋はラグランジュの一行に割り当てられている。犬がいるならとうに見つかっているはずだ。

……ん？　今なにか引っかかって……？

「多分明日には見つかりますよ。範囲がだいぶ絞られましたから」

シメオン様が身をかがめ、前髪をかき分けて口づける。胸がときめいて、一瞬見えかけたものが溶けてしまった。なにを考えたのだったかな……まあいいか、旦那様がこう言っているなら本当に見つけてくださるだろう。

「大公様、目を覚まされるとよいですね」

「そうですね」

「リベルト殿下もあんな態度だったけど、きっとお父様を心配されています……よね、多分」

シメオン様はなんとも言えない顔になる。断言できない気持ちはわたしと同じらしい。

人の命をどうでもいいと思う冷酷な人ではないはずよね。ただちょっと、関わり方がわかっていないだけで。

結婚相手にだけでなく血のつながった家族にまでそうなのだとしたら、彼のつき合い下手に絶望しそうだけど。でも公子様一人だけの問題でもなさそうだ。

「大公家の方たちは気持ちがバラバラで、まるで通じていないように見えます。あそこへアンリエット様が入って幸せになれるのかしら」

先行きが不安でわたしはこぼす。

「じつの母親と息子が対立して、父親も諦めちゃって……あげくこんなことになって。まさか大公様襲撃に公妃様も関わっていらっしゃるのかしら。そうだとしたら悲しすぎます」

倒れた夫のもとに駆けつけるどころか顔も出さなかったのは、彼女が仕向けたことだったから……なんて言われたらどうしよう。

「バラルディ子爵以上に、彼女には理由がなさそうです。大公妃という地位は夫の存在があればこそですから、代替わりしたら息子の妻に譲らなければならない。あの女性がそれを望むとは思えません」

「そうですよね」

そのはずだ。そうであってほしい。

「リベルト殿下は、本当にお母様を逮捕しちゃうのかな」

シメオン様が身じろぐ。上体だけ倒し、わたしのそばに寄り添った。

「彼女はバラルディ子爵にそそのかされたようですね。直接手を下す必要はなく、自分の目で見るわけでもない。ただ頼むだけで邪魔な人間が宮廷や議会からいなくなる。その都合のよさに誘惑されたのでしょう」

「どういう結果になるかわかっていらっしゃらなかったと？」

「さあ……ですが結果が出たあとはわかったでしょう。そこで後悔や反省をしたならよかったが、味をしめてまた次もとなってしまった。彼女の罪はけして軽くありません」

わたしはうなずいた。最初の夜にリュタンから聞いている。彼女の依頼によって暗殺された人は一人や二人ではなかった。

いくら家族でも許せないことがある。家族だからこそ許してはいけない。

「公子様も決断なさるまでたくさん悩まれて、悲しまれたでしょうね。でももう、家族の問題では済まない……家族だからと甘くしてしまってはいけないのですね」

「この世のすべてがきれいに円満解決できるわけではない。どうしようもないつらさを抱え、諦めて、せめて選べる最善の道を進むしかない時もあります。大公殿下にとっての最善はなにもしないことだったようですが、リベルト殿下は違う道を選ばれた。私はリベルト殿下の選択を支持します」

「……はい」

優しい笑いがこぼされる。

「そんなに悲しそうな顔をしないで。いつもの元気はどうしました。これこそが、あなたの求める人間観察でしょう。今後の創作の参考になるはずですよ」

からかうような言葉を口にしながらも、わたしを見つめる瞳には思いやりが満ちている。解決しない悲しみを溶かし、小さくやわらかくしていく。完全に消えてなくなりはしないけれど、穏やかなぬくもりで包み込んでわたしの心を守ってくれる。

「公子様の選ばれた最善は、どんな形なのでしょうね」

「実利主義に見えてけっこう情で動くところもあるようですから、そうひどい結末にはならない気がしますよ」

「情？」

意外な言葉に驚くと、シメオン様は少しおかしそうに笑った。

「おや、あなたが聞くのですか？　とうに知っているはずですが」

え、なんで？　と考え、気がついた。

「リュタンとダリオは公子様に拾われたのでしたね」

スラムでひどい扱いを受けていた二人を、公子様が助けたと聞いている。その恩があるからリュタンは公子様に仕えているのかと思った時もある。でもあのひねくれた男が、恩人だからと無条件に従うだろうか。雇い主だから？　それも決定打ではない。

その気になれば自力で十分稼いで生きていけそうだもの。ダリオと二人で自由に生きられるだろう。なのに公子様のもとにとどまり、文句を言いながらも従っているのはなぜ？

口元がゆるむのを感じた。そっか、そうよね。人間だもの。情で動くこともあるわよね。アラベラ妃に対しても、せめてできることをさがすはずだ。

そう信じよう。

「最善、か」

わたしはシーツの上で頬杖をついた。さっきは悲しく聞こえた言葉に希望が見えた。

「リュタンたちに慕われる公子様を、信じます。きっと大丈夫ですね」

「その言い回しは少々気に入りませんが」

言いながらシメオン様も笑っている。

「立ち直ったようでなによりです。さ、もう終わりにしましょう。明日はまた騒がしくなるでしょうから、ちゃんとやすんでおくのですよ」

身を起こして離れていく。そばにあったぬくもりが消えて急にさみしくなる。かわりに枕を抱きしめても全然足りなかった。

立ち上がるシメオン様に視線で訴えたら、困ったお顔がそらされる。もー、こういう時は石頭がうらめしい。

「アンリエット様と作る家庭は、もっと温かいものになりますよね。ちゃんと仲よしの、気持ちの通じ合った家族になれますよね」

「ええ、きっとね」

サーベルを腰に戻したシメオン様が、また身をかがめて顔を寄せてくる。一緒に眠れないかわりの口づけが、甘くわたしをなぐさめた。

10

昨夜は時間が遅かったこともあり、事件はごく一部の人にしか知らされなかった。わたしが誰にも言わずに飛び出したせいで、アンリエット様や侍女たちも朝になって知り驚いていた。

「そんなことが起きていたなんて。リベルト様ではなく大公殿下がっていうことにも驚きね」

ここでも首をかしげられる。

職員たちのようすをちょっと覗いてきても、反応はだいたい同じだった。誰もが不思議がっている。あんな人襲ってどうするのと露骨に言う人までいた。

「でもこれで代替わりが早くなるんじゃない？　リベルト殿下が大公を継がれるなら、かえって好都合よ」

「ちょっと、口がすぎるわよ」

「なによ、あんただってそう思ってんでしょ。努力家で有能で行動力があって、おまけに超美形！『いるだけ大公』よりずーっといいじゃない」

「だからそういうことを大きな声で……」

ずいぶんな言いようだが、こういった意見はあちこちでささやかれていた。リベルト公子に期待する人の多さを実感するも、素直に喜べないいやな気分だ。

　国家の指導者は実績を示さなければならない。だから大公様が批判されるのはしかたない。妻が悪事に手を染めても放置していた人だもの、言われてもしかたないのだけれど。

　陰口が不愉快なだけでなく、ちょっと困る側面もある。大公様が襲われた理由に説明がついてしまった。

　もちろん本気で言う人はほとんどいないが……。

「そちらの娘は容疑者でしょう。なぜこの場に連れてきたの。非常識にもほどがあるわ、下がらせなさい」

　お茶会に招かれてアンリエット様とともに出てみれば、顔を合わせたとたんとげまみれの言葉が飛んでくる。アラベラ妃は害虫を見るような目でわたしを指した。

　わたしの顔を覚えていたならすごいけど、違いますよね。どうせ出席者の名前を確認して、事前に台詞を用意していたのでしょう。

　サロンに大公家の親族女性が集まっている。アンリエット様と交流するために設けられた席で、主催者は一応大公妃ということになっていた。全員で嫁いびりだろうかと心配していたが、他の奥様がたは気まずそうなお顔をされている。アラベラ妃とアンリエット様の双方に気を使っているようだった。

「いいえ、それは違います。彼女はたまたま現場に居合わせて目撃しただけです」

　アンリエット様はうろたえず、にこやかに否定した。

「一時は疑う人もいたようですが、誤解だと証明されています。彼女が大公殿下に害をなす理由などございませんし、ありえない話ですわ。どうぞご心配なく」

フンと馬鹿にした笑いが吐き出される。

「どうかしらね。フェデリコ様を退位に追いやりたい者がいるではないの。早く大公妃になりたいからと配下を使って襲わせるなんて、おそろしいこと！　邪魔な者を次々始末して大公家を乗っ取ろうと考えているのかしら。リベルトもどうなるやらわかったものではありませんね」

え、それ自己紹介ですか……？

ただアンリエット様を攻撃したいだけで言っているのか、本気で思っているのか、判断しかねる雰囲気だった。アラベラ妃の嫌味にみんなますます困った顔になった。

いくらなんでも黙っていられる発言ではない。言われっぱなしで否定しなければ認めたことになる。アンリエット様への暴言を看過するわけにはいかなかった。

「まあ、推理小説みたいなお話ですね」

わたしは手を打って笑った。

「公妃様も読書をお好みで？　でしたら、ぜひおすすめしたい名作がございますわ。事件にハラハラし、恋愛にもときめいて、素晴らしい時間をすごせますのよ。イーズデイル語版も出ておりますから、よろしければ……」

「お黙り。お前に発言など許していなくてよ」

とりつく島もなければ流木の一本もない。ぴしゃりとはねつけてアラベラ妃はそっぽを向いた。

「……アラベラ様、さすがにそれはお言葉がすぎましょう」

年配の奥様が控えめにたしなめた。

「あちらはフロベール伯爵家の若夫人でいらっしゃるとか。けして軽んじられるお立場ではございませんよ」

「だからなに？　たかが一貴族の小娘でしょう。身分も年齢もはるかに目下のくせに、えらそうに発言してなに様のつもりかしら」

アラベラ妃はまるで取り合わない。居並ぶ顔にうんざりした気配が漂った。

「そうお考えなのでしたら、なぜ招待なさったのでしょう」

アンリエット様がおっしゃった。基本的に人のよい姫君だけど、友人を侮辱されても怒らない方ではない。わたしがアンリエット様への暴言を聞き流せなかったように、彼女もわたしのために言い返してくださった。

「彼女はわたくしの付添人ですが、この席には招待客として呼ばれました。もしそれが公妃様のご意志にそぐわないのでしたら、はじめから招待なさらなくてもよろしかったのでは」

兄君とけんかする時のように遠慮なくポンポン言い負かすわけにはいかないから、精いっぱい抑えて静かにおっしゃる。そんなアンリエット様の努力もアラベラ妃は鼻息の一つで吹き飛ばした。

「ええ、わたくしは呼んでいないわ。誰かが勝手に招待名簿に入れてしまったのよ。不愉快に思っていたところへ昨夜のできごとでしょう。とても一緒にお茶を楽しもうなんて気分にはなれないわ。なにを入れられるかわかりませんからね」

——ようするに、はじめから全部仕組まれたパフォーマンスということですね。

これをやりたいがためにわたしを招待したのかと、ため息が出そうだった。わたしを貶めているようで、実質的にはアンリエット様への攻撃だ。事件の黒幕扱いして公子の花嫁にはふさわしくないとやりたかったのだろう。

まあ、嫁いびりとしては、特別めずらしくもない展開ですね。似たような話は耳にする。

そちらこそこのために夫を襲わせたのではないかと、言い返されたらどうするのだろう。けんかできるなら言っちゃいますよ。即座に命を奪う猛毒ではなく、アヘンでただ眠らせただけだもの。狙いは大公様ご本人ではなかったのね——なんてね。

……まさか、図星ではないですよね？

「さあ、わかったらさっさと帰らせなさい。それともラグランジュの王女様は、誰かに付き添ってもらわないとお茶会にも出られない方なのかしら？」

わたしは迷った。ここで居座ってもお茶会をぶち壊すだけになりそうだけど、アンリエット様を置いて退席するのは心配だ。きっとこのあとも延々いびられ続けるだろう。周りの人もどれだけ助けてくださるやら。

「ごめんなさい、先に帰っていて」

悩むわたしにアンリエット様が扇の陰でささやいた。

「でも……」

「わたくしは大丈夫。このくらい予想していたから」

王家の黒い瞳が明るく笑う。

「わたくし、そんなに弱くないわよ？　ラグランジュでもいろいろ経験したのだから。心配いらないからまかせておいて。そのかわり、ペルルのことお願いね」

そう言われてしまっては聞くしかない。そう、いつまでも一緒にいられないのだから、彼女は一人で戦える強さを持たないといけない。心配だけど信じよう。

わたしは席を立ち、出席者たちにご挨拶して退出した。

扉のすぐ外に近衛が控えている。シメオン様に説明しようとしたら、「聞こえていました」と先に言われた。

「アンリエット様はペルルちゃんをさがしてほしいとおっしゃって」

「……そうですね。その方が有意義だ」

ため息まじりにうなずき、シメオン様は部下にあとをまかせた。人目も多いお茶会に危険はないだろうと一緒に引き返していたら、柱の陰でコソコソする人影を見つけてしまった。

「ルイージ殿下？」

声をかけると跳び上がる。末の公子は気まずそうに出てきた。

「どうなさいました？　お茶会に行かれるのですか？」

「まさか。あんな退屈なのごめんだよ」

ぷいと顔をそむける姿は最初の時と似たような反抗期ふうだ。でも本物の反抗期ならかまわないでくれとうっとうしがるわよね。ルイージ公子は反対に、ひどくわたしたちを気にする気配があった。

「ええと、お父様のお見舞いですか？　あいにくまだお眠りだそうです」

「そ、そう……」

もしかしてと思って伝えたことにもさほどの反応はない。とうに知っていたようだ。

うーん、だとしたらなんの用なのかな。

「お会いできて幸いでした。じつはお尋ねしたいことがありまして」

わたしたちのやりとりを見ていたシメオン様が口を開く。小公子はびくりと彼を見上げた。

「な、なに？」

「王女殿下の愛犬が迷子になり、昨日からさがしているのです。よろしければ殿下にもご協力願えませんでしょうか。なにかご存じのことなど、お聞かせいただけますとありがたく存じます」

子供には乗ってきやすい話題だったろう。なんだと力を抜く姿をわたしは予想した。

ところがルイージ公子は不きげんな顔になってしまった。

「なんで僕がそんなこと。知るわけないだろ！」

「さようにございますか」

「……きっとあの王女に飼われるのがいやで逃げ出したんだよ。だからもう帰ってこないと思うよ。さがしても無駄だね。かわいそうに、無理やり外国にまで連れてこられてつらかったんだよ。本当に自分勝手で周りの迷惑なんて考えない王女だよね。そんなだから嫌われてても気にしないのかな？全然歓迎されてないのに、よくあんなに平然としてられるなって感心するよ。心臓に毛が生えてそうだよね」

憎まれ口復活である。急に饒舌(じょうぜつ)になった小公子を、シメオン様は黙って見下ろしていた。

大きな身体(からだ)を前に、必死に噛(か)みつく少年はまるで怯(おび)えて威嚇する小犬である。

「み、みんな嫌ってるんだからな！　本当はあんな女を受け入れたくないのに、押しつけられていやだって言えないだけなんだからな。兄上だって同じだよ。さっさと帰れって伝えろよ。お前なんか誰も認めてないから、ここに居座ったってしかたないって教えてやれよ」

母親ほどの陰湿さもふてぶてしさもなく、全身の毛を逆立てて威嚇しているだけだ。むしろ可愛(かわい)いとすら感じて、わたしは笑いそうになるのをこらえた。

シメオン様も腹を立てる気にもならないだろう。無表情に聞き流しているが、ルイージ公子はどんどん顔色を悪くしていった。

なにせ見た目は鬼畜腹黒参謀ですからね。ただ黙っているだけなのに、言い知れぬ迫力を感じさせる。この人絶対なにか企(たくら)んでいるわ、おなかはきっと真っ黒だわって思わずにいられない、曲者(くせもの)感にあふれている。どんな反撃があるかとルイージ公子をたじろがせていた。

それでこそシメオン様！　かっこいい！

——と、楽しんでいてはいけないわね。

これでは子供いじめになってしまう。わたしが間に入ろうと思ったら、話に割り込んでくる人がいた。

「どうかなさいましたかね」

わたしたちがもめていると思ってこちらへ来たらしい。シメオン様よりさらに大きな人が声をかけてきた。

イーズデイルの尊きお方、シャノン公爵だった。あの護衛の青年、オリヴァーさんも連れている。

シメオン様との（一方的な）にらみ合いから解放されても救いの主とはならなかったようで、ルイージ公子はいっそう顔色を悪くした。宴で手厳しく言われたから苦手意識を持ってしまったのかな。

「べ、別になにも。その、変なこと言ってからんでくるから」

「変なこと？」

「王女殿下の愛犬が部屋から出てしまい、さがしているのです。ご存じのことがないかお尋ねしておりました」

シメオン様の説明に、公爵様はほうほうとうなずく。

「そうか、これだけ広い城だからさがすのもたいへんだね。どのような犬です？」

「小型犬です。白黒の長毛種で」

公爵様は首をかしげ、オリヴァーさんにも聞いてくださった。彼も心当たりはないと言う。昨日からさがしていたことも知らなかった。

「気に留めておきましょう。ルイージ殿下も協力してさしあげてはいかがです？　職員たちにお声をかけてくだされば、発見も早くなりましょう」

今日は別に叱る口調でもなかったのに、ルイージ公子はビクビクしながら言い訳するように答えた。

「そ、それはとっくに職員たちが……僕は関係ないですから！」

「あ、殿下」

　くるりと背中を向けて少年は駆け去る。脱兎の勢いで逃げてしまい、公爵様はあっけにとられていた。

「あんなに怖がらせるほど叱ったかな？　利かん坊かと思ったが、案外気の弱い子だったのかね」

　とても威厳のある立派なお姿をしてらっしゃるのに、どこかとぼけた雰囲気だ。イーズデイル王家と縁が深く、最強の戦闘集団と呼ばれる私設騎士団を従える大公爵。そんな肩書から怖い人物を想像していたのに、じっさいに会ってみればほんわかしたお人だった。大型犬の方がどっしりかまえておらかなのと同じかな。

　気を取り直した公爵様はわたしたちを振り返った。

「昨夜はたいへんだったそうですね」

「ええ……」

「早くに寝たものですから、聞いたのは今朝でして。大公殿下はまだ目を覚まされず、どうもお加減が思わしくないとか。心配です」

　皮肉で言っているようには聞こえなかった。アラベラ妃のようにあてこすってくる雰囲気はまったくない。彼は本当に驚いているだけに見えた。

「ラビアはなにかと問題の多い国だと承知していましたが、このような事件が起きるとは。事情を知っていそうな衛兵たちを早々に口封じするなど、犯人はかなり手慣れていますね。宮廷内部にどれだけ仲間がいるのやら」

　リベルト公子の計画をイーズデイル側に知らせたとは聞いていない。うかつなことは言えず、わたしはシメオン様に話をまかせた。

「リベルト殿下からなにかお聞きで?」

「いや、忙しそうだから今日は会えていないよ。彼のことも心配ですね」

「そうですか」

空気が暗くなりかける。振り払おうとしてか、公爵様は明るい声で「ところで」と話を変えた。

「お会いしたついでに伺うが、一度ゆっくり話す時間をいただけないかな。よろしければ夫人と一緒に招待させてください」

「王女殿下ではなく、われわれを?」

「君たちと会うのを楽しみしていたというのは、本当の話なのですよ。イーズデイルとラグランジュの友好のためにも、応じていただけるとありがたい」

公爵様の言葉や表情には、裏を勘繰りたくなるいやな雰囲気はなかった。ナイジェル卿と似ているためつい気を許してしまうのもあるが、話していて気持ちのよい方だとしか思えなかった。

「ありがとうございます、喜んでお邪魔させていただきます。一度王女殿下と相談し、都合をつけたく存じます」

「うむ、予定が決まったら連絡してくれたまえ」

わたしたちが忙しいことも承知していらして、無理強いはしてこない。鷹揚(おうよう)に言って公爵様は立ち去っていった。

アラベラ妃とは従兄妹(いとこ)の関係だけど、あの方は信頼してよさそうな気がする。あれで悪事の仲間だったとか言われたら人間不信になりそうだ。

公爵様を見送ったあと、シメオン様は犬をさがすでもなくわたしを部屋へ連れ戻した。

「シメオン様、ペルルちゃんの捜索は？」

「だいたい見当はつきましたよ」

ちょっと不満に思って聞けば、彼はあっさり言いきった。なんですと？

「え、どこですか」

「目撃情報がないということを、不自然に思いませんでしたか」

聞き返されてわたしは考える。昨日の誰かの言葉を思い出した。

「脱走ではなく、盗まれたと？」

「部屋を出たところまでは犬のいたずらでしょう。ただ犬がうろついていれば、どこかで目撃されているはずです。職員がいるのに誰も見ていないなど考えにくい」

「ええ……」

つまり、出た直後に誰かが見つけ、つかまえたのだろうか。

わたしの予想にシメオン様はうなずいた。

「聞き回って、一人だけ目撃者を見つけました。階段を上がっていくのを見かけたそうです」

アンリエット様のお部屋からいちばん近い階段だったと聞かされる。そこから三階へ上がったということは、大公家の人たちの私室付近へ行ったわけだ。

「昨夜の鳴き声は、上の階から聞こえたということですか」

ああぁ、そうか！　だから近くの部屋だと言っていたわけで。

「見かけた職員は追いかけたそうですが、三階の廊下に出てみればもういなかったと。それで見間違いだったのかと不思議に思いながら引き返したそうです」

三階に上がってすぐに姿を消した。その階にいた人が、犬を見つけてつかまえた。

「あの、ルイージ殿下のお部屋が階段の近くでしたよね。昨夜出ていらした、あそこでしょう？」

「そう、可能性が高いと考えていました。そこへさきほどの態度です。確信を得るに十分でした」

「そうでした？」

たしかに犬の話もしたけど、確信できるものがあっただろうか。

「こちらはただ情報を求めただけでそれ以上言っていないのに、ずいぶん饒舌になっていましたね」

「はあ……」

シメオン様に怯えて、懸命に威嚇していたのではなかったのか。

「なるほど、あなたはそのように感じたのですか」

わたしの意見を聞いて、シメオン様はおかしそうに笑った。

「私が思うに、あれは隠しごとのある人間の態度ですね」

「尋問の達人としてのご意見ですね!?」

「別に達人では……」

軽く咳払い（せきばらい）し、シメオン様は眼鏡（めがね）を押し上げた。

「聞かれてもいないことをベラベラと並べ立てて相手を納得させようとする、典型的な例ですよ。うしろめたいことがあったり、話をごまかしたい人間の特徴です」

黙って聞き流していると思ったら、そんなことを考えて観察していたらしい。さすがである。もう、こういうところが油断できないのよ。生真面目(きまじめ)なばかりと思わせて、ちゃんと腹黒参謀っぽいところも持っていらっしゃる。鬼副長の鋭いまなざしは嘘(うそ)を見逃さない。かっこよくてキュンキュンしちゃう！

ときめきついでにわたしは手帳を取り出した。今の言葉は残しておかねば。

「どうして隠していらっしゃるのでしょうね。アンリエット様へのいやがらせのつもりかしら」

「どうでしょう。そのあたりは当人に聞くしかありませんが、ひとまず犬の居場所はわかりました。あとはどうやって引き取るかです」

うーむとわたしは考えた。聞いてもしらを切られるだろうし、強引に踏み込むわけにもいかないし。どうしようかと相談している中に、小さな音が割り込んだ。シメオン様がしぐさでわたしを黙らせ、戸口を振り返る。扉は閉じたまま、叩(たた)かれもしない。誰か通っただけかなと思った直後、下の隙間(すきま)から差し込まれたものがあるのに気づいた。

シメオン様が扉へ向かう。床から拾い上げたのは封筒だった。

封を切って手紙を一読し、わたしにも見せてくださる。きれいに整った、おそらく男性の字で書かれた内容に胸が音を立てた。

差出人の署名はR……リベルト公子からの連絡だった。

11

翌日もお茶会が開かれた。

ラグランジュ側から招待されたのは、わたしとシメオン様だけである。アンリエット様はまたリベルト公子と外出されている。午後になってわたしたちが向かったのは、シャノン公爵の部屋だった。

「ようこそ、お待ちしておりました」

明るい太陽を思わせる笑顔が出迎えてくれた。

「ごきげんよう、お招きありがとうございます」

「お邪魔をいたします」

挨拶（あいさつ）をして奥へ通される。とたんに甲高い抗議の声が上がった。

「どういうこと⁉　なぜラグランジュの人間が来るのよ⁉」

お茶のテーブルについていたアラベラ妃がすでに中腰になっていた。いきなり敵意むき出しでこちらをにらむ彼女の横で、ルイージ公子も驚いていた。

「招待したからに決まっているだろう。そのように騒ぐのではない、はしたない」

公爵様は当然という顔で答える。アラベラ妃の剣幕にかまわず、どうぞどうぞとわたしたちを進ませた。

「ウィリアム！」

アラベラ妃がまた怒る。

「あなたが先日のことを謝ると言うから来たのに！　こんなだまし討ちをするなんて」

「だまし討ちとはずいぶんだね。それに謝るなどとは言っていないよ。もう一度、はじめからやり直そうと言ったんだ。先日は冷静な話ができなかったから、あらためて友誼を深めたいとね」

「その場になぜラグランジュ人を呼ぶ必要が？」

「仲直りの場なのだから当然だろう。あと彼らは甥っ子の友人でね。ほら、ナイジェルだよ。アシュリーのところの。里帰りの時に会わせたけど覚えているかな。あれもすっかりいい年になって、大使としてラグランジュに赴任したんだ。もう今年で三十だよ、早いよねえ。見てくれはすっかり一人前だけど、まだまだ気ままなやつでね。ちゃんと仕事しているのか、彼らに聞かせてもらおうと……」

わざとらしいまでに空気を無視してニコニコ続くおしゃべりを、苛立たしげな音が遮った。

閉じた扇を手に、アラベラ妃は席を立つ。

「もう結構。わたくしが同席する必要はないと、よくわかりました」

「アラベラ」

「フェデリコ様はまだ回復せず、目を覚ましてもろくに会話もできないというのに。彼をあんな状態にした犯人とよくも平気で話ができますわね」

「それは誤解だとわかったはずだろう。あの事件は彼らのせいではないよ」

「証拠がないだけです。上手く逃げただけでしょう。わたくしはまだ信じていませんわ」

青い瞳が冷たくにらみつけてくる。彼女は本気でわたしたちを疑っているのかな。ということは、犯人と共謀しているわけではないのか。

お茶の席に背を向けて歩きかけた彼女は、座ったままの息子を振り返った。

「ルイージ」

呼ばれた小公子がビクリと肩を震わせ、あわてて立とうとする。それを止めて公爵様は言った。

「君が交流に背を向けるのはよい……とは思わないんだが、言っても聞かないならしかたない。だが子供にまで押しつけるのではないよ。この子だっていずれ国の代表として公の場に立つようになるんだ。好き嫌いでは選べない。誰とでもつき合える人間にならなければいけない。今から学んでいく必要があるのに、親の君が邪魔をしてどうするね。帰るなら一人で帰りなさい」

「敵の中に息子を置いていけと？」

さすがに呆れた調子で公爵様はため息をついた。

「私のことも信用できないのかね？　親族として、彼のことは守ると誓約するよ」

「………」

むっつりと公爵様をにらんでいたアラベラ妃は、ルイージ公子に尋ねた。

「どうするの。帰る？　帰らない？」

ルイージ公子はおどおどと視線をさまよわせた。やはり彼とアラベラ妃とでは向けてくるものが違う。いろいろ言っても、本気でラグランジュを拒絶しているわけではなさそうだ。

むしろこの場に残りたそうな雰囲気がある。彼は母親と目を合わさず、ボソボソと答えた。

「あ……あの……少しだけ、つき合ってやります」

アラベラ妃の目がますます険しくなる。しばらく息子をにらんでいた彼女は、

「好きにしなさい」

冷たく吐き捨てて出ていった。

靴音も聞こえなくなると、シャノン公爵が笑いながら大げさに息を吐いた。

「やれ、やっと出ていってくれた。これで気兼ねのない話ができるね」

「ご協力ありがとうございます」

わたしたちはあらためてお礼を言う。お願いして公爵様に用意してもらった席だった。

もちろんルイージ公子と話をするためだ。でも一人だけ呼んでも出てこないだろうから、アラベラ妃への招待になった。わたしたちも参加すると知ったら絶対に出ていくと、公爵様が提案してくださったのだ。従兄(いとこ)ならではの読みが見事に当たり、上手く彼女を追い払えたわけである。

「お従妹(いとこ)様ともめさせてしまい、申し訳ございません」

「いやいや、気にしないでください。こちらこそ失礼なことばかり言って申し訳ない」

公爵様はわたしたちに椅子(いす)をすすめる。ルイージ公子にお辞儀してわたしたちは腰を下ろした。

「公妃(こうひ)様は心底ラグランジュがお嫌いなのですね」

「まあね。理由はいたってくだらないが」

え、という顔でルイージ公子が公爵様を見る。公爵様はいたずらっぽく教えてくださった。

「昔、まだうんと若い頃にね、王女としてラグランジュを訪問したのですよ。そこで受けた扱いが気に入らず、ずっと根に持っているのです」

「なにか失礼を働いてしまったのですか？」

　尋ねるわたしに首が振られる。

「いえいえ、ラグランジュの対応にはなんの問題もありませんでしたよ。アラベラが愚かだっただけです。それなりに美人ですし、王女ですから、国元ではチヤホヤもてはやされていました。まだ婚約も決まっていなかったので、あちこちから引く手あまたでね。それで思い上がっていただけです」

「はあ……」

「自分に一目惚れして求婚してくると思った王子にはすでに想い人がいて、礼儀以上の好意は向けられなかった。他の若者たちも礼儀正しく接するばかりで、熱を上げる者はいなかった。なにせ周りには同じくらいの美人がたくさんいて、もっと美しい人もいて、そしてみんな洗練されていたのでね。流行の発信地であるサン＝テールにおいて、イーズデイルからやってきた王女は特に目立つ存在でもなかったのです」

　わたしはちょっとシメオン様と目を見交わした。当時王太子だった国王様は、王妃様にそれこそ一目惚れぞっこんだったそうですからね。

「国を出てはじめて知った現実を、アラベラは受け入れられなかった。そんなふうに育ててしまった周りが悪いとあの頃は思いましたが、三十年以上たっても変わらないのだからもう同情できません」

　そういうわけで、と公爵様はルイージ公子に話しかけた。

「あなたの母上がラグランジュを悪く言う理由は、いたって個人的なうらみにすぎないのですよ」

「……………」

「彼女の価値観は、もうあのまま変わらないでしょう。しかしあなたが真似(まね)をする必要はない。親と子供は別の人間で、子供にだって自分の価値観を持つ権利がある。あなたはあなたの考えでつき合う相手を選んでよいのですよ」

「……はい」

優しく教える公爵様に、ルイージ公子は素直にうなずいた。

もともとそんなにひねくれた子ではなさそうだ。一所懸命悪態をついていたけれど、言いたくて言っていたわけではないのだろう。わたしたちにもチラチラ気まずそうな目を向けてくる。暴言を謝るべきだとわかっていて、でもなかなか言えないという感じだった。

彼を叱(しか)って謝罪させるために会ったわけではない。無理に言わせる必要はないと、わたしは話を変えた。

「では、気を取り直してはじめましょうか。まずこちらをどうぞ」

持ってきたお菓子の籠(かご)をルイージ公子にさし出す。

「公子様へのお土産(みやげ)に持参いたしました」

「……ありがとう」

「閣下にはこちらを」

シメオン様はワインのボトルを公爵様にさし出した。

「当家で造っているものです」

「おお、ラグランジュのワインか。これはうれしいね、ありがとう。やっ、モンティースの十年もの！　素晴らしい！」

公爵様はラベルを見て喜んでいらっしゃる。名産地の、しかも当たり年だとご存じだった。

お茶をいただきながら、しばらくはたわいのない会話を続けた。知らん顔しながら本題に切り込む頃合いを見計らう。でも無用の努力だったようだ。小公子の方が話をしたくてたまらないように、しきりにソワソワしていた。

「あの……い、犬をさがしてるって言っていたのは、どうなった？」

とうとう耐えきれなくなったようで、彼の方から言いだした。

「ああ、はい！」

わたしは気づかないふりでニコニコと答えた。

「おかげさまで、無事に見つかりました」

「えっ？」

「お騒がせして申し訳ございませんでした」

ポカンとした顔になって彼はわたしを見返す。おそらく無意識に、「嘘だろう？」とつぶやいた。

「いえ、本当ですよ」

「そんなはず……っ」

言いかけた彼は、ようやくまずいと気づいて口を閉じる。あわてて公爵様やシメオン様を見て、ごまかしようのない失敗をしたと悟った。

誰も怒ってにらんでなどいないけれど、彼にはそのように感じただろう。青ざめてうつむいてしまった。

「申し訳ありません、少しだけ嘘でしたね。見つかったというよりも、どこにいるかがわかったのです」

「…………」

少年は顔を上げない。身を硬くして叱責（しっせき）に耐えようとしていた。

開き直るような子ではないのね。やはり母親とは違う。

「殿下は、ずっとなにか言いたそうにしておいでしたね。犬のことを、おっしゃりたかったのですか？」

「…………」

「それとも他にお悩みが？　よろしければお聞かせいただけませんか。この場を公爵様に設けていただいたのは、殿下とお話がしたかったからなのです。わたしどもは殿下の敵ではございません。アンリエット様の義弟（おとうと）となられる方に、けして悪いことなどしないとお約束いたします」

少年の目がおそるおそる上げられる。わたしの真意をさぐるように見返し、そしてなぜか公爵様を窺（うかが）った。

「もしかして、私も警戒されているのかな？　殿下の敵に回る理由はありませんが」

公爵様がのほほんと言う。

「でも……イーズデイルは母上の後ろ楯で……」

「母上と対立しそうな話だということですか？　かまいませんよ」

「えっ」

あっさり言われて少年の目が丸くなる。公爵様はカラリと笑った。

「無条件で母上の味方にはなりません。イーズデイルはラグランジュと仲よくやっていこうという方針ですからね。そういう意味では母上とすでに対立していますね」

ルイージ公子はますます驚く。わたしも少し意外な気分で聞いていた。まあ同盟も組んでいますし、昔のように敵対関係ではないけどね？

公爵様がシメオン様に視線で問いかける。彼はうなずいて話を引き取った。

「近年、東側がなにかときな臭い動きを見せて、われわれ西側諸国は警戒を強めています。昨年のオルタとシュメルダの戦争は、殿下もお聞きになったと存じます。他にいくつも紛争の火種がくすぶっていて、各国は非常にあやうい状況にあります」

「え……？」

「どこかではじまった紛争が引き金になり、関係が悪化している国同士がさらに対立を深めることになる。国同士の関係は複雑にからみ合っていて、二国間だけの問題では済まないのです」

「う、うん？」

難しい話だけどついていけるかな。公子様ならそういう教育も受けているはずよね。

「緊張が高まり続ければ、やがて多国間での大戦に発展しかねません。けして低い可能性ではない。

ですから最悪の事態を避けるため、そして万一戦争になった場合にそなえて、関係を密にし結束を強化していこうという方向で進んでおります」

「うん……」

「イーズデイルとも、もちろんラビアとも、こまめに意見や情報を交換して認識を一致させています。過去を引きずっていがみ合っていられる状況ではないのです」

「そう。われわれが対立していたのは昔の話と、切り捨てるべきです」

公爵様も言った。

「こたびのリベルト殿下とアンリエット殿下のご結婚を、イーズデイルは嘘偽りなく祝福いたします。もともとラグランジュに張り合って花嫁を送り込もうとはしていませんでしたから」

「……そうなの？」

これはわたしも初耳だ。てっきり花嫁の座を争ったのだと思っていた。

「すでにアラベラが嫁いでいて、続けて入るのはいかがなものかという意見が多かったのです。おまけにアラベラとリベルト殿下との関係がよろしくない。アラベラに味方してごり押ししたのでは、兄上とイーズデイルとの間にかえって溝ができてしまいます。われわれとしては現大公妃より、次の大公となる兄上との関係の方を重視しました」

聞いてみればなるほどと納得できる話だ。ルイージ公子も驚きながらうなずいている。

「ですから、どうぞご心配なく。まずはお話しください。どのように解決すればよいか、一緒に考えましょう」

威厳ある方に優しく、そして力強く言われてルイージ公子の表情がやわらいだ。シャノン公爵に保証されるとすごく心強い。この方が味方をしてくださるなら大丈夫と、問答無用の安心感がこみ上げる。

ナイジェル卿もそんな感じだな。お仕事をサボってばかりの遊び人なのに、いざとなればとても頼りになる。シャノン公爵家の血筋なのかしら。

ルイージ公子もはげまされたようだった。不安に塗りつぶされていた顔に勇気が宿る。一度うつむいたのは、怖じ気づいたからではない。大きく呼吸し、決意を浮かべてふたたび上げた。

「あの――」

「ご歓談中失礼いたします！」

せっかく話そうとした、まさにその時、飛び込んできた声が邪魔をした。んもう！　とわたしは顔をしかめて振り返る。どうして今、ちょうどこの時に来るかなあ!?

部屋に入ってきたのはオリヴァーさんだった。人のよさそうな顔が緊張に張りつめている。問題が起きたと一瞬で悟らせる雰囲気だった。

「どうした、オリヴァー。なにかあったか」

「はっ」

オリヴァーさんは大股にやってきて、公爵様のそばで敬礼した。

「たった今、連絡が入りました。外出中のリベルト殿下がなに者かに襲撃され、現在行方不明とのことです」

ひゅっと細い音がした。とっさに席を立ったわたしは、ふらついたルイージ公子を支えた。震える手でしがみついてきた彼は、必死にオリヴァーさんを見ていた。

「行方不明だと？　殿下には護衛が大勢同行していただろう。彼らはどうなった」

「わかりません。知らせにきた者も詳細は把握できていないようです。殿下は負傷されているようですが、けがの程度がどのくらいかも」

「むう……」

公爵様がわたしたちを見る。わたしはルイージ公子を抱きしめて言った。

「なんてこと、アンリエット様もご一緒ですのに。アンリエット様のこともわからないのですか？」

「申し訳ございません。まだなにもはっきりしたことは」

別に彼が謝る必要はないのに、オリヴァーさんは申し訳なさそうに答えてくれた。

シメオン様がさっと立ち上がる。

「まずは状況の確認です。ここで話してもわからない。現地へ出向かねば」

「私も行こう。大公殿下も臥せっておいででは指揮をとれる者がいない。アラベラが出てきたってよけいに混乱するだけだ。部外者だが、親戚（しんせき）だからで押してなんとかまとめよう」

「ええ、お願いします」

公爵様の申し出にうなずいて、シメオン様はわたしに言いつけた。

「マリエル、ルイージ殿下をお送りしてください。これから宮殿内が混乱するでしょうから、うろつき回らないように。おそばにいてさしあげなさい」

「はい」

「殿下、申し訳ありませんが、お話はまたのちほどに」

答える暇もなく男性陣は部屋を出ていく。わたしはルイージ公子を支えて立ち上がらせた。

「お部屋へ戻りましょう」

少年の身体(からだ)は震えていた。ついさっきの勇気も霧散して真(ま)っ青(さお)な顔になっている。ふらついて今にも倒れそうな彼をはげまして、わたしは廊下へ出た。

ゆっくり歩きながら耳を澄ませる。貴人の居室が並ぶこのあたりはまだ静かだ。どこか遠くでせわしなく走る音が、少しだけ聞こえてすぐに消えた。

このあと城中に情報が伝わり、大騒ぎになるだろう。大公襲撃に続き世継ぎの公子までもが襲撃されて、さらに行方不明になってしまったのだから。今度は白けてなんかいられない。誰もが不安に苛(さいな)まれる悪夢のはじまりだった。

ルイージ公子も泣きそうな顔をしている。多分無意識にだろう、「どうしよう」と何度もつぶやいていた。

彼の部屋に着くと、女官と侍従が数名留守番していた。病人のような顔で戻ってきた主人を驚いて迎える。わたしがなにかしたのかと思い、にらみつけてくる人もいた。

そんな彼らを公子様は部屋から追い出した。しばらく誰も近寄るなと言いつけて、わたしと二人きりで部屋にこもる。

歩いている間に少しは落ち着いたようで、支えてあげなくても一人で動けるようになっていた。

「こういう時はいろんな噂が飛び交いますが、根拠のない憶測が大半です。とても不安になりますが、正しい情報が入ってくるまで待ちましょう」

わたしが話しかけても、じっとうつむいて考え込んでいる。どうしようかな、と思っていると、隣の部屋から甲高い鳴き声が聞こえてきた。

「あ……」

公子様も気づき、ようやくわれに返った顔になった。

「……ちょっと、待ってて」

わたしに言い置いて隣室へ入っていく。待つほどの時間もかけず、彼は犬を抱いて戻ってきた。

ふさふさの尻尾がしきりに振られている。小さなお姫様はわたしを見てうれしそうに鳴いてくれた。

「ま、元気そうですこと。大事にしてもらっていましたのね」

やっと再会できたわねと、少年の腕の中から見上げてくる犬をわたしはなでた。小さな頭の感触と、たしかに伝わってくるぬくもりにほっとする。

「ごめんなさい」

公子様は謝って、わたしに犬を返してきた。受け取って抱き直し、口元を舐めようとしてくるのを阻止する。ごめんね、お化粧してるからだめよ。

「保護していただいて、ありがとうございました」

「……怒らないの？」

「おなかを空かせているようすはありませんし、怯えてもいません。可愛がってくださっていたのでしょう?」

犬は公子様にも愛想を振りまいている。いじめられていたとは思えない。

「犬はお好きですか?」

「うん」

うなずいて、公子様は犬の頭に手を伸ばした。

「飼いたいって昔から何度もお願いしてたけど、母上が動物嫌いだから許してもらえなかったんだ」

「そうでしたか」

「ごめん……本当は、こいつが脱走したすぐあとに見つけたんだ。廊下を一人で歩いてたよ。母上が見つけたら外へ捨てられてしまうからあわてて部屋に隠して、そのあと王女の犬がいなくなったって聞いて……だから返さなかった」

わたしは椅子に座ろうとうながした。犬がはしゃぐので床に下ろしてやる。自由になった犬は二人の間を何度も行き来した。

「犬がほしかったからではなく、アンリエット様の愛犬だったから? 意地悪のおつもりだったのですか?」

ばつの悪そうな顔で少年はうなずく。悪態をついていた時の勢いはなく、素直に悪事を認めていた。

「こいつを殺して死体を投げ入れてやったら、さすがに王女も結婚をやめたくなるんじゃないかと思った……けど、殺すなんてとてもできなくて。今さら返せないし、どうしたらいいかなって考えてたんだ。ごめんなさい」

犬は彼にもなついている。殺すどころかいじめられもせず、たっぷり可愛がってもらえたのだろう。

「教えていただけますか？　どうしてルイージ様は、お兄様のご結婚に反対なのですか」

少しなれなれしいが、お名前で呼ばせていただくことにした。堅苦しくするよりこの方が彼も話しやすいだろう。

「ルイージ様もラグランジュがお嫌いですか？」

わたしの問いにルイージ様は首を振った。

「僕は別に。好きでも嫌いでもなかった。でも母上は嫌いなんだ。昔からずっと悪口ばかり言っていた。まさかあんな理由だとは知らなかったけど……でも母上は本当に、ラグランジュを受け入れられないんだ」

「そうですね」

他人から見てどんなに馬鹿馬鹿しい理由でも、当人が無理だと思っているのならどうしようもない。

「お母様のために？」

この問いにもまた首を振られた。

「違う……僕は、兄上のために」

「お兄様の？」

「…………」

兄と似た可愛らしい顔が、ぎゅっとしかめられる。こぼれそうな涙をこらえてルイージ様は告白した。

「結婚をやめさせたかった。だって、そうしないと兄上が殺されてしまう。母上に逆らっちゃだめなんだ」

「…………」

思わず返事に詰まるわたしをどう思ったか、ルイージ様は一気に話しだす。これまで言えずに溜め込んでいたものが、あふれて止められないようだった。

「兄上と母上はすごく仲が悪くていつもけんかしてて、父上も姉上たちもみんな諦めてる。他の人みたいに母上のごきげんを取らないから兄上は嫌われちゃって、けんかだけで済まなくなったんだ」

あ……う、うん。そうですね。

「母上にはあの男が……バラルディ子爵がついてる。あいつのせいで母上は……」

名前を出したとたん、ルイージ公子はブルリと大きく身体を震わせた。子爵の姿が頭に浮かんだのだろうか。

「……子爵は怖い人なんだ。いつもニコニコしてて優しそうに話すけど、彼と仲の悪い人が何人もいなくなってる。事故で亡くなったり、自宅を強盗が襲撃して家族全員殺されたり……そんなことが何度もあったんだ。証拠はないけど、子爵が殺させたんじゃないかって疑ってる人は多い。でもうかつなこと言うと自分が殺されそうだから、誰も言えないんだ」

「そうですか……」

「父上が襲われたのは……僕のせいなんだ。僕が子爵のことを言ったから」

え、とわたしは驚く。犯人は予想どおりだけど、そこにルイージ様が関与しているとは思わなかった。

「なにを話されたのですか」

「彼が、夜中に離れに入っていくってこと……最初は偶然見かけたんだけど、気になって見張ってたら何度も同じことがあったんだ。あそこは昼間しか人が入らない場所で、夜は閉めているはずなのに。それに入っていっても明かりはつかないんだ。中でなにをしてるのか気になって、こっそりあとをつけようとしたら父上に見つかって止められた」

襲撃の真相がようやく見えてくる。なぜあの場所に大公様がいたのかが明かされた。

「調べておくから絶対に手出ししちゃだめだって言われて、諦めて部屋に戻った。父上のことだから、どうせなにもしないだろうと思ってたんだけど……あとで兄上に相談しようと思ってたら、あんなことになって」

「大公様は、ご自身で子爵を追われたのでしょうか」

多分、とルイージ様はうなずいた。

「先に兄上に相談すればよかった……子爵はきっと、兄上を襲う計画を立てていたんだよ。母上は兄上を大公にしたくないっていってよく言ってたから。言うこと聞かないから兄上はだめだって。どうしよう、兄上を襲ったのは子爵の仲間だよ。僕が早く相談しなかったから父上も兄上も襲われてしまった……どうしよう、もう殺されちゃったの？　そんな、どうしよう……兄上……」

ルイージ様は両手で顔を覆い、嗚咽(おえつ)をこぼす。犬が心配そうに足元から見上げていた。

わたしはなんと言えばよいのか、困ってしまった。

ものっ……すごく、罪悪感！

「すみません、襲撃の真相を知っています！　お兄様はご無事です！」

外出先で襲撃を受けて行方不明になったというのは、リベルト公子がみずから演出したお芝居だった。

反発を煽(あお)って自身の暗殺を計画させようといっても、相手がいつ動いてくれるかわからない。結婚式の最中だったら最悪だし、一つ間違えたら本当に被害が出てしまう。だから本物の襲撃を待つ気など最初からなかったらしい。

対立を深めつつ、相手が実行に出る前にこちらから仕掛ける。それがリベルト公子の作戦だ。

今、襲撃があったと聞いたら、子爵たちはファミリアの先走りと考えるだろう。公子様の自演とは知らずもみ消しに走るはず。そうやって浮き足立ったところを押さえる計画だったが、大公様が襲われたことでさらに予定が早められた。

犯人——子爵は多分、大公様をどこかへ運んでから殺害するつもりだったのだろう。わたしに見られたため断念せざるをえなかったが、グズグズしていたら大公様の意識が回復してしまう。リベルト公子が真相を知る前になんとかしなければならなかった。

大公様を確実に口封じするか、いっそリベルト公子を暗殺してしまうか。

こちらにとっても危険な状況を、むしろ利用しようと考えちゃうのがリベルト公子という人だ。予定を早めて今日(きょう)決行すると、あの手紙でわたしたちに知らせてきた。

今頃街では銃撃戦が行われているはずだ。双方味方なので犠牲者は出ないけれど、知らない人にはファミリアが暴れていると見えるだろう。

このあと続報が届き、もう少し詳細があきらかになる。襲撃から公子様とアンリエット様を守るため、護衛が応戦している間に少数で守って移動した。公子様は負傷しているが、どうにか自力で動ける状態らしい――という知らせは、ますます子爵たちを焦らせるだろう。と同時に、今なら多少大胆に動いても大丈夫と油断もするだろう。

全部知っているわたしとしては、ルイージ様が気の毒でならなかった。こんなにお兄様を心配しているのに、教えてあげられないのがとっっっても心苦しい。でも今種あかしをするわけにはいかないんです。自演のお芝居だとばれてしまってはおしまいなので、全力で知らないふりをしないといけないんです。本当に本当にごめんなさい。

「まだ詳しいことはわかっていませんから。大丈夫ですよ、お兄様たちには護衛がついているのですから、きっと守ってくれているはずです」

こういう場で口にしても不自然ではない言葉ではげますしかない。

「かならずお兄様は戻ってこられます。信じましょう」

「戻ってきてほしいよ……でも、そうしたら今度は母上がつかまっちゃうのかな……もういやだ、どうしたらいいのかわからないよ」

ルイージ様は泣きじゃくる。

「なんで家族なのにこんななの⁉ 誰にもいなくなってほしくないのに……っ」

なんと言ってあげればいいのだろう。わたしも困ってしまった。

母親ほど悪辣(あくらつ)になれず、兄ほど冷徹になれず。ごく普通の感性を持つ子供にこの状況は酷(こく)すぎる。

できることなら家族全員を守りたいわよね。それが当然の気持ちだわ。

なんだか怒りがこみ上げてきた。リベルト殿下！　ご自身もたいへんなお立場でしょうけど、幼い弟君をもう少し思いやってあげなさいよ！　思いやるどころか……本当にもう！

わたしは席を移動し、ルイージ様の隣に行ってまた抱きしめた。こんなことしかしてあげられないのが申し訳ない。

キュウンと犬が鼻を鳴らす。ルイージ様のトラウザーズに前脚をかけて、一所懸命伸び上がった。

「ペルルちゃんが心配していますよ」

わたしは泣き続ける少年に教えた。

「すっかり仲よしになったのですね。大好きなルイージ様が泣いているから、どうしたのって聞いているのですわ」

「…………」

すすり上げながらルイージ様は犬を見る。尻尾を振って見上げる姿に少しはげまされたのだろうか。涙をぬぐい、犬を抱き上げた。

抱きしめられて窮屈だろうにいやがらず、犬はルイージ様の顔を舐める。おかげでようやく涙がおさまってきた。

「……僕、どうしたらいいのかな」

やわらかい毛並みに顔を寄せながら、ルイージ様はぽつりとこぼした。

「姉上たちみたいに、もう関わりたくないって距離を置けたらよかったけど、僕はそんな気持ちになれないんだ。兄上が死ぬなんていやだし、母上がつかまるのもいやだ……どうしたらいいの」

父親も姉たちもさじを投げ見ぬふりしているなか、末っ子だけが心を痛めてどうにかしようと頑張っている。その思いをかなえてあげたいけれど、どうにもならないことはある。

「ルイージ様、とてもつらいことを申し上げますが、お許しください。どちらも取ることは、できません」

「…………」

涙に濡(ぬ)れた目がわたしを見る。傷つき受け入れたくないと責めてくる瞳に、無条件で謝りたくなる。でも子供といっても十三歳、理解できない年ではない。わたしは心を鬼にして言った。

「家族が罰されるのはいやだというお気持ちは、わかります。わたしだって家族が罪を犯したらかばいたくなるでしょう。それは誰もが持つ当たり前の気持ちですが、許されることにはかぎりがございます。お母様の罪は、簡単に許される程度のものでしょうか？」

唇を噛(か)み、ルイージ様は首を振る。母親がしたことのおそろしさを知っている。

「見ないふりをして今後も好きなようにさせるのが、お母様のためでしょうか。ご本人はそれで満足かもしれません。でもどんどん罪を重ねていくお母様を、ルイージ様は見ていたいですか？」

「……いやだ」

はっきりとした答えが返ってきた。悲しそうな顔に、嫌悪の色もまじっている。大事な人が罪を重ねる姿なんて見たくないわよね。麻痺(まひ)して無感動になってしまわない、健全な心を彼は持っている。

「そうですね。多分、お兄様も同じ気持ちだったのだと思いますよ」

「兄上が？」

「はい。リベルト殿下ならもっと早い時期に行動を起こせたのではないかと思うのです。もしかしたら、なにかなさっていたのかもしれません。お母様を諫めて、悪いことをやめさせようと努力なさっていたのでしょう。でも決定的な行動には出られなかった……それは、家族への思いがあって冷酷になりきれなかったからではないでしょうか」

「………」

「やると決めたら容赦なさそうな方ですが、それまでに一度も迷わないということはないと思います。たくさん悩んで、迷って、もうしかたないと思うところまできてしまったのでしょう」

「……そうだね」

切なそうに息を吐いて、ルイージ様はうなずいた。

「誰も傷つかない都合のよい結末なんてありません。ルイージ様は、それを受け入れないといけません」

「…………」

また涙が盛り上がる。でも今度はなにも言わず、彼は深くうなだれた。

本当はわかっているのだろう。わかっているけど受け入れたくない。理屈もなにも関係なく、ただいやだと思ってしまう……そんなの、当たり前よね。

わたしは天井を見上げて考えた。リベルト公子のしていることは正しく、必要で、やめろなんて言えない。言ったってもう動きだしているし、そもそもわたしは口出しできる立場でもない。

その中で、せめてしてあげられることはなんだろう。

家族を思って泣いている公子様に、わずかでも救いを残してあげたい。それにリベルト公子だって、きっと一生消えない傷を抱えることになる。ほんの少し、それを軽くできないものだろうか。

よけいなお世話かな。でもここでなにもしないと後悔しそうだ。

「……上手くいくかはわかりませんが、お母様の罰を少しだけ軽くしていただけるよう、頑張ってみますか？」

思いきって口にすると、ルイージ様はぱっと顔を上げた。

「母上を助けられるの⁉」

「いいえ。罰をなしにというのは無理です。少しだけ軽くしてくださいとお願いするんです」

「兄上に？　そんなの無理だよ。聞いてくれるわけない」

「そうですね、わたしたちでは無理です。だから、リベルト殿下が聞かざるをえない方にお願いするんです」

「誰に……君のところの王女？」

うーんとわたしは苦笑した。

「残念ながらアンリエット様でも無理でしょうね。でもシャノン公爵様が相手なら、リベルト殿下も無下にはできないはずです」

「公爵……」

ルイージ様は真剣に考え込んだ。

アラベラ妃の罪を思うと極刑も十分にありえる。そこを少しだけ譲歩してもらうよう交渉するのが、わたしたちにできる精いっぱいだろう。

ただの感情論ではリベルト公子は動かない。彼を動かすには相応の理由を提示して、その方が利になる――あるいは不利益が多少ましになると納得させなくてはならない。

ということを考えると、シャノン公爵がいちばんの適任に思えた。アラベラ妃の処遇について口出しできるのはイーズデイルしかない。リベルト公子も頭から退けるわけにはいかないはずだ。

うん、とわたしはうなずいた。

「ルイージ様、シャノン公爵様に相談いたしましょう」

「そんなお願い、聞いてくれるかな。公爵は母上が嫌いじゃない？」

「呆れているだけで嫌っているようには感じませんでしたね。あと個人的な感情ではなく、イーズデイルの立場や面目でお考えになると思います。大丈夫、きっと理解してくださいますから」

「……うん」

不安そうな顔のまま、それでもルイージ公子はうなずいた。わずかな望みでも今はすがりたいだろう。

「でも、兄上が無事かどうかもまだわからないんだよね。そっちの確認を先にしたいよ」

「それはわたしの夫が向かいましたので、おまかせくださいませ。大丈夫、リベルト殿下はきっとご無事です。ラグランジュの近衛（このえ）も同行しているのですから、やすやすと後れをとるはずございません。そもそもあのリベルト殿下が、そう簡単にどうにかされると思われます？」

「思わない」

即座に返った言葉に、わたしは少し笑った。

「ですよね？　殺しても死なないって、ああいう人のことだと思いますの。絶対にご無事ですよ。信じましょう？」

「……うん」

幼い顔にようやく血の気が戻ってくる。ルイージ様は犬をまたわたしに返してきた。

「ここに置いてたら母上に見つかっちゃうかもしれないから、部屋に戻しておいでよ」

「ありがとうございます。そうですね……急いで行ってまいります」

犬を連れたままではなにかと動きにくい。ルイージ様を一人にしたくないけれど、大急ぎで行ってくればよいかなとわたしは立ち上がった。

けれどそこへ——

「失礼いたします。ルイージ様、少々よろしいでしょうか」

扉を叩く音にドキリとしたのも束の間、返事も待たずに開いた人の姿に、わたしたちは息を呑んでしまった。

「おや、またあなたですか」

わたしを見てその人はわざとらしく言う。知っていて入ってきたくせに。

今の話を聞いていたかというタイミングだ。監視していたか、誰かが知らせたのか。二人でいることは確実に承知して入ってきたのだろうな。

ルイージ公子の身体がまた震えだす。わたしは緊張を隠してバラルディ子爵と向き合った。

12

「ルイージ様になんのご用が？」

　自分こそ不躾(ぶしつけ)に入ってきたことは棚に上げて、子爵は尋ねてきた。わたしはなにも気づいていないふりをして、腕の中の犬を見せつけた。

「この子を引き取りにきたのですわ。お話ししていたアンリエット様の愛犬です。ルイージ殿下が見つけて保護してくださっていたのです」

「ほう、そうでしたか」

　納得したように子爵はうなずくが、目の奥にいやな光がひそんでいる。今の状況でルイージ様がラグランジュの人間と関わっているのは歓迎できないだろうな。

　わたしの背中に隠れんばかりに、ルイージ様がすがりついてくる。どうしたものかな。せめて犬を部屋に戻してきたいのだけど。

「子爵様も殿下にご用ですのね？　ではわたしは失礼いたします。ルイージ殿下、本当にありがとうございました。のちほど主(あるじ)から正式にお礼を申し上げますが、ひとまず下がらせていただきます」

「え……あ、う、うん」

一瞬驚いて「行っちゃうの?」という顔になったが、子爵の前でうかつなことは言えないとわかったのだろう。どうにかルイージ様も乗ってきた。

わたしは犬を抱いたままお辞儀をし、退出しようと扉へ向かった。けれどバラルディ子爵が前に立ちふさがり、腕を伸ばして制止した。

「まあまあ、そう急いで出ていかれずとも。別に追い出そうなどと考えておりませんよ。ごゆっくりなさるとよい」

「ありがとうございます。ですが、この子を早く戻してきとうございますので」

「その前に少々伺いたいことがあります。なんでしたら犬は届けさせますので、おつき合いいただけますか」

ちらりと振り返る彼の背後に、宮殿職員とは違う男たちの姿がある。わたしは犬をしっかりと抱き直して数歩下がった。

「どのようなお話でしょうか」

「犬はよろしいので? では……」

「し、子爵」

ルイージ様が精いっぱいの勇気を振り絞って遮った。

「いきなり入ってきて勝手な真似(まね)をしないでくれないか。こ、ここは僕の私室だぞ。僕はまだ許可を出していない」

「これは申し訳ございません、少々気が急(せ)いておりまして。ご無礼をいたしました」

小犬の威嚇程度に聞き流して子爵は口先だけの謝罪をする。わたしたちの前に立ちふさがって邪魔をするのは変わらない。

「ではご許可を願えますかな。殿下と、そちらのお嬢さんにもお聞きしたいことがございます」

「これから行きたいところがあるんだ。話はあとにしてくれないか」

「どちらへお行きに？」

「どこだっていいだろう！　あなたには関係ない」

「そうでしょうか？」

子爵は笑う。部下の男たちが室内に入ってきて威圧するように扉の前に並んだ。これはどうしたって逃げられない状況だ。ルイージ様のせっかくの勇気も叩きのめされてしまった。

「こんな時にラグランジュの人間と二人でこもって、なにを話されていたのやら……ねえ？」

「あなたこそ、こんな時になにをしてらっしゃいますの？」

しかたない。犬を戻すことは諦めて、わたしは口を開いた。

「と、言いますと？」

「リベルト殿下が襲撃されて行方不明という重大事が発生していますのよ。そちらの状況確認がなにより第一ではありませんの？　内務省の長官ともあろうお方が、なぜそうも平然としていらっしゃるのでしょう。配下に号令をかけて、事態の確認と収拾に務めるべきなのでは？」

「もちろん、とうに指示は出しておりますよ」

「でしたら、報告にそなえて待機しているべきでしょう。なにか理由があって動いていらっしゃるのだとしても、あまりに落ち着かれたごようすが不自然としか思えませんわ」

はじめから疑われているのだし、相手にわたしたち——わたしを逃がすつもりがないのはあきらかだ。しらじらしいやりとりを続けるより本題に入った方がよいだろう。

わたしはルイージ様を後ろにかばい、子爵をにらみつけた。

「リベルト殿下とアンリエット様を襲撃させて、次はなにをしようと企んでいらっしゃいますの」

すばりと言った直後、ルイージ様の手がわたしの腕をぎゅっとつかんだ。

言ってはいけないと、止めているのがわかる。でもごめんなさい、言っちゃいます。

向こうもまた、わたしに不自然さがないかを見ているのだ。ここで疑われたらリベルト公子の計画がだいなしだ。わたしはなにも知らず、襲撃の報に動揺している人間でなくてはならない。

だから愚かにも言ってしまうのだ。あなたが犯人だろうと。言ったあとを考える余裕もなく、疑いをぶつけてしまう女を演じる。

「私が襲撃？　なにを言いだされるやら」

「とぼけないで。もう全部知っているのだから。ルイージ様が教えてくださいましたわ。あなたって、スカルキファミリアと関わりがありますのね。邪魔な政敵を始末するようファミリアに頼んでいたのでしょう？　大公様を襲ったのもあなたのさしがねですね。きっとそれをリベルト殿下に知られて、だから殿下のことまで始末しようと」

子爵は声を立てて笑った。

「またとんでもないことをおっしゃる。私がそのような大それた悪事を働いていると？　やれやれ、ご婦人というものは本当に想像力がたくましい」

「しらじらしいお芝居はよして。あなたの言葉も態度も、全部嘘くさいのよ。違うというなら、なぜわたしとルイージ様が話していたことを気にするの？　そんなふうに人をたくさん引き連れて、脅しがましく立ちはだかるの」

「いやいや、私も驚いているのですよ。あなた方がなにかご存じなのではないかと思い、お尋ねしにきたわけでして」

「まだそんなことを……いいわ、本当になにも知らないと言うのなら、わたしを邪魔する必要はないはずよね？　ではそこをのいて。通していただくわ」

強気に一歩踏み出してみるが、子爵も部下たちも動かなかった。

「……あなたこそ、知らないふりをしていらっしゃるのでは？」

子爵の声が温度を落とす。気づかれた？　ヒヤリとする内心を隠し、うかつな反応を見せないようわたしは演じ続ける。

「なにをよ」

「リベルト殿下がひときわ目をかけている、あの男とずいぶん親しげでしたよね」

「あの男？」

眉を寄せて考えてみせる。

「誰のこと？」

「わからないはずはないでしょう。そちらこそそしらじらしい。先日も一緒にいたではありませんか」

「もしかして、チャルディーニ伯爵のことを言っているの?」

ここでようやくわかったふりをする。ええ、リュタンのことだってわかっていましたよ! ラティリ入りしてから何度も堂々と会っていたのだから、知られていて当然ですよね。

だから隠したりしない。隠す必要なんてない。彼はエミディオ・チャルディーニ伯爵。婚約交渉の時からラグランジュに顔を出し、アンリエット様とも面識のある外交官だ。わたしはそう知っている。

「伯爵とはたしかに、何度かお会いして顔見知りになっているけど……それがなんだっていうのよ」

「伯爵、ね……」

馬鹿にした調子で子爵はくり返す。どうやらリュタンの素性を知っているようだ。それがあくまでも便宜上の名前の一つにすぎないと、わかっている調子だった。

多くを語りすぎないよう、わたしは口をつぐんで相手の出方を窺った。うしろめたい人間はごまかそうとして口数が増えるって、シメオン様の言葉を忘れていない。本当になにも知らない人間はこういう時どう反応するか、用心深く考える。

いったい子爵はなにを言いたいのだろうと、疑問に思うかな。あとリュタ——いえチャルディーニ伯爵にどんな秘密があるのかと、考えるかしら。

一つ間違えたらすべてがおしまいになりそうで、ヒヤヒヤする。わたしとバラルディ子爵の戦い、全力での化かし合いだ。

諜報員って、いつもこんな気分で働いているのかな。なんて、場にそぐわない感想がよぎった。よく能天気に憧れていたけど、わたしには無理なお仕事かも。精神的な負担が大きすぎる。

どんな時も飄々(ひょうひょう)としているリュタンを、少しだけ尊敬した。

「……ただの小娘だったか？」

わたしに聞かせるでもなく、バラルディ子爵はつぶやいた。

「ふむ。どうやら本当にご存じないようだ。失礼しました、私の考えすぎだったようです」

すんなり引き下がってくれてほっと――しませんよ！　そんな反応を見せたら相手の思うつぼだ。

わたしはますますいぶかしげに顔をしかめた。なんの話かさっぱりわかりません。

それを見て、ようやく子爵からさぐってくる気配が消えた。……だましきれたかな。化かし合いはわたしの勝ちらしい。

よ、よかったあぁ。本当に疲れる。負担が大きいったら。

「……よくわからないけど、行ってよいのかしら？　いい加減そこをのいてくださる？」

話を切り上げようとするわたしに、バラルディ子爵は苦笑して首を振った。

「お気の毒ですが、帰してさしあげるわけにはいきません。なにも知らないただのお嬢さんなら用はなかったのですが……よけいな話をずいぶん聞いてしまったようですからね」

子爵の合図に背後の男たちが動きだす。声を上げそうになったわたしたちに、鈍色(にびいろ)の銃口が突きつけられた。

「もうしばらくおつき合い願います。なるべく時間はかけませんので、一緒に来ていただけますか」

もはや芝居もせず、口先だけは丁寧に子爵は言う。わたしだけでなくルイージ様までを脅してくる。

いよいよ行動に遠慮がなくなった。真相を知る者はすべて黙らせようと、貼りつけた笑顔の中の冷たい目が語っていた。

彼らに囲まれてわたしたちは部屋から出された。周りからは見えないよう拳銃を突きつけられ、おかしな真似をすれば即座に撃つと言われる。抵抗のしようもなく、わたしとルイージ様は子爵の示すままに歩いた。

城内はさきほどよりずっと騒がしくなっていた。ようやく情報が行き渡り、役人や職員たちが動揺しているようだ。

あたふたと行き交う人々は、すれ違うわたしたちに目を向けても、なにが起きているかには気づかなかった。

どこへ連れていくのだろうと思っていたら、子爵たちは一階へ下りて建物の端へ向かう。そっちの方はと思ったとおり、外へ出て別の建物に向かった。

あの離れだ。

あまりに堂々と入っていくからか、見とがめる人もいない。今は特に騒然となっているから誰も気にしていないようだった。

上の階には人の気配があったが、一階は倉庫ばかりのようで人気（ひとけ）がない。子爵たちはそのまま奥へ進み、階段を使って地下へ下りた。

途中でランタンに火を入れて、暗い通路を歩く。上の階とはまるで雰囲気が違った。古くて老朽化が目立っている。狭い通路を挟む壁に、ランタンの明かりで作られた影が怪物のようにうごめいていた。

わたしは犬が飛び出さないよう、しっかりと抱きしめた。幸いいやがらずにおとなしくしてくれている。わたしたちの緊張を感じ取って怯(おび)えているのだろうか。もともとうるさく鳴く子ではなく、この状況でも騒がずにじっとしているおかげで、子爵たちを刺激せずに済んでいた。

「……どこまで行くの」

わたしは子爵に尋ねた。声を抑えたつもりだったのに、周りの壁に響いて大きく聞こえた。

「もう少しで着きますよ。ほら、そこから入ります」

指さす先に簡素な扉がある。鍵穴(かぎあな)はなく、閂(かんぬき)で封じる古い造りだ。多分普段は鎖や南京錠で封じているのだろうが、今は閂が外され自由に開けられる状態だった。

子爵が扉を開く。向こうからも明かりが差し込んできた。

「なにをしていたの。遅いわよ！」

苛立(いらだ)った声が出迎えた。ルイージ様が希望と絶望半々な顔を上げた。

「こんなところで待てなんて……なぜルイージまで？」

陰鬱(いんうつ)な地下の風景には不似合いな、豪華なドレス姿があった。侍女と護衛を侍(はべ)らせて、アラベラ妃が待っていた。

一見したところ倉庫のような部屋だ。なにもないがらんとした四角の空間で、十数人入ってもまだたっぷり余裕がある。壁や天井はここまで歩いてきた通路と同じもの、床はモルタルで固められていた。

壁に明かりをかける場所がいくつもあり、そのおかげで視界に不自由はない。部屋の奥にもう一つ、入ってきたのとは別の扉があった。

「どういうことなの、子爵。ルイージを連れてきてどうする気？　それに、その娘は……」

言いかけて、アラベラ妃は誰だっけ、というふうに眉を寄せた。

お忘れですか⁉　あれだけ罵（ののし）っていたくせに！

明るい昼の光で見るのとランタンの明かりで見るのとでは印象が変わるのかな。わたしという存在は本当に記憶に残らない。

「王女の付添人ですよ。お茶会で会われたのでしょう？」

バラルディ子爵の説明に、ようやくアラベラ妃は理解した顔になった。

「ああ……なんなの？　そんな娘まで連れてきて、なにをするつもりなの。おまけに犬まで。離れなさい、こちらへ来させないで！」

「まあ落ち着いてください」

「落ち着いている場合ではないでしょう！　リベルトのことはなにかわかったの？」

「今調べさせておりますが、混乱しているせいで情報がまとまりません。市街地で銃撃戦が起きているようで、襲撃されたというのは本当のようです」

「そんな……それは……」

言いかけて、アラベラ妃はこちらを気にする。焦っていても、わたしたちの前では言えないととどまる理性はまだあるようだ。

そんな彼女の慎重さを、バラルディ子爵があっさりだいなしにした。

「ファミリアの連中でしょうな。どこで伝達が食い違ったのか、勝手に暴走してしまったようです」

「ちょっと！」

あわてて止めようとアラベラ妃が声を高めるが、手振りで制して子爵は言った。

「お気遣い無用ですよ。ルイージ様はすべてご存じのようです」

「え……？」

「私とファミリアの関わりを知っている、ということは、あなたのこともご承知でしょうな。そら、あのように怯えていらっしゃる。母君のお姿を見ても頼ろうともなさらない」

「………」

アラベラ妃はじっとルイージ様を見た。浮かんでいる表情はどういうものだろう。知られたくなかったと、思っているのだろうか。

しかしそんな視線を受けてルイージ様はますます身をすくめた。母親の目から逃げるようにわたしに身を寄せてくる。アラベラ妃の眉がきつく寄せられた。腹を立てたようにも、痛みをこらえたようにも見えた。

「そう。知っていたのね」

「………」

「まさか、その娘に話したの？」

彼女の問いにうなずいたのはルイージ様ではなく、バラルディ子爵だった。

「そうなのですよ、よりによってラグランジュの人間に話してしまわれましてね。それで放置できずこうして連れてきた次第です」

「馬鹿な子」

アラベラ妃は乱暴に息を吐き出した。

「それでは、その娘の口を封じなければいけないではないの」

「……母上っ」

泣きそうな声からアラベラ妃は顔をそむける。

「ルイージを連れてきて」

自分の護衛に向かって言い捨て、出口へ向かおうとした彼女を子爵が止めた。

「お待ちを。まだ用件は済んでおりません」

「ルイージにはわたくしが言い聞かせておくわ。その娘の始末はあなたにまかせます」

「いえ、娘だけではないのです。ルイージ様にも黙っていただかねばなりません」

「だから――」

言い返しかけて、はっとアラベラ妃の表情が変わった。

信じがたいと言わんばかりにバラルディ子爵を見る。

「なにを……まさか、ルイージまで……？」

「しかたないでしょう。言い聞かせたくらいでどうにかなる問題ではありませんよ」

そんな、と彼女の口元がわななかいた。

「ルイージはわたくしに逆らわないわ！　黙っているようきつく命じれば」

「どうでしょうなあ。現に口を滑らせていらっしゃるわけですし」

「そんなこと……ルイージ！　あなたはなにも見ていない、なにも知らないのよ！　できるわね!?

誰にも絶対に悟らせないと約束できるわね!?」

「は、母上……」

「できると言いなさい！　でないと、あなたまで……リベルトだけでなく、あなたまで」

必死に言い募るアラベラ妃は、己の保身だけを考えているようには見えなかった。

ルイージ様を守ろうとしてるのはもちろん、リベルト公子に対しても後悔があるように感じる。もしかして、彼女はまだ迷っていたのだろうか。息子を死なせるのはさすがに避けたくて、でもファミリアが勝手に手出ししてしまったと思って動揺していたのだろうか。

はじめて彼女が一人の母親に見えた。気位が高くわがままで、己が満足するためには悪事に手を染めることも厭(いと)わない。そんな悪女として見ていたけれど、今わたしの前にいるのはただの母親だ。

姑息(こそく)な考えでどうにかしようとあがく、愚かな人で。

同時に、わが子を守ろうと必死になっている母親だった。

わたしはそっと周囲のようすを窺った。バラルディ子爵が連れてきた部下の他(ほか)に、アラベラ妃についていた侍女と護衛も二人ずついる。その誰もが、親子の愁嘆場に心を動かすようでもなく、じっと無表情に眺めていた。もともとアラベラ妃の悪事を知っている面子(メンツ)なのだろうけど、彼女に忠誠を誓っているわけではないようだ。

彼らの本当の主人は、こちらというわけか。

バラルディ子爵に目を向けると、彼もわたしを見ていた。演技ではなく肩が跳ねる。ラビア人らしい男くさい色気のある顔が、にやりと笑った。

「では、こうしませんか。ルイージ様ご自身の手で、この娘を殺していただきましょう」

「……え」

かぼそい声がかたわらから漏れる。ルイージ様は、なにを言われたのかわからないという顔をしていた。

「みずから人を手にかければ、いやでも口をつぐむしかなくなるでしょう。ルイージ様ご自身にも秘密を背負っていただけばよい。いかがです？」

「……ルイージ」

アラベラ妃の声に、命令の響きが乗る。ルイージ様は首を振りながらあとずさった。

「そ、そんな……そんなこと」

「やりなさい。それしかないのよ」

子爵に指示されて部下の一人が銃をさし出す。ルイージ様は自分に銃口が向けられたかのように悲鳴を上げて拒絶した。

「い、いやだ！　そんなことできない、いやだ！」

「ルイージ！」

「やめて！　母上、もうやめてください！　こんなことしてちゃだめだ、やめないと」

「今さらなのよ。引き返すことなどできないわ。あなたも、ここで死にたくなければ従いなさい。大丈夫よ、あとのことはお母様が上手くやってあげるから」

「母上！」

わたしは焦って扉を振り返った。その動きをどう見たか、バラルディ子爵が腕を伸ばしてきた。

「いっ……」

乱暴に腕をつかんで引っ張られ、痛みに声が漏れる。お、男の人って、どうしてこう力が強いの。これだけで痣になりそうよ。

「やはり無理なようですな。ええ、わかっておりましたよ」

「待ちなさい！　いきなりですぐに覚悟ができないだけよ。もう少し……」

「そうのんびりしていられませんよ。だいたい仮に殺せたとしても、この甘ったれた坊ちゃんが秘密の重さに耐えられるとは思いませんね。どうせじきに白状します。その前に態度で知られてしまいますかな。無理なんですよ、どうやっても」

「ルイージを殺したら、あなたを絶対に許さないわ！　今の立場は誰のおかげで得られたと思っているの。力を手にして思い上がっているようだけど、わたくしの一存でいつでも取り上げられるのだと忘れないことね！」

「ご心配なく、あなたにはもうなにもできませんよ」

切り札を口にしたアラベラ妃に、子爵はなんら動じず言い返す。ふざけるなと怒りかけたアラベラ妃は、自身に向けられた銃口に引きつった。

「なっ……」

子爵の部下が、彼女に狙いを定めている。侍女たちがさっとアラベラ妃から離れて壁際まで逃げた。

「ファミリアのやつらが上手くリベルト殿下を仕留めてくれればよかったのですが、どうも取り逃がしたようです。まったく、こちらの指示も聞かずに勝手に動くから。暴れることしか考えられない馬鹿どものおかげで、いささかまずい状況になりました。リベルト殿下のことだ、状況を利用してわれわれを追い詰めにかかるでしょう」

「……………」

「なのでその前に、こちらで脚本を用意してやります。母親の罪をおそれ、黙っていられなかった公子がラグランジュの娘に漏らしてしまった。そのため娘は口封じされてしまい、絶望した公子は母親を撃ち、みずからも命を絶ってしまった。侍女たちに知らされて衛兵が駆けつけるが、すでに手遅れだったというわけです」

さらに一つ、拳銃が向けられる。狙いはルイージ様の右のこめかみだ。自殺に見せかけるため、すぐそばから突きつけられる。

ルイージ様は恐怖に身動きもできなくなっていた。

「い、いや……やめて」

「大丈夫、じきにご夫君もリベルト殿下も同じ場所へ送ってさしあげますよ。今度は家族で仲よくなさるとよい」

「……フェデリコ様を襲ったのは、やはりあなたなの？　どうして……」

子爵は答えずフンと笑うばかりだ。銃をかまえる部下にあごを動かして指図する。

「やめて！　ルイージ！」

みずからに向けられた銃口も無視して、アラベラ妃が動こうとした。引き金に指がかけられ、わたしはもうじっとしていられなかった。

子爵を振り払おうと暴れるが、強い力からなかなか逃れられない。でもわたしが暴れたことで他の部下たちの意識もこちらへ向いている。

「無駄に暴れると狙いがはずれてかえって苦しむはめになりますよ。じっとしていれば一瞬で――うわっ！」

腕の中の犬が唸ったと思うと、飛び出して子爵の手に噛みついた。これにはわたしも驚いた。いつもはとてもおとなしい子なのに。ここまでじっと静かにしていたのに。唸り声なんてはじめて聞いたし、まさか噛むなんて。

子爵が敵だと認識し、わたしを守ろうとしてくれたのだ。

おかげでわたしは自由を取り戻せた。犬はまだ手に噛みついたまま、ぶら下がっている。

「こっ、このっ……！」

子爵が力を込めて腕を振る。犬は床に叩きつけられ、キャンと悲鳴を上げた。

「ペルルちゃん！」

子爵の手から血が流れている。彼はタイをほどいて押し当てた。相当深くやられたようで、みるみるタイが赤く染まった。

「くそっ！　その犬も殺せ！」

上っ面の笑顔を投げ捨て、憎悪に満ちた声で彼は命じる。

わたしはいい加減たまりかねて叫んだ。

「いつになったら来てくれるんですかシメオン様ぁっ！」

「そっちを先に呼ぶの？　つまんないなあ」

直後返った、気の抜けた声に振り向けば、ルイージ様に銃を向けていたはずの部下がにやりと笑う。

青い瞳にあああ！　と声を上げそうになった時。

通路側の扉が開き、人が飛び込んできた。

「なっ――」

とっさに銃を向けた部下が殴られて吹っ飛ばされる。間を置かず他の部下も蹴りをくらって同じく吹っ飛ぶ。侍女たちが悲鳴を上げた。応戦しようと動いた部下たちに、別口からも攻撃が行く。彼らが仲間だと思い込んでいた男に殴られ、手から落ちた銃が床を転がった。

わたしのすぐ足元に来たのであわててスカートをつかむ。絶対にさわるなと厳命されているから拾いませんよ。人のいない壁際へ向かって蹴飛ばした。

勢いよく壁に当たった銃がパン！　と大きな音を立てる。ひゃっとわたしは頭を抱えてしゃがみ込んだ。

「あっ……ぶね。おいおいマリエル、同士討ちは勘弁してくれよ」

やだー、衝撃で暴発しちゃった。

すぐそばをかすめた銃弾に抗議の声が上がる。

「わざとじゃないわよごめんなさい！　それより早く……あら」

ふと見回せば、早くも決着がついていた。地下室内にいた男たちは、あっけなくも全員床に伸びていた。

立っているのは侍女の二人とバラルディ子爵だけだ。ルイージ様はどうなったのかとさがせば、アラベラ妃が抱きしめて一緒にへたり込んでいた。

……うん、やっぱりお母さんよね。

無事な二人を確認し、次に犬をさがす。小さい子だから乱闘のどさくさで踏まれていないかと心配したが、上手く逃げて部屋の隅にうずくまっていた。

急いで駆け寄り、けががないかたしかめる。血も出ていないし、どこをさわってもいやがらない。痛いところはなさそうだ。わたしはほっと息をついた。

「よかった……助けてくれてありがとう」

小さな頭をくしゃくしゃなでれば、うれしそうに尻尾が振られた。

「マリエル、けがはありませんか」

シメオン様の声が聞いてきた。わたしは犬を抱いて立ち上がった。

「大丈夫です。なかなか踏み込んでくださらないので、ヒヤヒヤしましたわ」

倒れた男たちから武器を取り上げているのは、黒地に赤の差し色がおしゃれなラビアの軍服を着た人物だ。淡い金髪が明かりに照らされ、美しい白皙を眼鏡が飾る。愛する旦那様は動きかけた男に蹴りを入れ、もう一度床に沈めた。

「中にその男がいましたので、ギリギリまで待ったのですよ」

その男、と言われた方を見れば、カツラを脱ぎ捨て顔も布で拭いている。さほど手の込んだ変装ではなかったようで、リュタンはすぐに素顔に戻った。

「お前は……」

バラルディ子爵がうめく。リュタンは彼を振り返り、いつもの皮肉げな顔で笑った。

「お疲れさん。痛そうだねえ。ちっこい犬でも本気で噛まれるとやばいんだな」

「くそ……罠（わな）か……」

シメオン様もこちらへやってくる。さらに背後からいくつもの足音が入ってきた。

リベルト公子が、本物のラビア兵を連れて現れていた。報告と異なり、どこにもけがをしたようすはない。自演なので当たり前ですね。

彼はざっと室内を見回し、母親と弟のところで一瞬目を留めたがなにも言わず、すぐにバラルディ子爵へ目を移した。

最後にもう二人、大きな人たちが入ってくる。シャノン公爵とオリヴァーさんだ。事前にはなにも知らされていなかった彼らも、すでに説明を受けているようだった。

「全員を拘束——そこの二人もだ」

リベルト公子は兵士たちに命じ、子爵の部下たちと、アラベラ妃たちもとらえさせた。

「ルイージ様はなにもしてらっしゃいませんわ」

「承知していますよ。混乱を防ぐためと、念のための保護です」

答えた彼は、わたしをほとんど振り向きもしなかった。

見ているのはバラルディ子爵だけだ。ようやく追い詰めた敵を、彼は満足げに見据えていた。

「なるほど……襲撃というのは、あなたが仕組んだ偽情報でしたか」

「ええ。真に迫っていたでしょう？　芝居だと見抜かれないようにするのがたいへんでした。フロベール夫人の名演技にも感謝します」

「女が……そんな小娘に欺かれるとは」

子爵は投げやりに笑った。長年手を組んできたアラベラ妃のことも彼は馬鹿にしていた。女性はしなべて感情的で考えが浅く、男の裏をかくことなんてできないと思っていたのね。そんなの人それぞれよ。女性にも男性にも、いろんな人がいるのにね。

現場へ確認に出向くと言って姿を消したシメオン様は、目立つ近衛の制服からラビア軍の制服に着替え、ひそかに子爵の動きを見張っていた。ルイージ様の部屋に子爵がやってきてわたしたちをとらえた時も、きっとすぐ近くで見ているはずとわかっていたから安心できた。

これも計画のうち。近衛のほとんどがアンリエット様とともに外出し、残ったシメオン様もあとを追って出ていって、わたしの周りはがら空きになった——と思った子爵が動いたことで、リベルト公子の罠が完成したのだ。

ルイージ様のそばにいれば子爵が接触してくるだろうと言われた時は、そう上手くいくかなと心配したのだけど、結局全部彼の読みどおりになってしまった。暗殺したがった子爵の気持ちがわかるわよ。敵にこんな人がいたら怖くて落ち着かない。

子爵の部下を兵士たちが外へ連れ出していく。アラベラ妃とルイージ様も移動させられた。アラベラ妃はもう抵抗する気力もないようで、ぐったりとうなだれていた。

連行されていく彼女を、シャノン公爵が見ていた。かすかにひそめられた眉は、怒りからだろうか。それとも従妹(いとこ)への憐憫(れんびん)だろうか。言葉はかけず、ただじっと見送っていた。

ルイージ様はもの言いたげにこちらを見ていたけど、兄は振り向いてくれない。彼も兵士に声をかけられ、肩を落として出ていった。

足音が遠ざかる。わたしたち四人とイーデズイル組の二人を前に、たった一人残った子爵はもう抵抗のしようもない。痛む手を抱え込み、背中を丸めていた。

「してやられましたな……どこからがあなたの策だったのやら」

苦笑しながらの言葉に、公子様はもう乗らなかった。冷たい声で告げる。

「バラルディ子爵、あなたの狙いは私もルイージも殺害し、大公家の後継に別の人間を据えることでしょう。足手まといになった公妃(こうひ)を切り捨て、新しい共犯者を招いて実質的に大公家を乗っ取ろうと考えた。ですが、そちらへもすでに話をつけています。妙なことを考えるなら現時点で子爵の共犯者とみなし、ともに処罰する――そう言ってやったら継承権を放棄しましたよ。彼にはあなたほどの度胸はなかったようです」

「………………」

「ずいぶん長くかかりましたが、この勝負、あなたの負けです」

子爵は答えない。身体(からだ)の前でますます手をかばい、うつむいている。

わたしはなんとなく、彼の背後の扉が気になった。入ってきた通路側の扉とは別の、奥にある扉だ。

あの向こうにはなにがあるのだろう。もう一つの部屋か、それとも。

　こちらにはシメオン様とリュタンがいて、子爵が逃げようとしてもすぐつかまるだろう。もう悪あがきもできない状況なのに、なぜだろう、妙にいやな予感がする。

　あの向こうにさらに仲間がいる？　そんな気配があったらシメオン様たちが気づくわよね。

　わたしはシメオン様のお顔を窺った。

　とたん、ギクリとする。シメオン様もなにか気づいていないかな、くらいの気持ちだったのに、思った以上に彼は緊張した顔つきになっていた。

「シメ――」

「退避だ！　外へ出ろ！」

　余裕のない声と、あわてた足音が交差する。

　地下にすさまじい爆発音が響いた。

13

叫ぶと同時にわたしを抱えたシメオン様は床を蹴った。なにが起きているのかわからなかった。視界の端でリベルト公子もリュタンに引っ張られているのがわかった。公爵様たちは⁉　確認もできないまま部屋の外へ連れ出される。

扉から離れた壁際でシメオン様に抱えられてうずくまる。その直後、轟音とともに床や壁が震えた。天井からバラバラと破片が降り注いでくる。崩れるの⁉　生き埋めの恐怖が押し寄せる。わたしは必死に犬を抱きしめて耐えた。周囲に土と埃の匂いが充満した。

幸い、全体が崩れるほどの衝撃ではなかったようだ。しばらくして収まり、わたしたちは顔を上げる。周囲が暗くなっていた。

うっすら明かりが届き、完全な闇ではないが、かろうじて人の姿が見える程度だ。

身動きすると頭や肩からパラパラと細かいものが落ちた。埃や破片をかぶっているのだろう。わたしをかばっていたシメオン様はまともに被害を受けたはずだ。わたしは彼の頭に手を伸ばして払い落とした。

シメオン様はいったん眼鏡をはずし、埃を取ってかけ直した。腕の中の犬を確認すると、少し怯えているくらいで問題なさそうだ。よかった。

「無事ですか」

シメオン様が他へ声をかける。

「ああ、大事ない。殿下もご無事ですか」

シャノン公爵の声が答えた。二つの大きな影にほっとする。リベルト公子たちはと見ると、そちらも問題なさそうだった。

「大丈夫です。中佐のおかげで命拾いしましたね」

「っかー、まいった。おっさん手榴弾なんて隠し持ってたのかよ」

リュタンも頭から埃を払い落としていた。

「なんかゴソゴソしててあやしいなと思ったら」

「腹いせにわれわれを道連れにしようとしたのか」

「や、どうでしょう。ちょっと確認します」

公爵様を置いて、オリヴァーさんが動いた。シメオン様も彼と一緒に扉……があったはずの、今はただの穴になってしまった場所へ向かう。明かりはその向こうから漏れていた。室内は視界に不自由しない程度に明るいようだ。

穴の周辺に瓦礫が散乱していた。吹っ飛ばされた扉は壁に叩きつけられ、ひしゃげている。爆発のすさまじさが一目でわかり、ぞっとなる。二人は慎重に瓦礫をよけて地下室を覗き込んだ。

あの爆発の中心地にいたなら、人体なんて原形をとどめていないわよね。こ、怖くて見られない。

惨状を想像し、さすがにわたしは見に行く気になれなかった。

シメオン様が中へ入っていく。オリヴァーさんも続く。すぐに呼ぶ声が上がった。

リュタンが真っ先に向かい、わたしもおそるおそる中を覗き込む。小さな火災が発生していた。崩れた壁から木材が顔を出し、そこに火がついてしまっている。あわてたのはわたしだけで、シメオン様たちは落ち着いて瓦礫の中からランタンをさがし出していた。使えるものを持ち寄り、火事を種火扱いして移している。そ、そんなに悠長にしていて大丈夫なのかな。

あわただしい足音と人の声がやってきた。さすがにあの爆発音は地上にも届いて、兵士たちが駆け戻ってきた。

「殿下、ご無事ですか!?」

「大丈夫だ。火が出ているので水を運んでくれ」

リベルト公子が指示を出す。ちゃんと消火してくれるようで安心した。それほど勢いのある火ではないから、すぐに消し止められるだろう。

頑丈な造りだったようで、部屋が埋まるほどの崩落は起きていない。足元は瓦礫の山だが、人が倒れていたらわかる程度である。そんな地下室に、バラルディ子爵の遺体はどこにもなかった。

奥の扉が開いている。その向こうは真っ暗がりだ。なにがあるのだろう。

「ねえ、あそこはなに？」

わたしはリュタンに尋ねた。

「階段だよ。爆発までにちょっと間があったから、おっさんあそこから投げ込んだな」

「逃げちゃったの⁉」

「死んでないなら、そうなるよね」

シメオン様とオリヴァーさんがランタンをかざし、扉の向こうを覗き込む。上へ向かう階段はなく、下り方向のみらしい。

「この下は？」

シメオン様が尋ねる。

リュタンは答えず主を振り返った。

「厄介なところに逃げられましたね。どうします？」

「どうしようかな。出口を封鎖して中で干からびるのを待つか……面倒だな。時間もかかるし、把握できていない出口があると困る」

「けど、追いかけようもありませんよ」

なんなのだろう。さらに深い地下に、脱出できる通路があるわけ？　出口も複数ある？

「地下遺跡ですか？」

真っ先に気づいたのはシメオン様だった。あ、とわたしは思い出す。そういえばリュタンがそんな話をしていたっけ。

リベルト公子はうなずいた。

「ええ、そうです。この城は古い城の上に建てられているのです。崩れて立ち入れない場所も多いのですが、一部は通り抜けられる状態です」

「子爵がそこを通って逃げたのなら、すぐに追うべきでは？」

今度は公爵様が尋ねる。それには難しい表情が返された。

「そうなのですが、通路や出口は一つではないのですよ。彼がどこを通ったのかわからないことには。出口で張り込んだ方がよいが、すべての場所を把握できているわけでもありませんので……」

「あの、迷ってしまいそうな場所なのですか？」

わたしも尋ねる。以前地下遺跡の話をした時、そんなことを言われたような。

「そうですね、不慣れな者が踏み込めば迷うでしょう。言ったように崩れた場所もあるので、行き止まりや、逆に穴の開いた場所がたくさんあります。古代の建物と町が部分的に残っていて、非常に複雑な構造になっているのです。当然ながら外の光も入らないので、明かりがなければとても歩けません」

そんなところに逃げ込んで子爵は大丈夫なのかしらね。やけくそで飛び込んだ……わけでは、ないのだろうな。

彼は何度も離れに出入りしていた。きっと、この地下に。

地下の遺跡でなにをしていたのだろう。

どうするか、と一同は考えた。グズグズしていたら子爵に逃げる猶予を与えるだけだ。地下と地上両方から追跡したらどうかという意見が出た。多分それがいちばん有効だろうけど、はたして確実にとらえられるだろうか。

腕の中の犬がむずかって、わたしはよしよしとなだめた。ごめんね、もうちょっと我慢してね。

こんな場所で好きに歩かせてまた迷子になってしまってはたいへんだ。向こうではまだ火が燃えていて、駆けつけた兵士たちが消火活動に励んでいる。とても犬を放せる状況ではない。

わたしがいても役に立てないし、邪魔なだけだからいったん地上へ戻ろうかな……でも顛末が気になるな。

少しだけ下ろしてやれる場所がないかと見回していたら、瓦礫の間になにか落ちているのに気づいた。そばへ行って覗き込んでみれば、血のついた布だ。バラルディ子爵のタイだった。

ああ、これか——と興味を失いかけて、はっと振り返る。これ！　もしかして、これが使えない!?

「シメオン様！」

呼ぶと彼はすぐに駆け寄ってくれた。

「どうしました」

「バラルディ子爵のタイがありましたの。ほら、これ」

わたしが示すものを見て、彼は不思議そうにする。

「これがどうか？」

「彼の匂いが残っているはずですわ。血もついているから、なおさら使えると思います」

「匂い？」

首をかしげた彼は、わたしが抱く犬に目を落とす。

「追跡をさせると？」

「ペルルちゃんの特技ですの。軍用犬の訓練をアンリエット様が遊びに取り込んでいらしたのです」

みんなの視線がこちらを向いている。リュタンは信じていない顔だった。

「そんなちっこいのにできるかぁ？」

「大きさは関係ないでしょう」

「や、だって軍用犬っていったらさ」

「——いや、待ちなさい」

リベルト公子が彼を遮る。こちらへやってきて犬とタイを見、わたしに尋ねた。

「それは、どのくらい正確かわかりますか？」

「アンリエット様は宝さがしと言ってらっしゃいました。匂いを覚えさせたものを隠し、さがさせるのです。わたしは数回しか見ていませんが、全部ちゃんと見つけ出していましたわ。本職の訓練士に協力してもらったそうですから、軍用犬と同じ訓練を受けていたはずです」

「ふむ……」

うなずいた彼は、リュタンを振り返って命じた。

「バンビーノ、地下からの追跡はお前にまかせる。犬にお願いして案内してもらいなさい」

「なにそれ⁉　犬にって」

「私も行きます」

当然ながらシメオン様も名乗り出る。わたしはなにか言われる前にタイを拾い上げた。

「わたしが行きませんと、大きな殿方ばかりではペルルちゃんが怖がって実力を発揮できませんわ。よろしいですね？」

「………」

よろしくない、と旦那様の顔に書いてある。でしたら試しにやってごらんなさいな、とわたしは犬をさし出した。

「ほら、いやがっていますわ」

いくらおとなしい子でも、あまり親しくない、しかも大人の男性に抱かれるのはいやがるものだ。かわいそうなのでさっさと引き取る。猫に続いて犬にも振られ、旦那様が少ししょげていた。

「では、われわれも行こう。四人もいれば、なにかあっても夫人を守れるだろう」

公爵様まで同行を申し出る。え、わたし以上にお守りしないといけない人なのでは。

「またあなたはそういう……もういい年なんですから自覚してくださいよ」

「跳んだり走ったりするわけでなし、追跡だけなら問題あるまい。行くぞ！　しっかり明かりを持ってこい」

「先に行かないでください！」

さっさと階段へ向かう公爵様をあわててオリヴァーさんが追いかける。結局リュタンとシメオン様が先に下り、次にわたし、後ろを公爵様とオリヴァーさんが歩いた。

階段は遺跡ではなくあとの時代に造られたようで、少し急だけど問題なく下りられた。人が並べるほどの幅はなく、一列になって下りるしかない。どれだけ下りないといけないのだろうと思ったら、案外すぐに終点だった。

また扉がある。これも閂で封じるものだ。急いで通り抜けたのか、少し開いたままだった。

リュタンが扉の前で振り返り、ランタンを手に注意した。

「ここから先はほとんど大昔のままだから、足元には十分に気をつけてね。蹴つまずいて転ばないようにね、マリエル」

「どうしてわたしにだけ言うのよ」

「そりゃ、君がいちばんあぶなっかしいから」

むうとふくれるわたしに笑い、リュタンは扉を開く。明かりに照らされたのは、石で組まれた内壁だった。

たしかに、古いお城みたいな雰囲気だ。柱の上部がアーチになっている。地上にある古代神殿とよく似ていた。

前方に通路が延びている。光の届かない奥にはなにがあるのかわからない。真っ暗闇に呑み込まれそうだ。

ちょっと怖くて、でもワクワクしてしまった。いえ楽しんでいる場合ではないわね。

わたしは犬を下ろし、バラルディ子爵のタイを鼻先に寄せた。

「さあ、ペルルちゃん、この匂いをしっかり覚えて。匂いの主を追ってほしいの」

血の匂いが気になるのか、犬は鼻を突っ込んでフンフンとかいでいる。よしよし、とわたしはほくそ笑む。これで子爵を追跡できるわ。

――と思ったのに、犬はその場にお座りして動かない。お行儀よく見上げてくる姿はとても可愛いけれど、今はそれでは困るのよ。

「あら？　どうしたの、早く追いかけて」

通路の先を指さしてみるが、そちらを見てもくれない。指さしの意味がわからないようだ。まあ犬だものね。むむ、困った。

「やっぱだめなんじゃないの」

「そんなはずは……どうしたの？　いつものように匂いをたどってよ」

わたしが言っても犬はまったく反応してくれない。不思議そうに見上げてくるばかりだ。飼い主の指示でないとだめなのだろうか。って、アンリエット様を呼んでくる暇なんてないわよ。

「理解できていないようだね。指示のしかたが違うのではないかな」

「副長、犬同士で意思疎通できないの。こいつに言い聞かせてやってよ」

「私を犬と言うなら、あなたもリベルト殿下の犬でしょう」

「いやあ、自分で言うのもなんだけど、どっちかってえと僕は猫かな。そりゃ雇い主の命令は聞くけどさ、犬じゃないなあ」

「どっちでもいいわよ！　そんなことより……もー、ペルルちゃん、お願いだからぁ」

どうすれば指示が伝わるのだろう。動かない犬に、わたしは頭を抱えてしまう。

「マリエル、王女殿下がどのようにしていらしたか思い出してください。同じようにすれば伝わると思います」

「ううん……」

わたしは必死に記憶をたどった。宝さがしの時、アンリエット様はどんなふうに指示を出していらした？　思い出して。彼女の真似(まね)をするのよ。

「うーん……あ、こうかな？」

はっと気づいてわたしは手の平を打ち合わせる。そう、開始の時アンリエット様はかならずこうしていた。

犬がぴくりと耳を動かす。わたしに注目している。うん、こうだ。それから——

「はい、さがして！」

アンリエット様と同じ言葉をかける。なにげない言葉だと思っていたけど、毎回同じ言葉で指示されていたら犬は開始の合図と覚えるだろう。

予想どおり、犬が立ち上がった。鼻を床に寄せ、匂いをたどりながら歩きだす。やった！　と叫びたくなるのをこらえ、わたしはシメオン様にうなずきかけた。

彼もうなずきを返す。わたしが転ばないよう腕を出してくださるので、ありがたくつかまって犬を追いかけた。

「へえ、本当に追跡しはじめた」

「だから言ったでしょ。小さくても賢いし、鼻がよいのよ」

「静かに。この先にバラルディ子爵がいると想定して歩いてください」

シメオン様に注意され、わたしは口を閉じる。追いかけられていると気づいたら子爵はどこかに隠れてしまうかもね。なるべく静かに……と思ったけれど、どうしても音はする。足音や衣擦(きぬず)れの音、そしてサーベルが立てる音……もし近くに子爵がいたら、確実に気づかれているだろう。

「こっそり追いかけるのは無理では？」

わたしはそっとシメオン様にささやいた。

「気づかれるのは承知の上です。向こうの立てる音を聞き逃したくないので」

あ、そういうことですか。

やっぱり犬じゃん、とリュタンがつぶやいている。耳は犬より猫の方がすぐれているのよ？　猫だと言うならあなたも頑張ってよね。

などとどうでもよいことを考える間にも、犬はどんどん先へ進んでいく。通路が分かれている場所や部屋の入り口などが次々現れたが、ほとんど迷わず進んでいった。

逃げ道に使ったことといい、バラルディ子爵は何度もここを通っていたのだろう。彼は迷路のような地下の構造を把握していて、追跡者がいても撒ける自信があったのだ。

じっさいわたしたちだけではとうてい追えなかった。こんなに複雑な場所で、少し離れれば明かりも届かない。リュタンが厄介だと言ったわけがよくわかった。

でも心強い味方のおかげで子爵の痕跡をたどっていける。彼もまさか犬に追われるとは思わなかっただろう。

迷いのない足どりに導かれ、わたしたちは地下迷宮を進む。

平らな通路ばかりでなく、階段もあった。今は地下でも、もとは二階や三階といった場所だったのだろう。下れば崩れた場所が増えてきた。この先はどうなっているのだろう。犬のあとに続きながら、だんだん不安になってくる。

今気づいたけど……もし犬が途中で立ち往生したら、引き返さないといけないのよね。歩いてきた道わかるかしら。

振り返れば後方は真っ暗闇だ。ランタンの明かりはすぐ近くにしか届かない。

この明かりもいつまでもつの？　大丈夫？

どんどん不安が強くなってくる。地下探検とはしゃぐどころではなかった。

すがる腕から伝わったのだろうか、シメオン様が急に身をかがめてわたしの耳元に顔を寄せた。

「大丈夫ですか？」

「……ごめんなさい、なんでもありません」

強引についてきたのに怯えて足手まといになってはいけない。わたしはしゃんと背筋を伸ばした。

「もし引き返すことになったら道がわかるかなと思っただけです」

「ああ、それなら覚えていますから問題ありませんよ」

「覚えてらっしゃいますの？」

「ええ」

なんでもないことのように彼は言う。

「行き止まりの可能性もありますから」

「そうか、ずっと進めばどこかに出ると思ったが、そうともかぎらないのだね」

のんびりした声は公爵様だ。この方、意外に深く考えなかったりする？　シャノン公爵家の血筋より、お嫁入りした筋肉伯爵家の血筋を受け継いだのかしら。

「え、なんか怖くなってきましたね。君はここの構造をわかっているのかい？」

オリヴァーさんがリュタンに聞く。まあね、とリュタンは軽く答えた。

「隅々まで全部ってわけにはいかないけど、ここまで歩いてきた範囲くらいならわかるから、心配しなくていいよマリエル」

「そ、そう……それって大公家の人たちも同じなの？」

いぶかしそうにされてわたしは言葉を足す。

「バラルディ子爵が何度も出入りしているのをルイージ様が見ていらしたのよ。それであとをつけようとしたら大公様に止められたのですって。かわりに大公様が調べるとおっしゃったらしいの」

「ああ、この地下まで入ったってことか。ふーん、おっさんにそんなやる気が残ってたんだ」

そういうことではなくて、とたしなめる。大公様をおっさん呼ばわりしちゃってるわよ。

「多分、大公様はここでなにかを見てしまったのね。それを子爵に気づかれて、襲われてしまったのではないかと思うの」

「まあ子供の頃に探検とかしてそうだし、多少は知ってるんじゃないの。よけいな真似だったけどね。そんな勇気を出すより、他のとこで頑張ってもらいたかったよ」

リュタンの反応はにべもない。少しくらい大公様を認めてくれてもいいと思うのに。

諦めてわたしは話を変えた。

「ランタンはどのくらいもつかしら」

「一時間くらいはもちそうですね」

右手のランタンを確認してシメオン様は言う。「こっちもそのくらいかな」とリュタンも自分のランタンを持ち上げた。

「つまり、その間にけりをつけなければならないわけだ。脱出の猶予も考えて行動しないといけないね」

まっとうなことを言ったのは公爵様だ。

「こっからだと、引き返すより出口に向かった方が早いな。おっさんが先に出てるかもね」

出口がちゃんとあると聞いて少し安堵した。とにかく足手まといにならないよう、気をつけて歩かないと。わたしはでこぼこした足元を見ながら歩いた。

そうしていたら、不意にシメオン様が立ち止まった。下ばかり見ていたわたしは気づくのが遅れた。通路が分かれている。ずっと進み続けていた犬が、ここではじめて足を止めていた。

片方へ行きかけては戻り、もう片方へ行こうとして立ち止まる。うろうろと同じ場所を行き来する。

「どうしたのかしら」

「両方に匂いが残っているのでしょう」

犬のようすを見てシメオン様は言った。

「しまったな、こういう可能性もあったか……」

考え込む彼と同様、他の男性陣も判断しかねていた。

「おっさんけがしてたよね。血痕とかないかな」

「そういうものがあれば犬も追えると思うのですが……」

リュタンとオリヴァーさんが床を調べている。公爵様はお手上げといった状態だ。

わたしもなにか手がかりを見つけられないかと、壁や柱を見回した。

基本的に彫刻などの装飾がない建造物だけど、壁の一部にレリーフらしきものがあった。なにか特別な場所なのかな。これは女神様？　それとも普通の女性像？

そういうものを調べている場合ではないのだけどね。ただの遺跡見物なら楽しかったのにな。今は子爵の痕跡よ、痕跡。

推理小説なら血の手形が発見されたりするものだけど……見当たらないなあ。

古代人の遺した芸術作品はいくつも見つかったが、肝心のものが見つからない。

犬はさらに手前の部屋まで調べだした。完全に迷っている。あちこちに子爵の匂いが残っているようだ。

ここでなにかしていたのかな。まさか犬で追跡することを見越して、わざと匂いを残していったなんてことはないわよね？

アーチ型にくりぬかれた出入り口の向こうも、がらんとした空間があるだけだ。遥か昔にはここで人が暮らしていたのだろうけど、今は光も差し込まず静まり返っている。

この部屋のどこかに出口が隠されているとか？　それらしい場所はあるかなあ。

「マリエル、あまり動き回らないで。危険です」

シメオン様に引き戻される。

「この周辺に匂いがたくさん残っているということは、ただ通り抜けるだけでなくここでなにかしていたわけでしょう？　もしかすると出口があるのではと思いまして」

「こんなところに出口はなかったはずだけどねえ」

リュタンが頭をかいている。犬が入り込んだ部屋にみんなで入ってみたが、足跡も血痕も見つからない。出口らしき場所もない。

とうとう犬が座り込んでしまった。これ以上進めませんというポーズ？　あなたが諦めちゃったらわたしたちどうにもできないのだけど。

犬のそばにしゃがみ込み、なでてやりながらどうしようとため息をついた。ランタンの油も大分少なくなってきた。もうあまり猶予がない。ここまでと諦めるしかないのだろうか。

キュウ、と鳴き声が上がる。さがしものを見つけられなくて犬も落ち込んでいるのかしら。

「いいの、ペルルちゃんはとても頑張ってくれたわ」

よしよしとなだめながらわたしはそばの壁を見上げた。

ここにもレリーフがある。もしかすると祭事に使うような部屋だったのかな。壁のあちこちに浮き彫りにされているのは、神話の神様たちらしい。

……古代の美術品、つまりお宝よね。ものすごく貴重なものを前にしているのでは。こんなものがゴロゴロしているのだから、ラビアって本当にすごい土地だ。

子爵は古代の美術品を盗掘して売り飛ばしていたとか？　普通の犯罪者ならすごくありそうな話だけど、彼ほどの人がそんなことするかなあ。

にしても、どうして古代人って裸で表現したがるのかしらね。マントや兜（かぶと）をつけているくせに大事なところは丸見えだ。たいへん目のやり場に困ってしまう。

「……ん？」

ぼんやり見ていたレリーフに、意識のどこかが引っかかった。この神様って……。

わたしは立ち上がり、レリーフに顔を近寄せた。暗くてよく見えない。明かり、明かりがほしい。

「マリエル？」

「明かりをください！　ここを照らして！」

わたしの声に男性たちが集まってくる。ランタンで照らされ、レリーフ全体がはっきりと見えるようになった。

翼の生えた兜に、足にも翼。手に杖(つえ)を持っている。杖にも翼と――これは蛇？

やっぱり……！

「メルクリウス？」

シメオン様がつぶやく。そう、これはメルクリウスだ。丘の上の公園にあった像と同じ特徴を持っている。商人と旅人と泥棒を守護する、誰(だれ)かさんみたいないたずらものの神様だ！

「大公様が倒れた時、そう言っていたのではないかとおっしゃいましたよね？」

「これのことだったのか……？」

「たまたまだったりしないかな」

疑わしげに言いつつ、リュタンもレリーフのある壁を調べだした。上から下まで、二人で丹念に見る。途中でシメオン様が手を止めた。

「血痕がある」

「えっ」

彼の手元を覗き込めば、小さな汚れがあった。ランタンの明かりでは色がわかりにくいが、赤いような気がする。

「おっさんがここに手をついたのか」

リュタンが自分の手を合わせてみる。ちょうど男性が立って胸のあたりになる高さだ。

「なんだ、こいつ迷ったんじゃなくてちゃんと見つけてたのか」

彼は足元の犬を見下ろし、感心の声を上げた。そうよ！　わたしは急いで犬を誉めちぎった。

「ごめん、ここよって教えてくれてたのね。ありがとう！　すごいわ、お手柄よ！」

くしゃくしゃとなでて誉めれば、犬はうれしそうに立って尻尾（しっぽ）を振った。座ったのは疲れたとか諦めたとかではなく、見つけたという合図だったのね。本当に賢い子！

「しかし、ここに痕跡があったとして、この先どう進むのかね」

公爵様が覗き込んでくる。シメオン様はさきほどのリュタンのように手を合わせ、ぐっと力を入れて押した。

びくともしないように見えた壁が動きだす。わたしは小さく歓声を上げた。こういうの冒険小説にあった！　秘密の抜け道だ！

石がこすれる音を立てて、レリーフのある部分が回転する。壁にできた隙間（すきま）の向こうに空間があった。

ヒュウ、とお行儀悪くリュタンが口笛を吹いた。

「やったね、大当たりだ」

「行きましょう」

シメオン様が踏み込む。大柄な男性だと身体を横にしてすり抜けるのがやっとくらいだ。うちのお父様なら絶対におなかがつっかえる。

シメオン様とリュタンはするりと通り抜け、わたしはスカートを押さえて通る。シャノン公爵はちょっとたいへんそうだった。後ろからオリヴァーさんが押していた。

出たところは通路ではなく、別の部屋だった。元の場所より明るい。さらに奥の部屋に続いていて、そこから光が差し込んでいるのだ。

シメオン様が手振りでわたしに下がるよう指示した。言葉も交わさず男性陣が前に出る。わたしは犬を抱き上げて彼らの後ろに続いた。

ずいぶん深く下りてきたのだから、地上の明かりなんて届くはずがない。なのにあんなに明るいということは、人が灯した明かりがあるのだ。

あの向こうに、子爵がいる……？

迎撃を警戒してシメオン様とリュタンは入り口際の壁に背をつける。足元の床にランタンを置き、そっと向こうのようすを覗き込む。なにも起きないと確認してから、ようやく中へ入っていった。

わたしはシャノン公爵に制されて、入り口の手前で立ち止まる。公爵様とオリヴァーさんの間から覗いてみれば、壁にたくさんランプがかけられた広い部屋に、機械らしきものがいくつも置かれているのが見えた。

こんな場所に機械？　なにやら見覚えがあるような。しかもこの匂い……。

シメオン様とリュタンがそれらを見ている。他に人の姿はない。子爵はここを通り抜けていったのだろうか。

「あれはなんの機械だ？」

公爵様が小声でつぶやいた。

「さあ。織機……じゃないですよね」

オリヴァーさんが言うのもわかる。中型の織機くらいの大きさだ。でも織機ではない。あれにかけられるのは、糸ではなく紙だ。

「印刷機です」

わたしは言った。

そうだ、印刷機よ。間違いない。じつになじみ深いインクの匂いもする。

新聞や本を作る工場のものよりもずっと小さくて、しかも手動らしくハンドルがついていた。だからといって昔の古い印刷機というわけでもないようで、形は現代の印刷機である。多分、ここへ蒸気機関をそなえた大型の機械を持ち込めず、もしかしたら大きな音を立てないようにも配慮して、ああいうものになったのだろう。

リュタンが機械のそばの台から大きな紙を取り上げた。

「百アルジェ札か」

「え？」

一瞬頭がついてこなかった。ラビアでなぜその単位を聞くのだろう。アルジェって、ラグランジュのお金ですが。

彼が持っているのは紙幣よりもずっと大きな紙だ。あれがお金だとすると……断裁前のもの？

さらに彼は他の機械を回り、それぞれから印刷済みの紙幣を見つけ出した。

「こっちはエーレ、これはブルム――はは、お宝の山だ」

リンデンやフィッセルのお金まであるらしい。わたしはあんぐりと口を開けてしまった。

「よりによって大公宮の地下で偽札作りとは」

シャノン公爵が呆れと怒りのこもった声を漏らす。

偽札――！　まさかここでその話が出てくるとは。

シメオン様も驚いていた。そうでしょうとも。ラグランジュを悩ませていた偽札問題が思いがけず解明されてしまった。

そうか……バラルディ子爵の悪事は……そういうことか。

これはさすがのリベルト公子も知らなかっただろう。きっと怒るだろうなあ。自分の足元でやられていたことに今まで気づいていなかったのだから、彼の高い自尊心を刺激しそうだ。

「なるほど。お札なら手動で作っても十分間に合いますね」

印刷というとわたしはつい本や新聞を考えるが、他にもいろんなものが刷られている。広告やお菓子の箱、文房具……小さなものを少数作るなら、手動の印刷機でこと足りる。

ラビアの通貨ではなく外国通貨ばかりなのは、自国の経済を混乱させないためだろうか。偽札が出回ったら紙幣の信用が落ちて困るものね。ええ、迷惑していましたよ。そういうところに気を回すあたりは政府の人間らしい。その頭をまっとうな方向に活用してくれればよかったのに。

偽札工場は大きな発見だったが、肝心の目的がまだはたされていない。室内に人の姿はなく、奥にまた出入り口がある。子爵はあそこから逃げたに違いなかった。

敵の姿がないとわかり、シャノン公爵たちが足を進める。わたしは二人の背中に手を伸ばし、服をつかんで引き止めた。

「なんだ?」

たしかに人はいない。でもこんなに明かりがたくさん灯されて、機械の周りには印刷前の紙や刷り上がった紙が積み上げられ、隅には食器や空き瓶なども残っている。ついさっきまで人がいたとわかる状態だ。偽札作りの真っ最中だったのだ。

誰が作業していた? その人たちはどこへ行った? 子爵に言われて逃げただけ?

不用意に進むのは危険では――と言いかけた瞬間、高い破裂音が響いた。

地下に銃声がいくつも響く。公爵様が素早く動いてわたしをかばい、入り口の前から退避した。シメオン様とリュタンは無事⁉ どうなっているの⁉

「ここにいなさい! 動くのではないぞ!」

わたしを壁際に置いて、公爵様はまた入り口に張りついた。

「行くぞ、オリヴァー!」

「待っ――ああもうこの脳筋ジジイ！」

公爵様ぁ！　あなたイーズデイルの要人！　王室関係者！　あともうご老体！

この場の誰より守られるべき人が突進していき、怒りながらオリヴァーさんが追いかける。壁の向こうでは乱闘の音と罵声に悲鳴、時折銃声も響いていた。

わたしはそろそろと床を這い、目だけ出して覗き込んだ。これだけ身を低くしていたら流れ弾にも当たらないわよね……？

「うわぁ」

ようやく状況を確認し、思わず気の抜けた声を出してしまった。

やはり向こうの出口近くに敵がひそんでいたようだ。おそらくファミリアの構成員だろうと思われる男たちが、こちらの隙をついて襲撃していた。

が、迎え撃つのはシメオン様とリュタンである。そうなる可能性は十分に予測していた。彼らはうろたえず、銃弾を受けもせず、すかさず反撃に転じていた。数の差などものともしない。シメオン様の投げた空き瓶が敵の手から拳銃を吹っ飛ばし、リュタンがヒラリと機械を飛び越え翻弄する。

そんな活躍をさらに凌駕していたのがシャノン公爵だった。

六十をすぎた老体とは思えない動きで彼は敵に襲いかかり、バッタバッタとなぎ倒していった。敵が投げられひっくり返ったところにオリヴァーさんがとどめの一撃で昏倒させる。その間に公爵様はもう次にとりかかっている。なんだか雪かきを思い出してしまった。競争でザクザク雪をすくいまくっていた、お祭の光景が浮かんでくる。それともこれは小麦の収穫？　みんなで一気にとりかかる

作業風景だ。

身も蓋もない、としか言えなかった。こちら側が強すぎて、乱闘というより一方的な暴力にしか見えない。凶悪な犯罪者たちを相手にしているはずなのに、どっちが悪者か一瞬わからなくなる。

あっという間に決着がついて、立っているのは味方の四人だけになっていた。わたしは立ち上がり、中へ入る。床に累々と転がる男たちに少しだけ同情した。相手が悪かったわね。

……で、子爵はどこに？

まだ彼は見つからない。シメオン様が奥の出入り口へ向かった。わたしたちもあとに続く。

また追跡になるのだろうかと思ったが、そこで行き止まりだった。もう一つの部屋に出口はなく、追い詰められた中年男が壁に張りついて怯えていた。

「チャオ、モグラ子爵」

シメオン様を中心にリュタン、シャノン公爵と三人が並ぶ。

「地下を逃げ回ってご苦労さん。最後はおっさんの好みで選ばせてやるよ。ラビアとイーズデイル、ラグランジュ。どれがいい？」

じつに豪華な選択肢である。よりどりみどりだわ。

でも子爵にはまったくうれしくない言葉だった。彼は答えない。もう抵抗するすべも力も残されていなかった。

結局シメオン様が取り押さえる。地下迷宮での追跡は、こうして無事に終了したのだった。

14

騒動から一週間ほどすぎた日の晴天に、祝福の声が響きわたった。

大聖堂の周りには国民が詰めかけていた。公子殿下の結婚式という、めったにない慶事を一目見ようと集まり熱狂している。彼らが飛び出してこないよう警備する衛兵はたいへんだ。華やかな式典に背を向けてひたすら群衆の相手をしている。お気の毒だけどあとで特別手当が出るそうですよ。よろしくお願いいたします。

ラグランジュの近衛騎士たちは、制服を礼装に替えて聖堂内に控えていた。その華やかさ、凛々しさはラビアの儀仗兵にひけをとらない。指揮官がまたひときわ美しく、参列者の席では若い女性がしきりにささやき合っていた。

うんうん、素敵よね、かっこいいわよね。やっぱりシメオン様には白の制服がいちばん似合う。礼装にサーベルを下げた姿はまさしく王子様。おとぎ話から抜け出したかのごときお姿だ。

式の主役も負けずに美しかった。可憐にして豪華な花嫁衣装に身を包んだアンリエット様は、祭壇の前で待つ人に誰よりも頬を染めていた。騎士の凛々しさはなくても、優美という点では間違いなく一位である。優しく微笑み花嫁の手を取るリベルト公子は、なにも知らずに見れば最高完璧な花婿様だった。

——この日を迎えるまでに、いろいろありましたけどね。

逮捕された人たちは取り調べを受けたのち、順次処罰が確定する。アラベラ妃も当然例外ではない。主犯格とみなされていた彼女にどんな罰が下されるのか、関係者一同たいへん気になるところであった。

ルイージ様に話したとおり、わたしはシャノン公爵に口添えを頼めないか相談した。いかに親戚といえどラビア国内の問題に口出しするのは内政干渉だ。シメオン様はいい顔をしなかった。公爵様も二つ返事で引き受けるというわけにはいかなかったが、わたしやルイージ様の気持ちは理解してくださったようだ。心に留めておくと言ってくださった。

その後公子様とどのようなやりとりがあったのかは知らされていない。公爵様が説得してくださったのか、あるいは最初から決められていたのか……大公妃がファミリアと癒着して殺人教唆を犯していた事実は、あまりに外聞が悪すぎるということで公表されなかった。アラベラ妃は精神的な病のため、イーズデイルにある小さなお城で療養生活に入ると発表された。

じっさいのところは軟禁だ。生涯外へ出られず、外部との接触も許されない。お城に住むといっても贅沢はできない。庶民よりも慎ましい暮らしを強いられるだろう。そして世間から切り離され忘れられ、ただ日々がすぎていくのを眺めるばかり……極刑よりましとはいえ、かなり厳しい処分だった。

「この母を牢獄に閉じ込めるというのですか。一生幽閉すると？　そのような……」

「ご不満なら最速で生涯を終わらせてさしあげますよ。その方があなたには優しいかもしれませんね」

決定を知らされたアラベラ妃は不満をあらわにしたが、リベルト公子は取り合わなかった。

「贅沢を奪われ、誰からも省みられず、忘れられてただ老いていく。あなたにはもっとも屈辱的で耐えがたい暮らしでしょう。だからこそ罰になる。ご自分のしたことを考えれば文句など言えないはずですが、どうしても受け入れられないというのであれば今の姿のまま時を止められるとよい」

「………」

じつの息子から向けられる冷やかな目に、彼女は唇を震わせて絶句する。急に老け込んだように見える顔には、憤りよりも疑問の方が強く浮かんでいた。

「どうして……政敵の排除なんて、誰でもやっていることではないの。暗殺だってさんざんくり返されてきて……なぜわたくしだけが罰されるの」

「国のためにしたことであったなら、それも一つの正義と言えるかもしれない。私欲のために犯罪者と手を組んだのでなければね。あなたはただ道を踏みはずしただけです。そして負けた」

リベルト公子は静かに、容赦なく、母親にとどめの刃を突き刺した。

「血を流す権力争いなどめずらしくもない——おっしゃるとおりです。ならばおわかりでしょう。負けた者は己の命で賭け金を支払うのです」

「………」

「昔ならば断頭台送りですね。今の時代そういうわけにはいかないので表向きの口実を設け、軟禁という処分に落ち着いたのです。あなたに、まだわずかでも親心というものが残っているのでしたら、おとなしく受け入れてください。弟や妹たちに、母親が処刑されたという不幸を背負わせたくありませんから」

　最後の言葉にアラベラ妃は涙を流して崩れ落ちた。失意や落胆の涙なのか、悔恨の涙なのか、それは誰にもわからない。彼女自身もこれからゆっくり時間をかけて、自分の心と向かい合っていくのだろう。

　収容先がイーズデイルだったのは、リベルト公子なりの思いやりかもしれない。権力を失った彼女にはもう利用価値がなく、この先悪い人が接触してくることもないだろう。罰のためにただ閉じ込めておくだけならば、せめて故郷で――と考えたのだろうか。あるいはシャノン公爵から提案されたのかもしれなかった。

　もしかしたらいつか、面会が許されるかもしれない。ルイージ様も悲しそうに受け入れていた。

　大公様の方はというと、順調に回復されていた。容体が思わしくないと言われていたのは嘘で、じつは意識を取り戻していた。聴取ができるほどの状態ではなかったけれど、もう大丈夫と医師も保証するほどだった。

　それを知られるとバラルディ子爵が手を出してきそうなので隠されたのだ。完全に回復した彼から聞いた話は、おおむねわたしたちが推測したとおりだった。

　離れを出たところで子爵たちは大公様に追いつき、とりあえず手持ちの薬で眠らせた。人目を気にしなくていい地下へ戻して、そこでゆっくり始末しようとしたのだ。たまたまわたしが見かけなければ、行方不明で終わってしまったところだった。

　子爵たちには運が悪く、わたしたちにとっては幸運だった。

元気になったあと報告を受けた大公様は、退位してアラベラ妃と同じ場所へ行くとおっしゃった。

「ずっと大公位にしがみついていらしたのに、どういう心境の変化です？」

父親にかけるリベルト公子の言葉はずいぶんひどかった。それでも大公様は怒らなかった。

「変化が起きるほどのことだったと思うが？　……別に、大公位に執着していたわけではない。お前が経験を積むのを待っていただけだ」

「十四の時からあなたの仕事を手伝って、今ではほとんどの政務を私が請け負っているのですよ。それでも足りないと？」

なにを言うのかと息子は切り捨てる。そんな彼へ向けられるまなざしには、大公様なりの愛情があるように思えた。

「なまじ優秀で自信にあふれた若者はあやういものだ——と、理解するのは年をとってからでな。私が大公でいれば、いざという時責任を押しつけることができるだろうが。このろくでもない男にも、その程度の利用価値はあると思ったのだよ」

「………」

「だがもうよい。親がでしゃばる時期はすぎたな。私は退こう。あとはせめて、妻のそばにいてやろう。それに直接関与していなくとも同罪だ。アラベラが処罰されるなら、私も同じ罰を受けるべきだろう」

公子様は否定しなかった。さまざまなことを知りながら諦めて見ぬふりをしていた彼の罪も、けして軽くはない。本人が認めるとおり、罰が下されるべきだった。

諸々（もろもろ）の決定を実行に移すには準備が必要で、今はとても手が回らない。結婚式が終わり落ち着いてから退位と新大公即位が発表されることになった。アラベラ妃も、今はまだカステーナ宮殿の自室で監視つきの暮らしを続けている。

そうして騒動の余韻も収まらないなか、続々と各国の代表が到着しはじめた。ラグランジュからも国王様ご夫妻と、シャリエ公爵ご夫妻がラビア入りされる。両親と長女、次女が再会し、一人国元に残った長男の話で盛り上がっていた。

なんでもセヴラン殿下は婚約者のジュリエンヌに愚痴ばかり言っていたものだから、うっとうしがられて会ってもらえなくなったらしい。ジュリエンヌならさもありなん。一人さみしく政務にはげんでいる親友を思い、シメオン様も苦笑していらした。

お土産（みやげ）、たくさん持って帰ってさしあげましょうね。

——厳粛に、そして華やかに、式が進み新しい夫婦が誕生する。ラビアの新たな大公夫妻となるお二人は、祝福の雨を受けて輝いていた。

聖堂から宮殿へ帰るまでは、特別な馬車に乗り込んでのパレードだ。新郎新婦の姿がどこからでもよく見えて、民衆は大喜びだけど警備する側にとっては最大の山場である。馬車の周囲を馬に騎乗した兵士が守り、沿道では不審な動きを見せる人間がいないか目を光らせている。全軍出動といってよい数の人員が投入されていた。

それだけラビアはまだ危険が多いということだ。今回摘発されたのはごく一部の人間だけで、ファミリア本体は無傷である。バラルディ子爵が逮捕されたことでしばらくはなりをひそめるだろうが、じきにまた動きだす。リベルト公子が取り締まりを強化する気だともう知れ渡っているので、彼らの暗殺対象リストの一番手にくり上がっただろう――と言ったのは、ほかならぬ公子様だった。

「私はやりたくてはじめたことなので危険も別にかまいません。が、あなたを無理につき合わせる気はありませんよ。怖いならあなたも別の場所に住んで、最低限必要な時以外影武者に代理をさせましょうか」

なんてアンリエット様におっしゃるものだから、呆れるしかなかった。彼なりの気配りなのはわかるけど、どうしてそういう方向に行っちゃうかなあ。

「あいにくですが、あなたが思われるほどわたくしはやる気のない人間ではありません。あなたに嫁ぐと決まった日から言語や習慣だけでなく、ラビアに関するさまざまなことを学んでまいりました。父や兄から、考え直したくなったなら婚約を白紙に戻してもよいと言われたこともありますわ。それを断って、今こうしてあなたの前にいるのですから、誇りを持って妃の務めをはたしとうございます。危険というならしっかり守ってくださいませ。あとあなた自身も長生きして、わたくしを寡婦にしないでくださいませね！」

リベルト公子は人とのつき合い方がわかっていない――シメオン様の言ったとおりだわ。政治的なおつき合いは上手なくせに、どうして個人的な関係になるとこうもダメダメなのだろう。その二つはつながらない？　人間を相手にしているのは同じですよ。

純粋な好意や思いやりといった気持ちでなく、損得でしか見られていないと思っているのだろうか。

「昔からああなの？　あなたたちとは、もっと違う関係よね？」

わたしはこそっとリュタンに尋ねた。彼とダリオには愛情らしきものを向けている。けして個人的な関係を持てない人ではないと思うのに。

「そりゃ、お姫様とは違うさ」

リュタンは言い返す。冷たい口調ではなかった。

「僕らは部下というか弟分というかで、恋人にはなれないからね」

「なりたいの？」

「死んでもごめんだね」

そうではなくて、と彼は言い直す。

「兄貴ぶって人に世話焼こうとするけど、あの人がいちばんの初心者なんだよ。これまで女に興味持つ余裕なんかなかったし、そんな気もなかったみたいだからね。生まれてはじめて女の子とつき合って、どう扱えばいいのかわからないのさ」

「………………」

「政略結婚だから取り引き相手みたいなものかと思ったら、お姫様は理屈や損得じゃなく恋愛感情を向けてくる。ならとりあえずお愛想しておけば喜ぶかと思ったら、本音が見えないと言われてひどい目に遭った。それで正直に接する方がいいと学び、そのとおりにしたら女の子受けしない本性丸出しだろ。つくづく恋愛に向いてない人だよね。お姫様もよく愛想尽かさずにいてくれるよ」

わたしはダリオに目を向けた。言葉は返らないが、同じような表情が返ってきた。

わたしも笑うしかない。本っ当に、ダメダメだなあ。

向こうではまだアンリエット様が文句を言っている。涼しい顔で聞き流しているようで、公子様も内心とまどっているのだろうか。

でもちょっぴりうれしそうに見えるのは、気のせいではありませんよね？

「お兄様はけっこうお馬鹿(ばか)な方ですよね」

複雑そうに兄を眺めているルイージ様に、わたしはささやいた。

「兄上はとても賢いよ」

「賢い馬鹿なんです」

言いきると小公子様はわけがわからないという顔になった。

「お父様が言ってらしたのですよ。優秀で自信にあふれた若者はあやういと。わたし同感です。リベルト殿下は天才と言ってもよいお方ですが、その分普通の人の気持ちがわからないようですね」

一人で苦しんで嘆いていた弟を、兄はちゃっかり計画に利用していた。真相を知ったルイージ様の衝撃がどれほどのものだったか。リベルト公子は少しも気づかず弟を守ったつもりになっている。アンリエット様のことといい、どうも思いやりの方向がずれている。笑い話で済んでいるうちはいいけど、いつか深刻な問題を生みそうだ。

「アンリエット様お一人ではたいへんですから、ルイージ様も助けてあげてくださいね。お兄様に、普通の人はどんな気持ちを抱くのか、教えてあげてくださいませ」

「僕が兄上に教えるなんて、そんなのできないよ」

「できますとも」

わたしは力強く断言した。

「どんなに優秀でも完璧な人間はいません。お兄様にもわからないことがあって、教えてあげる人が必要なのです。弱気にならず、アンリエット様と一緒にぶつかってくださいな。人間とはこういうものだと、見せてあげてください。そうすれば、今はバラバラな気持ちも通い合うようになりますよ」

半信半疑という顔でルイージ様は聞いている。大丈夫、あなたはこれから伸びていく人。きっとお兄様を支えられる大人になれるから。

「アンジェロもご主人様のために頑張ってね。血はつながっていなくても、家族でしょう」

リュタンにも言えば、いやそうに顔をゆがめた。

「その名前で呼ぶ?」

「なによ、あなたがほしがったからあげたのに。ご不満なら公子様にならってバンビーノとお呼びしましょうか」

「プルチーナに言われてもね」

可愛くないことを言って彼は離れていく。あとに続くダリオが手を上げてくれ、わたしも笑顔で振り返した。

祝福を浴びながら馬車が進んでいく。つき従う近衛の列はきらびやかで、慶事にいっそうの花を添えている。

これが最後のお世話と、シメオン様は馬車のすぐそばで守っていた。生まれた時から知っている、妹のような人の晴れ舞台に時々優しく目を細めている。わたしはちょっぴり妬けるかも。お役目もあ

と少し。終わったらうんと甘えちゃおう。

約束があるものね。帰国の前に、一緒に遊ぶわよ！

花が咲き誇り、明るい陽差し(ひざ)と爽(さわ)やかな風が心地よい。この季節はときめく女の子に幸福を約束してくれる。

古代の夢が息づく街に、祝福と喜びがあふれている。手を振り応える花嫁は、時々愛する人と目を見交わし笑っている。ダメダメな花婿も、今日(きょう)ばかりは素直にうれしそうだ。

お二人のこれからに、末永く幸いあれ。幾多の苦難も乗り越えて、実り多く楽しい人生を送られますように。

大切な人たちに、心からの祝福を。

わたしたちと友人たちの未来が、よりよきものでありますように。

マリエル・クララックの旅先

これはラビアへ行くより少し前のこと。

今年の誕生日には、旅行に連れていっていただくことになっていた。当日までも小さな贈り物を毎日してくださったけど、本番は旅行！　シメオン様と二人っきりの時間を満喫だ！

「うわあ、きれい！」

見えてきた景色に、わたしは馬車の窓から歓声を上げた。

青く連なる山々に囲まれて、大きな湖が広がっている。宝石のように美しい青色が空と山を映している。

サン＝テールよりも標高の高い地域なので、頬(ほお)をなでる風はひんやりしていた。季節を少し逆戻りしたような気分だ。

四方どこを見回しても建物ばかりな都会で生まれ育ったわたしは、自然豊かな風景というだけではしゃがずにいられない。しかもここは人気の観光地。美しい風景と昔の趣を残した町があり、どこを歩いても楽しめると評判だ。着く前から胸がときめいてやまなかった。

「船があるわ！　湖にあんな大きな船があるなんて」

「観光客向けの遊覧船ですね」

シメオン様もわたしの横から湖を眺めた。窓へ身を寄せたら自然に身体(からだ)同士がふれ合い、彼の息づかいが近くなる。今さらなのにドキドキして頬が熱くなる。

「あれで湖を一周するのですか？　乗ってみたいわ」

「もちろん、乗れますよ。手漕ぎの小さなボートもありますが、遊覧船の方がよい？」

「……両方かなっ」

楽しい予定を語り、二人で笑いをこぼす。ああ、なんて幸せな時間なのかしら。誰にはばかることなく、お仕事にも遮られず、自由に遊ぶことだけ考えていられるなんて。朝から晩まで、ずっとシメオン様を独り占めできるなんて！

最高の誕生祝いだった。なんなら今後も、誕生日には旅行と決めちゃってもいい。素敵な贈り物もうれしいけれど、やっぱりいちばんは彼との時間だわ。

馬車に揺られる間も退屈しなかった。シメオン様と一緒の空間を存分に堪能し、やがて湖畔の町に入る。季節の花が素朴に庭を飾る、こぢんまりと可愛らしい家に着いた。

「お待ちしておりました。道中お疲れ様です」

馬車から降りたわたしたちを、まだ若いご夫婦が出迎えてくれた。シメオン様より少し年下の、クレモンさんとクララさんだ。

ここはもともとフロベール伯爵家の別荘として建てられた家だ。でも滅多に使わず数年に一度泊まる程度で、ほとんど管理人まかせだった。

そんな折、遠縁の息子さんが結婚して新居をさがすことになった。この町の役所で働いていて、別荘を借りられないかと伯爵家に問い合わせてきた。伯爵家側にとってもちょうどよい話だったので、たまに泊まりに来ることを条件に貸し出すことになったのだった。

二人はわたしたちを温かく歓迎してくれた。小間使いを一人雇っていて、家のことはクララさんと彼女で切り盛りしているらしい。心尽くしの夕食をいただきながら、夫婦二組でおしゃべりを楽しむ。

その日はゆっくりと身体をやすめ、翌日わたしたちは散策へくり出した。

「湖にも砂浜があるとは知りませんでした」

別荘から少し歩けば湖に出る。一面に白い砂が広がっていた。波の打ち寄せる砂浜は海の専売特許かと思ったら、湖にもあったと知って驚きだ。わたしは波打ち際めざして駆けだしたが、いくらも進まないうちに砂に足を取られて転びそうになった。

「走らない。ここで転んだら全身砂まみれですよ」

すかさずシメオン様が抱きとめてくださる。わたしの行動を完全に読まれていた。

「はぁい……いっそ靴を脱いで歩きたいな。あそこで水遊びしたら気持ちよさそうですよね」

海のように大きな波はないが、風に運ばれているのか水が行き来している。とてもそそられる光景だった。期待を込めて見上げれば、旦那(だんな)様が少し意地悪な顔をした。

「では先に手でふれてみなさい。それでもまだやりたいなら止めませんよ」

そう言ってシメオン様はわたしを波打ち際へ連れていった。スカートを濡(ぬ)らさないよう片手でつかみながらしゃがみ、反対の手を伸ばす。すくった水はびっくりするほど冷たかった。

「……氷水みたい」

「山から流れ込む水と、湖の底からもわき出しているのです。水遊びを楽しめるのは真夏くらいで、今の時季にやる人はいませんよ」

それみたことかと言いたげな声に、わたしはむうとふくれた。しゃがんだまま波を見ていると、シメオン様に抱き上げられる。

「足をさらすのは寝室だけにしてください。他（ほか）の男に見せるなど、夫として許せません」

耳元にささやかれて頬が熱くなる。

「どうしても脱ぎたいなら、今すぐ寝室へ戻りますか？」

「そういう意味で言ったわけではなく！　下ろしてくださいませ、他の人が見ていますわ」

笑いながらシメオン様はわたしを下ろす。近くの通行人や観光客が呆（あき）れて見ているような気がして、わたしは急いでその場を離れた。

靴を脱いだって、靴下があるのにね。いくらわたしでも、人前でスカートやドロワーズをめくり上げて靴下まで脱ごうとは思わないわよ。そこまではしたない真似（まね）をする気はなくて、ただちょっと水の感触を楽しみたかっただけなのに。

あんなに冷たかったら五分と耐えられない。わたしが足をしびれさせて、その後濡れた靴下につらい思いをしないよう言ってくださったのはわかっていた。

でも言い方が！　なんですかあのお色気は!?　まだ午前なのにやたら艶（つや）っぽい空気にしないでください な！

昨夜を思い出したらますます動悸（どうき）がおさまらなかった。おかしいわ、結婚してもう一年たったのに。いつになったら旦那様に慣れるのだろう。一生慣れないかもしれない。一生ときめいて、一生萌（も）えて、一生楽しむのね。

気を取り直して観光を続ける。湖から引いた運河があり、周辺の旧市街は馬車の乗り入れが禁止されていた。人々はのんびり町歩きを楽しんでいる。街路樹の新緑が目にまぶしく、淡い色の可愛らしい建物は窓辺に花を飾っている。このまま絵にしたいおとぎ話のような風景だった。

お店を覗(のぞ)いてお土産(みやげ)を選んだり、郷土料理店で昼食をとったり、午後からは遊覧船で湖からの風景を楽しんだり。一日たっぷり遊んで別荘に帰り、明日(あす)はお城の見学に行こうと約束した。

旧市街から坂を上っていった小高い場所に、昔の領主が建てたお城がある。そこからの眺めも素晴らしいのだと、クララさんが教えてくれた。湖と町が一望できるそうだ。

他にも裁判所だった建物があったり、小さな町でも意外に見どころが多い。明日も楽しめそうだとわたしをワクワクさせた。

ところが夕方帰ってきたクレモンさんのお願いで、計画を少し変更することになってしまった。

「申し訳ありません、本家の若君がいらっしゃっていると聞きつけて、市長がどうしてもお会いしたいと……」

他の都市とを結ぶ道を整備して、もっと流通や観光を盛んにしようという計画があるらしい。シメオン様が来ていると知った市長さんは、フロベール家に出資を持ちかけるまたとない機会だと飛びついた。なんとしても面談の約束を取りつけるよう厳命が下り、断りきれなかったクレモンさんはひたすら申し訳なさそうに謝っていた。

「夫人と休暇を楽しむためにいらしているので、ご迷惑だと何度も言ったのですが、役人なら町の発展のために尽力しろと言われまして……申し訳ありません」

シメオン様がこちらへチラリと目を向けてくる。わたしはかまいませんよと言った。

「一日中というわけではないでしょうし、明後日(あさって)までは滞在できますからね。少しくらいおつき合いしてもよろしいのでは?」

「あなたがよいなら、かまいませんが」

板挟みではクレモンさんがかわいそうだし、フロベール家にとって悪くない話が聞けるかもしれない。午後からならということでシメオン様も承諾した。

そうして翌日、午前中にお城を見てきたわたしたちは、会談場所のホテルへやってきた。

「一緒に行かなくてよろしいのですか?」

「事業の話など横で聞いていても退屈でしょう」

シメオン様はわたしを連れていこうとはしなかった。わたしは一階のカフェでお茶を飲んでいることにして旦那様を見送る。カフェからは湖がよく見え、テラスの外にはちょっとした庭園があった。

今日(きょう)はお天気がよくて暖かいから、テラス席にも人がいる。楽しそうに談笑する女性たちや、一人もの思う顔で景色を眺める男性や。わたしも外の席を使わせてもらうことにした。

座ろうとしていると、おしゃべり集団から声をかけられた。若奥様ふうの四人組だ。一人でいるわたしがさみしそうに見えたのだろうか。

「あら、お一人?　よろしければご一緒しません?」

「ありがとうございます。お友達同士で楽しんでおいでですのに、よろしいのですか?」

「ええ、どうぞ。みんなここのホテルに泊まっていて、たまたま一緒になっただけなのよ。ですからあなたもいらっしゃいな」

いちばん年長らしき女性がわたしを招く。なるほど、宿泊客同士で意気投合しているわけですか。ではせっかくだからとお言葉に甘えることにした。

「結婚していらっしゃるのね」

最初に声をかけてくれた人が左手の指輪を見て言った。三十代なかばくらいの人で、ディアンヌさんというらしい。彼女もサン＝テールから来たそうだが、見覚えのない顔だった。

「はい、昨年結婚しました」

「旦那様はなにをしている方？」

皆さん中上流階級の奥様といった雰囲気だ。庶民の中でも裕福な人たちだった。

「ええと、陸軍に所属しています」

「あら……そう、軍人なの」

……ん？

「でも入隊したばかりで結婚するなんて、ずいぶん余裕ね？」

「いえ、そこそこ年数はたっているかと。あ、わたしとは大分年が離れておりますので」

「ああ、そういうこと」

んん？

なんだかさっきから反応が引っかかる。特に詳しく説明していないのに、ディアンヌさんも他の人も、なにか納得した顔でうなずいていた。

「お気の毒ね、そんな人に嫁がされるなんて」

「はい？」

同情めいた言葉までかけられる。それでいて彼女たちがわたしを見る目には、嘲笑とまではいかないが、あからさまに優越感が浮かんでいた。

「まあ、ご両親も頑張ってお相手をさがされたのよね。いいじゃない、旅行に連れてきてもらえるなら余裕はあるんでしょ」

「そのドレスも悪くないし、贅沢させてもらってるのね」

「夫なんて、お金を持っていて妻の行動に寛容なのがいちばんよね」

どうも、いろいろ誤解されているらしい。さえずりのようなおしゃべりを聞きながら、わたしは彼女たちの思考をだんだん理解していった。

おそらく、こうだ。さしてよい家柄でもなく容姿もぱっとしないわたしは縁談に恵まれず（この辺は本当）、親の命令で年の離れた軍人に嫁がされた（形だけ見れば本当かな）。軍人ということは、夫は家督を継げない次男以降だろう。やはり女性に縁がなく、ずいぶん年をくってからお金で買うように若い嫁を迎えた（このあたりはかなり違うけど……まあいいや）――と。

物語にありそうな筋書きだ。買われた花嫁はむなしく鬱屈した日々を送るのよね。そしてある日魅力的な青年と出会うの。あっという間に恋に落ちてしまうけれど、けして許されない想いだから隠すしかない。どうせこんなさえない女、彼にも相手にされないわと諦めていた。

しかし青年の方も彼女に惹(ひ)かれていた。道ならぬ恋に身を焦がした二人はすれ違いののちに気持ちを確かめ合う。結ばれるためには駆け落ちするしかない。でも親兄弟に迷惑がかかる――悩む二人の関係に、ついに夫が気づいてしまう。嫉妬(しっと)にかられた夫は銃を持ち出し青年を撃とうとした。もみ合ううちに不慮の事故で夫は命を落としてしまう。殺人の罪に問われて逮捕されてしまった青年を助けるため、妻は――

「マリエルさん？　マリエルさん？」

強めに呼ばれてはっと現実に戻った。いけない、意識があっちの世界に飛んでいた。

おほほと笑ってわたしはごまかした。うーん、面白くないわけではないけれど、正直ありきたりかな。これで書くなら恋愛よりも事件の方に重点を置くべきかしら。主人公は若妻ではなく探偵とかにする？　シメオン様はどの役なのだろう。立場としては夫だけど気持ち的には青年役で、でも探偵役もいいな。

一人考えるわたしからじきに興味を失い、奥様方はもとのおしゃべりに戻っていった。一見楽しそうに盛り上がっているが、聞いていれば大半は愚痴と自慢合戦だ。こういうのはどこも変わらない。貴族の集まりでもよく見られる光景だった。

期せずしてよい取材になったので、わたしはニコニコと聞き役に徹していた。わざわざ気配を消して聞き耳を立てなくてもよいからありがたい。ディアンヌさんたちの口からは夫の愚痴や義父母の愚痴、子供の自慢に贅沢自慢といった話がとめどなく語られた。

なかば忘れかけていたわたしの存在に彼女たちがふたたび目を向けたのは、湖から少し強い風が吹いてきた時だった。

　風にあおられる髪やクロスを彼女たちの手が押さえる。わたしも顔の前にかかった髪を後ろへ流した。ゆとりのある広い袖がずれて、肘の近くまで腕が出る。

「まあっ、あなた、それ」

　驚く声が上がり、全員の視線がわたしに集中した。

「え？」

　わたしは自分の腕に目を向け、失敗を悟った。

　左手首より少し下、肘との中間あたりに傷痕がある。何針も縫った大きな傷が横に一筋走っていた。

「申し訳ありません、お見苦しいものを」

　わたしは愛想笑いをして袖を戻した。しまったな、今日は手袋をつけていなかった。貴婦人の必需品だけど、正直うっとうしいのよね。

「まあ……そんなに思い詰めていたのね」

「え？」

「かわいそうに。ご夫君はそんなにひどい人なの？」

「は？　いえまったく」

「それとも結婚前の傷？　ああ、だから……」

　いえいえいえ？

　また誤解されてしまった。自傷の痕だと思われましたか。みずから命を絶とうとしたと？　言われてみればそんなふうにも……いや見えませんね。

そういう目的にしては場所がずれすぎだ。ここを切っても死ねないのでは。

しかしディアンヌさんたちの中では、わたしは死にぞこなって親にも見放され、追い出すように嫁がされた娘ということになったらしかった。

「これは事故でけがをしてしまいまして。夫はわたしを心配して、しばらく仕事を休んで一緒にいてくれました」

シメオン様のせいではないですよ！　そこだけは否定させてください！

正確に言うと事故ではなく事件で、シメオン様が休んだ理由は謹慎処分だ。でも心配してくれたのは本当である。

「いいのよ、そんな無理してごまかさなくても」

「いろいろあるわよね。わたしたちでよければ聞くわよ。全部吐き出しちゃいなさい」

全然信じてもらえない。やっぱり手袋をつけておけばよかった。

わたしはなんとか話をそらし、傷痕のことはうやむやにごまかした。しばらくして時間だからと言い訳し、先に失礼する。わたしを見送るディアンヌさんたちはヒソヒソやって笑っていた。

追及されたくなくて逃げたと思われただろうな。いいけどね。

ロビーに戻ってきてもまだシメオン様の姿はなかった。市長さんとの話が続いているようだ。

近くの公園でも散策してこようかなと、わたしは受付に向かった。伝言を頼んでおけばシメオン様にもわかるだろう。

お願いしたあと出口に向かおうとしたら、他の客とぶつかった。その人の荷物が音を立てて床に散らばる。わたしはあわててしゃがみ込んだ。

「申し訳ありません」

「いえ、こちらこそ。どうぞおかまいなく」

若い声が答えてわたしより手早く拾い集める。絵の具にスケッチ用のノート、鉛筆……画家さんなのかな。

拾ったものを渡した相手は、シメオン様と同年代の男性だった。やわらかく波打つ栗色(くりいろ)の髪を伸ばし、首の後ろで束ねている。なかなか人目を引く美男子だった。着ているものは高級品ではないけれど、清潔で袖にしわや汚れもない。靴もきちんと磨かれていた。

「絵を描かれるのですか」

鉛筆を受け取る手は少し骨張っていたが色白で、肉体労働者には見えなかった。若き芸術家という風情の男性は、わたしの問いに「ええ」と笑った。

「無名の売れない画家ですけどね。ここの風景はきれいだと評判でしたので、いい絵が描けるかもと思って来たんです」

「そうですか。たしかにどこも絵になる素敵な町ですものね」

もう拾い残しはないか確認してわたしたちは立ち上がる。それでは、と会釈して立ち去りかけたわたしを、男性が呼び止めた。

「あのっ……いきなり不躾(ぶしつけ)なお願いで申し訳ないのですが、もしお時間があるようでしたらモデルになっていただけませんか」

「わたしが？」

意外なお願いに目を丸くする。こんな特徴のない地味な女をモデルにしますか？　特徴がないからよいとでも？

「たしかにきれいな町なんですが、風景だけだとどうもピンとこなくて。あなたを見た時にこれだ！って思ったんですよね」

「はあ……」

「特別なことをしていただかなくてもいいんです。普通に立ったり座ったりしているだけでいいです。お願いできませんか」

男性はわたしの手を取って熱心に頼んでくる。うーんとわたしは首をひねった。

「本当に絵のために？」

「はい！」

「ちなみに、何年くらい描いていらっしゃるんですか」

「いやあ、子供の頃(ころ)から暇さえあれば絵を描いてるような子でした」

わたしはにっこりと微笑(ほほえ)んだ。

「申し訳ありませんが、嘘(うそ)をついている方のお願いは聞けませんわ」

「は？」

男性の笑顔が固まる。いやいや！　とあわてて否定してきた。

「嘘なんて、そんな」

「多少は心得がおありなのかもしれませんが、今は描いてらっしゃいませんよね。ペンだこのないきれいな指をしておいでです」

目を向けて言うと、ぱっと手が放される。

「いや、これは」

「売れない画家というわりに身なりはきちんとしているし。ここの宿泊料は安くないはずですから、お金に困っている人には見えませんね。裕福なお家のご子息かしらと思いましたが、にしては質素なお召し物で。どうにもちぐはぐですね？」

「汚してもいい服を着ているんですよ。すぐに絵の具がついてしまうから」

「そう、画家さんの手には絵の具の汚れがしみついているんです。常に描いている人の手はそんなに白くありません。汚してもいい服というなら、落としきれないしみが残っているもので」

「いや……」

絶対にとは言いきれない。きれい好きな人なら毎回しっかり手を洗うかも。服だって説明がつかないほどではない。でもわたしがこう言うには理由があった。

「さきほど、テラス席にいらっしゃいましたね。わたしたちの話は聞こえていたでしょう？　そしてわたしが立つと、すぐにあなたも出てきました」

「…………」

「お金は持っているけれど結婚生活に満足していない、不幸な女だと思いましたか？　もてそうにない地味な女だし、上手く近づいて雰囲気を盛り上げれば、ころっと落ちるだろうと思いました？」

男性の顔からはとうに笑顔が消えていた。わたしを見下ろす目はぞっとするほど冷たくなっている。追い払うだけでいいと思っていたけど、そうはいかないかもしれなかった。

ひそかにわたしが緊張した時、甲高い声がロビーに響いた。

「あの男！　あいつです、あの詐欺師！　つかまえて！」

若い女性が外から入ってくるところだった。彼女は背後に警官を連れ、こちらを指さしている。と見た瞬間わたしの目の前の男性が身をひるがえした。

邪魔になったわたしは突き飛ばされて、その場に尻餅をつく。裏口から逃げるつもりか、男性は来た道を引き返し猛然と奥へ向かって走った。

その足が横からひょいと引っかけられる。

一瞬浮いた身体が勢いよく床に叩きつけられた。

すかさず上からのしかかり、背中に膝を置いて動きを封じた人は、ついでに腕も取ってひねり上げる。さきほど以上に大きな絶叫が響きわたった。

「ぎゃーっ！　痛い痛い痛い折れるうぅっ！」

泣き叫ぶ男を眼鏡の中の瞳が冷たく見下ろす。少しも力をゆるめる気はなさそうで、本気で折れちゃうかも……と心配になった頃、ようやく警官が追いついた。

詐欺師を警官にまかせた彼は、こちらへ駆け寄ってきた。

「大丈夫ですか。けがは？」

立ち上がったところだったわたしは、スカートを軽く叩いて汚れを払った。

「ええ、ちょっと尻餅をついただけです。よい時にいらっしゃいましたね」

「……どうして、こんなホテルの中でまで」

シメオン様はため息をついてわたしを抱き寄せた。え、わたし悪くないですよね？　なにもしていませんよ？　どこにも首をつっこんでません。詐欺師の方から寄ってきただけで。

「若君！　だっ、大丈夫ですか!?」

階段から立派なおなかのおじ様が駆け下りてくる。うちのお父様といい勝負。すぐ後ろをクレモンさんもついてくるから、この人が市長さんだろうとすぐにわかった。

どうやらシメオン様は、踊り場から一気に飛び下りたらしい。

「こちらが奥方様ですか？　おけがは……」

「ご心配なく、なんともありません」

「ええと、なにがあったんでしょう。あの男って？」

「詐欺師と聞こえましたが？」

市長さんにクレモンさん、シメオン様からも質問されてちょっと困ってしまう。詳しいことはさっきの女性に聞いてくださいな。わたしも知りませんから。

騒ぎを聞きつけた人たちが集まっていた。宿泊客も従業員も、興味津々でこちらに注目している。

その中にディアンヌさんたちの姿を見つけたわたしは、コソコソとシメオン様の陰に隠れた。

ちょっと気まずい……向こうが勝手に誤解しただけで、わたしは嘘なんてついてないのだけど。

「いやぁ驚きましたな。若君がいらっしゃって助かりました」

警官から話を聞いた市長さんは、汗を拭き拭き笑う。

「なんというか、運命のようなものを感じますな！　悪を成敗し、町の発展に力を貸してくださる。まさに英雄、救世主！」

「なにから救うというのですか。事業計画については、後日専門家を派遣します。そちらと話し合ってください」

「あら、出資することになりましたの？」

ヨイショヨイショと調子のよい市長さんと別れ、わたしたちは外へ向かう。クレモンさんともまたあとでといったん別れた。

「計画じたいは悪くなさそうでしたのでね。サン＝テールに戻ったら専門の部署に話を通してまかせます」

「お義父様には？」

「一応話しますが、あの人は根っからの学者ですから」

根っからの軍人なのに事業のお仕事もできる、有能きわまる旦那様の腕にわたしは寄り添う。そぞろ歩きの足はなんとなく公園へ向かった。

「やっぱりシメオン様は夫ですよね。ぽっと出の優男より、断然夫だわ。うんうん」

「やっぱり夫って、今まではなんだと思っていたのですか」

「年の離れた男にお金で買われた花嫁だったけど、ともに暮らすうち夫の不器用な優しさを知っていくのです」

「買った？　そんな、そんなつもりは」

「二人の間に割り込んできた青年に心を揺らし」

「誰ですか⁉　まさかあのコソ泥に」

「それが本当の気持ちに気づくきっかけになるのです。もうとっくに夫を愛してしまっていたと——強引に結婚したのは彼女を助けるためだったりしたらなおよいですね！　そう！　夫は最初から彼女を愛していたんです！　でも彼女が青年を愛したなら行かせてやろうと、身を引く決意をして。そこでまたすれ違いが——ああ書く！　これで書く！」

手帳を取り出し猛然と書き込むわたしに、シメオン様は大きく息を吐き出した。

「小説の話ですか……」

ひとしきり書いたわたしはまた彼に甘え、ごきげんで歩く。湖面がキラキラ輝いてきれいだった。

「ちょっと変な誤解もされましたが、おかげでよい着想を得られて有意義な時間でした」

「さすがの無敵ぶりですね」

「無敵なのはシメオン様でしょう。さっきもかっこよかったですよ」

返ってくるまなざしもやわらかく、わたしの世界は幸せに満ちている。

二人寄り添い、同じものを見て、同じものに驚き、同じものに笑う。

今日も素敵な一日だ。まだまだ見たいところがたくさんある。お日様が高いうちにと、わたしたちは次のときめきをさがしに向かった。

あとがき

原稿をしている間に冬が終わって気がついたら桜が咲きはじめていたという、一年の四分の一がどこかへ消えた桃春花です。こんにちは。

とは言っても今年は年初からたいへんなこと続きで、被災地の方や事故に遭われた方に心よりお見舞い申し上げます。

第一巻マリエル・クラランクの婚約を発行したのは二〇一七年の三月でした。この春で七年が経過し、十二巻目を数えるまでになりました。ここまでこられたのは、ひとえに読者様の応援のおかげです。ありがとうございます。

今回の舞台はお隣のラビア大公国。思えば長く続いているわりに、これまでマリエルが外国へ行くことはありませんでした。はじめての外国旅行です。いつも出張していたリュタンの地元へマリエルたちの方から乗り込みます。当然ラスボス公子も登場するわけで、この人の扱いになかなか苦労しました。

初稿ではマリエルたちが完全に脇役に回ってしまい、リベルトはいけすかないヤツで、さすがにこれでは……と大幅に修正が入りました。最初の組み立てに失敗したせいで担当様にはずいぶんご迷惑をおかけし、申し訳ありませんでした。

また今回は、これまで名前だけ出ていたキャラが顔を出しました。ナイジェルの伯父さんで王家の親戚、絶大な権力を持つ人物……という程度のぼんやりしたイメージだけだったので、いざ書こうとした時に思い出したのは彼らのご先祖です。セシルの子孫なんだからイメージもセシルを土台にすればいいか……でもメロディの子孫でもあるしな……なんて考えていたらあんな脳筋ジジイに。最初のイメージはどこに。

ご先祖様が活躍する物語は「小説家になろう」様にて掲載しております。連載途中でマリエルシリーズを書くことになり、手が回らなくて完結しないまま放置してしまっていますが、各章単位の読み切りにはなっていますので、よろしければチェックしてくださいませ。

とても明るくさわやかなカラーイラストと、いつもながらドラマチックな挿絵とで盛り上げていただき、まろ先生にもお礼を申し上げます。表紙イラスト、モデルそのまんまじゃないけど雰囲気が出るような、という面倒なお願いに応え、見事に表現してくださいました。タイトルロゴで隠れてしまうのが残念ですね。モデルがどこか、わかりました？

最後に、今回も発行にご尽力いただきました皆様に、心よりお礼を申し上げます。読者の皆様には楽しんでいただけるよう祈りながら、このあたりで失礼いたします。

マリエル・クララックの迷宮

2024年5月5日　初版発行

著者　桃 春花

イラスト　まろ

発行者　野内雅宏

発行所　株式会社一迅社
〒160-0022 東京都新宿区新宿3-1-13 京王新宿追分ビル5F
電話　03-5312-7432（編集）
電話　03-5312-6150（販売）
発売元：株式会社講談社（講談社・一迅社）

印刷所・製本　大日本印刷株式会社
ＤＴＰ　株式会社三協美術

装幀　AFTERGLOW

ISBN978-4-7580-9638-6

おたよりの宛て先
〒160-0022 東京都新宿区新宿3-1-13 京王新宿追分ビル5F
株式会社一迅社　ノベル編集部
桃 春花 先生・まろ 先生